Bärbel Stolz

Ich bin dann mal  Ex!

Storys einer Heldin von heute

GOLDMANN

 Dieses Buch ist auch als E-Book erhältlich.

MIX
Papier aus verantwor-
tungsvollen Quellen
FSC
www.fsc.org
FSC® C014496

Verlagsgruppe Random House FSC® N001967

1. Auflage
Originalausgabe Mai 2019
Copyright © Wilhelm Goldmann Verlag, München,
in der Verlagsgruppe Random House GmbH,
Neumarkter Str. 28, 81673 München
Umschlag: Uno Werbeagentur, München
Autorenfoto: © Benjamin Diedering
Typographie und Illustration: FinePic®, München
Redaktion: Carla Felgentreff
Satz: Buch-Werkstatt GmbH, Bad Aibling
Druck und Bindung: GGP Media GmbH, Pößneck
Printed in Germany
ISBN 978-3-442-17810-0
www.goldmann-verlag.de

Besuchen Sie den Goldmann Verlag im Netz

Für Sebastian

Inhalt

Am Anfang war das Happy End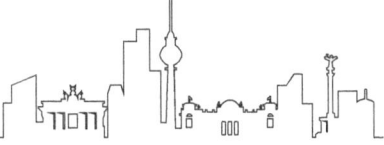

Liebe Leserin, lieber Leser,

schön, dass ihr da seid. Ich duze euch, denn das macht man so in Berlin im Prenzlauer Berg, und da sitze ich und schreibe dieses Buch. Im Prenzlauer Berg sind wir einfach lässig und fühlen uns jung, und dazu passt das Du. Ihr könnt auch Du zu mir sagen.

Jedenfalls sagt mir mein Lektor, dass ich eine Einführung schreiben soll, weil ihr sonst nicht wisst, worum es geht. Gut, mache ich.

Tschanz ist der Mörder!

Das stand mit Bleistift in meiner Schulausgabe von »*Der Richter und sein Henker*« ganz vorne reingeschrieben. Da hatte ich eigentlich schon keine Lust mehr, das Buch zu lesen. Ich musste trotzdem.

Deswegen sage ich euch jetzt, worum es geht, ohne zu spoilern, wer der Mörder ist. Sonst wollt ihr die restlichen Kapitel vielleicht nicht mehr lesen. Wäre aber schade drum.

Dieses Buch beginnt mit dem Happy End und endet beim Happy End. Wie kann das sein? Jetzt verrate ich euch eine schmerzhafte Wahrheit, die könnt ihr mit Bleistift vorne reinschreiben: Das Happy End ist eine Lüge! Es ist nicht das Ende und schon gar kein glückliches. Es ist nur ein klitzekleines

Häkchen auf der nicht endenden, immer weiterwachsenden To-do-Liste des Lebens. Tut mir leid. Aber ihr seid erwachsen (glaubt ihr zumindest, aber das ist auch ein Prozess) und müsst damit klarkommen.

> *Die Ehe war zum jröβten Teile*
> *vabrühte Milch un Langeweile.*
> *Und darum wird beim happy end*
> *im Film jewöhnlich abjeblendt.*
>
> (KURT TUCHOLSKY)

Das Versprechen ging eigentlich einmal so: Mach die Schule fertig, lerne einen Beruf, finde einen Partner, gründe eine Familie, baue ein Haus, pflanze einen Baum oder Tomaten oder einen Kaktus. Wer die Punkte erfolgreich abhakt, bekommt sein Happy End. Ich stellte mir darunter einen Zustand immerwährender Zufriedenheit vor, ein geruhsames Fließen im Happy-End-Flussbett.

Aber kein Wunder, dass im Kino nach dem Happy End immer Schluss ist. Etwa, weil dieses zufriedene Dahinfließen ja irgendwann langweilig wird? Sie lebten glücklich und zufrieden, und wenn sie nicht gestorben sind und so. Gähn. Nein!

Wenn der Hochzeitstag der glücklichste Tag des ganzen Lebens ist, kann es danach ja nur noch bergab gehen. Das wäre nicht gut. Dann sollte man erst auf dem Sterbebett heiraten. Das bringt aber steuerlich nichts mehr. Zum Glück ist es ja auch nicht so. Es gibt noch viele glücklichste Momente, die nach der Hochzeit kommen können. Die Geburt des ersten Kindes. Die Geburt des zweiten Kindes. Erste Zähne, erste Schritte, erste Platzwunde. Erster Abend ohne Kind. Erste Scheidung. Zweite

Hochzeit. Dritter Frühling. Und dazwischen fließen wir. Wir sind ein Teil des großen Lebenskreislaufs, und dem können wir uns gelassen anvertrauen.

Kreislauf. Das ist ein gutes Stichwort. Ich habe gerade nicht das Gefühl, im gewaltigen Riesenrad des Lebens mit meiner Familie weit oben in einer Gondel zu schaukeln und den Ausblick genießen zu können. Ich sehe mich eher im Hamsterrad. Das läuft nicht von selbst einfach weiter, während ich in der Gondel sitze und eine Brezel esse, ich muss es dauernd in Bewegung halten.

Gerade schleppe ich schnaufend die Einkäufe nach Hause, ich bin spät dran, Beeilung! Da hebe ich den Blick und lese an der Hauswand gegenüber ein Graffiti, das schon lange da stehen muss, denn es ist schon ganz verwittert. Aber ich sehe es heute zum ersten Mal. Da steht:

Bist du glücklich?

Ich bleibe stehen. Was für eine Unverschämtheit, fremden Leuten solche schwierigen Fragen zu stellen! (Außerdem ist das Vandalismus.) Bin ich glücklich? Sind wir glücklich? Als Familie, als Paar, als Individuum? Wir hätten jeden Grund. Aber ist es auch so? Der Alltag frisst uns auf, Spontaneität muss gut geplant werden, wir fühlen uns überfordert und haben das Gefühl, zu kurz zu kommen. Ständig poppen neue Punkte auf der To-do-Liste auf: Marathon laufen, Hunde züchten, ein gemeinsamer Urlaub mit allen Expartnern und deren Kindern, beruflich erfolgreich sein und sexy aussehen, schwierige Yogafiguren fototauglich hinbekommen, zehn Kilo abnehmen, IKEA-Hacks entwickeln … Und die anderen scheinen das alles mühelos hinzukriegen.

Ich stehe in der Blüte meines Lebens. Ich habe Kinder, Wohnung, Job und Partner erfolgreich eingesammelt. Wie geht es jetzt weiter mit dem großen Glück? Muss ich es pflegen? Aber wie? Es ist ja keine Anleitung dabei wie bei einem Küchengerät. Die Spülmaschine verlangt selbstständig nach Klarspüler. Dass die Beziehung gewartet werden müsste, merkt man oft erst zu spät. Dann scheint sie schon so schrottreif, dass es sich nicht lohnt, noch was in sie zu investieren. Vielleicht schaut man dann lieber gleich nach was Neuem? Oder wem Neuen? Aber wie sollte der Neue sein? Jemand, dem wieder Dinge an dir auffallen, die der Partner nicht mehr bemerkt? Jemand, der selbst Kinder hat, sodass ihr eine lässige Patchworkfamilie sein könnt? Oder ein Millionär, der alle lästigen Alltagspflichten einfach outsourct?

Soll ich weniger arbeiten, um mehr Zeit für die Familie zu haben? Oder soll mein Mann weniger arbeiten? Wie emanzipiert und gleichberechtigt leben wir eigentlich wirklich in unseren perfekten, progressiven, privilegierten Akademikerfamilien in Berlin, München, Hamburg oder Reutlingen? Wer kocht für die Kinder? Wer putzt das Klo? Bin ich eine emanzipierte Frau, wenn ich den Haushalt scheinbar mühelos nebenbei schmeiße und gleichzeitig Karriere mache? Oder heißt Feminismus heute, dass sich mein Mann um den Haushalt kümmert? Am Wochenende darf er dann mal ausschlafen und ich mache Rührei.

Jede dritte Ehe wird geschieden. Ist das Konzept vielleicht überholt? Wir haben so viele Alternativen: Polyamourie, Tinder, offene Beziehung, jemand Jüngeres, jemand Älteres … Aber wäre es mit jemand anderem wirklich besser? Oder verlagert man so das eigentliche Problem nur? Was ist denn eigentlich das Problem? Bin ich glücklich? Oder könnte ich in einem anderen Leben vielleicht glücklicher sein? Kommt (noch mal) ein Happy End?

Gut – ich verrate euch jetzt doch die Lösung. Für alles: viel Wasser trinken! Und mindestens acht Stunden Schlaf. Aber nicht pro Woche, sondern pro Tag. Fertig.

Superpower

Männer nerven!

Bist du eine Frau? Dann erzähle ich dir damit nichts Neues.

Bist du ein Mann? Dann musst du jetzt ausnahmsweise mal ein bisschen stark sein und durchhalten. Das wird dir bestimmt nicht schaden, bei deinen ganzen Schwierigkeiten mit der Rolle des Mannes in der zeitgenössischen Gesellschaft.

Außerdem – wenn du als Mann dieses Buch liest, bist du ja sowieso ein aufgeklärter, selbstironischer Typ, und es ist natürlich fies von mir, dich hier so pauschal mit abzustempeln. Aber du hast bestimmt genug Humor, das richtig zu verstehen.

Wenn du als Frau deinem Mann was über Beziehung erklärst, glaubt er dir nicht. Nur wenn es ihm ein anderer Mann erzählt, scheint es ihm valide. Oder wenn es auf Facebook (oder Twitter) gestanden hat.

Die Voraussetzungen sind ja gleich: Mann und Frau haben beide zwei Arme und zwei Beine, einen Kopf und Augen darin. Aber was sie damit anstellen, ist komplett unterschiedlich. Zumindest, wenn man eine Familie hat.

Als Studentin und eigentlich die längste Zeit meines mehr oder weniger erwachsenen Lebens habe ich auch noch vor mich hin gelebt, wie ich wollte. Ob was Essbares im Kühlschrank ist – nicht so wichtig. Aufräumen in der Küche oder im Schlafzimmer – dafür lasse ich doch keine Vergnügung sausen. Steuererklärung pünktlich abgeben – hä? Knirscht der Boden beim Drüberlaufen – ziehe ich eben Schuhe an, dann bleiben die Krümel nicht in den Socken hängen. Ordnung ist nicht meine Stärke, meine geheime Superpower ist locker bleiben, spontan sein, Spaß haben!

Hach. Herrliche Zeiten. Lange, herrliche Zeiten. Mit achtzehn dachte ich, dass ich spätestens mit fünfundzwanzig heiraten und Kinder kriegen würde. Fünfundzwanzig schien so alt. Tatsächlich war ich aber mit einem Vierteljahrhundert nicht plötzlich weise und gesetzt, sondern genauso wie als Teenager, und das Leben ging lustig weiter. Den Plan von Familie, mich niederlassen und ankommen, verschob ich einfach weiter nach hinten. Ich wollte mich beruflich ausprobieren, machte viele freie Theaterprojekte und obskure Kurzfilme für wenig oder gar kein Geld, weil ich Lust hatte und weil es schlichtweg nichts anderes zu tun gab. Eines Tages würde ich schon genug Geld verdienen mit tollen Rollen, die mich herausfordern und meinen Horizont erweitern, mit Büchern, die ich schreiben wollte, wenn ich dann mal erwachsen wäre. Ich habe gern allein oder in WGs gewohnt, jedenfalls nicht mit meinen damaligen Geliebten. Ich war auf Partys, diskutierte mit Freunden oder Fremden nächtelang das Weltgeschehen, erfand die Formel für dauerhaften Weltfrieden und schaffte es manchmal doch nicht bis zum Club, weil ich mit der besten Freundin beim Schminken Sekt trank und quatschte, bis wir auf dem Sofa einschliefen. Anstrengende Beziehungsgespräche waren mir zu anstrengend. Dafür gab es zu viele andere Männer, die auch lustig und sexy waren, wenn auch manchmal nur für ein paar Stunden. Meine Frauenärztin war die Erste, die mich freundlich daran erinnerte, dass wir uns zwar lange jung fühlen, der Biologie aber nicht zu entkommen ist. Ob ich denn keine Familie wolle? Doch, klar. Wollte ich. Aber das bricht man doch nicht übers Knie. Dafür musste ich erst mal meinen absoluten Traummann treffen. Und der Weg zu ihm war bunt und lustig.

Aber dann! Dann begegne ich tatsächlich meinem Traummann. Er ist klug, witzig und sexy, leidenschaftlich, humorvoll und großzügig.

Und was mir besonders gefällt: Bei ihm ist es so aufgeräumt, viel aufgeräumter als bei mir! Er hat immer tolle Sachen im Kühlschrank und kocht mir was Leckeres daraus. Wenn ich nichts zum Anziehen mitgenommen habe, gibt er mir ein frisches Hemd. Es ist gebügelt und riecht gut. Verliebt sieht er über meinen Krimskrams hinweg, der mir aus den Taschen purzelt und sich in seiner Wohnung verteilt. Diesen Mann will ich behalten. Mit ihm will ich bis ans Ende meiner Tage zusammenleben. Es wird der Himmel auf Erden!

Er will zum Glück auch. Also ziehen wir zusammen. Ich lasse meine niedlichen Kerzenständer und bemalten Steine und Blumenlichterketten in einer Kiste, denn er mag es lieber minimalistisch. Gefällt mir ja auch, irgendwie. Nur wo ich die Kiste hinpacken soll, weiß ich nicht. »Der Keller ist total voll. Ich weiß ehrlich gesagt selbst nicht genau, was da alles drin ist. Muss ich mal ausmisten«, sagt er.

Ich schiebe die Türen des großen Einbauschranks auseinander. Und stutze. Wo ist denn der Minimalismus hin? Im Schrank war wohl kein Platz mehr für ihn. So kann man es auch machen, damit es ordentlich aussieht – einfach alles in den Schrank stopfen, Tür zu und hoffen, dass sie zu bleibt. Michael muss das schon einige Jahre praktizieren, denn der Schrank ist so voll wie die U-Bahn in Tokio zur Rushhour, wenn in dieser U-Bahn auch noch der halbe Flohmarkt vom Mauerpark mitfahren würde. Ich schiebe und stopfe, aber es ist nichts zu machen. Bevor ich das komplexe Kräfteverhältnis des in jahrelanger Stopfarbeit aufgetürmten Hausrats durcheinanderbringe und unter einer Lawine aus alten Barttrimmern, ISDN-Modems und unbenutzten Sportgeräten erschlagen werde, gebe ich auf.

Er nickt zerknirscht. »Uh, stimmt, da müsste ich dringend mal Ordnung machen. Habe ich schon ewig vor.«

Ich bin verliebt und finde das süß. Meine Krimskramskiste stelle ich kurzerhand zu meiner Freundin Mara auf den Flohmarkt. Alles für einen Euro. Ich bin ein bisschen gerührt. Über die Freude, die jemand an meiner alten Glitzerlampe hat. Und über mich, die sich so einfach davon trennt. Ein bisschen dekoriere ich unsere gemeinsame Wohnung aber doch. Ein paar bunte Kissen auf dem Sofa, das gefällt ihm auch, sagt er. Das ist doch ein schöner Kompromiss in unserer erwachsenen Beziehung. Wir sind uns so einig. Plötzlich fällt uns auf: Wenn wir beide Kinder machen, werden das vermutlich die großartigsten Menschen, die die Welt je erlebt hat. Das dürfen wir der Menschheit nicht vorenthalten. Begeistert machen wir uns ans Werk. Erfolgreich.

In der Schwangerschaft lassen die Hormone oder irgendwas mich häuslicher werden, ich koche und backe plötzlich und finde alles Mögliche niedlich und kuschelig und heimelig und möchte unsere Wohnung damit vollstellen. Nestbautrieb nennt mein Mann das. Wir haben inzwischen geheiratet. Deswegen räume ich irgendwann sogar die Küchenschränke aus. Hier hat mein Ehemann offenbar ein ähnliches Ordnungskonzept verfolgt wie beim Einbauschrank. Amüsiert werfe ich Asia-Nudel-Päckchen weg, die vor fünf Jahren abgelaufen sind, und wische tote Tierchen aus den Ecken der Schubladen. Natürlich mache ich etwas mehr im Haushalt als er, ich bringe sogar seine Hemden in die Reinigung, weil ich als schwangere, freiberufliche Schauspielerin doch auch mehr Zeit habe als er. Aber immerhin – er kocht immer noch für mich. Selbstverständlich räume ich danach auf, alles andere wäre ja unfair. Mein Mann kocht spektakulär, aber man merkt trotzdem, dass ich viel mehr Zeit in der Küche verbringe als er. Ich weiß immer, wo die Käsereibe ist, denke schon beim Kochen daran, wie die Küche hinterher aussehen wird, und betreibe nebenher ständig Schadensbegrenzung. Ich schmeiße die Zwiebelschalen in den Müll, während die Soße reduziert, wische die Arbeitsplatte ab und stelle die Butter zurück in den Kühlschrank. Wenn die Bolognese auf den Tisch kommt, ist die Küche sauber. Er macht das anders. Wenn er nach dreieinhalb Stunden hingebungsvollen Rührens und Abschmeckens gegen halb elf abends seine Bolognese aus Lammschulter, Rinderbeinscheiben und handgezupftem Schweinenacken serviert, sieht die Küche aus, als hätte dort ein stark sehbehinderter Aktionskünstler auf Speed gewütet. Und als Aktionskunst sieht er das natürlich auch. Er lässt das alles stehen und liegen, voller Stolz als Zeugnis und Denkmal seines Werkes, welches den flüchtigen Moment eines köstlichen Essens überdauert und seinem Schöpfer zur Ehre gereicht, bis sich alles gut festgebacken hat und der krönende Abschluss meines Abends am Spülbecken stattfindet. In Villabajo wird währenddessen schon gefeiert. Ich wollte immer sein wie die in Villabajo. Effektive Organisation, damit mehr Zeit zum Feiern ist. Die lassen nichts antrocknen und Häutchen bilden, und die schalten auch bestimmt nicht die Spülmaschine mit vier Weingläsern drin ein, während sich darüber das blanke Grausen stapelt.

»Die kriegen einen milchigen Schleier, wenn man die nicht separat spült! Und es war die zweite Spülmaschinenladung des Abends«, soll ich Sie wissen lassen. *Mein Mann macht sich große Sorgen, dass er hier falsch dargestellt wird – völlig zu Recht natürlich. Aber es ist ja schließlich mein Buch, oder?*

Trotzdem genieße ich die Zeit der Schwangerschaft. Ich arbeite weniger – als Schauspielerin praktisch zwangsläufig, denn mit dem Bauch bin ich schwer für was anderes als eine Schwangere zu besetzen. Und die kleine Rolle im Kinofilm fällt flach, weil es fies wäre, wenn eine schwangere Stewardess abstürzt. Schreiben funktioniert noch, aber langes Sitzen ist nicht gut für meine neue Körperform. Dafür unternehmen wir viel zu zweit. Wir gehen ins Kino und auf Konzerte, wir verreisen noch mal zusammen, ich esse alles, was ich möchte, werde rund wie eine Robbe, und er liebt mich immer noch.

Das erste Kind ist da! Das Leben ist durcheinander. Aber das macht nichts. Erst mal. Wir sind beide übermüdet, vollgekotzt und ungewaschen. Wir bestellen öfter mal Essen vom Lieferdienst und schlafen ein, ehe er klingelt. Immerhin schaffe ich es meistens, die Waschmaschine anzustellen, ehe wir alle nur noch nackt rumlaufen können. Wir kaufen einen Wäschetrockner und amüsieren uns darüber, dass wir jetzt auch so ein Spießerteil haben. Aber ich muss zugeben, dass es praktisch ist.

Dazwischen bewundern wir das großartige Kind, das schon so einzigartig lächeln kann, so hochbegabt robben und so musikalisch brabbeln. Dann ist seine Väterzeit zu Ende, und er geht wieder arbeiten. Klar, dass ich ihn nachts schlafen lasse, er muss ja im Büro mit erwachsenen Menschen sprechen. Ich muss nur einigermaßen funktionieren, mit dem Baby kuscheln und bisschen den Haushalt machen. So traumhaft ist mein Leben als Hausfrau und Mutter.

So ein Haushalt ist ein Fass ohne Boden, denke ich plötzlich, als ich mit Baby vorm Bauch und Einkäufen auf dem Rücken in den fünften Stock schnaufe. Hatte ich mir das Leben so vorgestellt? Als Hausfrau und Mutter? Dauernd muss ich Wäsche waschen, trocknen und dann auch noch zusammenlegen und in die Schränke räumen. Dauernd muss ich was einkaufen, dauernd muss ich was wegräumen, um zwei Meter weiter wieder über was anderes zu stolpern.

»Wäre super, wenn wir den Einbauschrank benutzen könnten«, sage ich zu meinem Mann. »Den wolltest du doch schon lange mal entrümpeln.«

»Puh, ja, wollte ich. Mach ich auch. Am Wochenende.«

Ein paarmal habe ich noch nachgefragt. Und was soll ich euch sagen? Er hat es gemacht! An dem Wochenende, bevor wir umgezogen sind. Drei Jahre später.

Ich will nicht nur Hausfrau und Mutter sein, denn das ist mir auf Dauer zu langweilig. Mein Beruf macht mir Spaß. Und ich möchte eigenes Geld verdienen. Also fange ich wieder an zu arbeiten. Durch die Schwangerschaft war ich ja eine Weile raus aus dem Job, jetzt muss ich mich bemerkbar machen, mir originelle Geschichten ausdenken, meinen After-Baby-Body in Form bringen. Und es klappt. Ich entwickle ein YouTube-Format und bekomme einen Buchvertrag. Viel Arbeit, aber irgendwann wird sich das auszahlen, da bin ich sicher. Es ist toll, auch wieder mit Erwachsenen reden zu können. Allerdings bleibt dafür kaum Zeit. Ich lerne schnell, extrem effizient zu arbeiten, denn ich muss den Kleinen ja aus der Kita abholen, vorher schnell einkaufen und nach dem Spielplatz Abendessen kochen. Ich krieg das alles irgendwie hin. Aber jetzt stehe ich ständig unter Strom, mache mir Listen, im Kopf und auf Papier und im Smartphone, damit ich an alle Termine denke, alle Sachen einkaufe und auch mal den Babysitter für einen Abend zu zweit organisiere.

Nun sind es schon zwei Kinder. Wirklich bemerkenswerte Menschen, originell und zauberhaft. Aber auch ganz schön anstrengend. Und sie bringen das Leben durcheinander. Und mich auch. Plötzlich merke ich: Ich habe eine neue Superpower. Ganz ohne dass ich das bemerkt habe, scheine ich jetzt immer ein Cape zu tragen, auf dem in Leuchtschrift *Mami macht das* steht.

Auch mein Mann hat das offenbar verinnerlicht. Je organisierter und multitaskingfähiger ich werde, desto mehr wird an mich outgesourct. Er stellt mir Fragen wie:

»Bärbel, wo ist denn die Butter?«

»Wo ist denn mein Geldbeutel?«

»Wo ist denn nur mein Wintermantel?«

Noch bevor er überhaupt nachgeschaut hat. Das ist auch so eine Auswirkung des digitalen Zeitalters. Anstatt selbst zu überlegen, googeln wir alles. Anstatt selbst nach dem Schlüssel zu suchen, geben wir die Suchanfrage bei Bärbel ein, die hat das doch alles im Kopf. Natürlich habe ich das. Weil ich muss. Weil wir sonst nur noch suchen würden. Leider kann man ja außer dem Handy nichts klingeln lassen, um es wiederzufinden. Wusste ich früher nur, unter welchem Kleiderhaufen die Handtasche liegt, in der mein Lippenstift ist, notiere ich heute blitzschnell im Kopf, wer in unserer Familie was wo abgeworfen hat und was draufgefallen ist. Ich merke mir, wohin er seine Schlüssel gelegt hat, in welcher Kiste seine Wintersachen sind und welcher Wochentag heute ist. Ich merke mir, in welche Sofaritze unser Sohn das Pokémon gestopft hat, wo Andreas Lieblingshaarspange ist und auf welcher Seite im Buch wir waren. Alles gleichzeitig im Kopf zu haben, das ist meine neue geheime Superpower. Die alte Superpower »Spaß haben und locker bleiben« war auch nicht schlecht, nur kann ich damit im Augenblick weniger anfangen und sie verblasst immer mehr, weil ich sie so wenig benutze.

Wenn Michael nach Hause kommt, legt er grundsätzlich seinen Fahrradhelm und seine Tasche und die Post auf die Kücheninsel. Es ist genau die Stelle, über die er beim Einzug sagte, dass wir die nicht so vollmüllen dürften. »Das sieht sonst blöd aus.« Ja, stimmt, sieht blöd aus. Und jeden Tag ein bisschen blöder.

Und unpraktisch ist es außerdem, weil ich dann immer alles beiseiteschieben muss, wenn ich Brot schneiden oder die Küche sonst wie als Küche benutzen will und nicht als Fundsachen-Sammelstelle. Zum Glück verschwinden die Sachen, die er da hinlegt, irgendwann einfach an ihren Platz. Zauberei? Nein. Meine zweite geheime Superpower, um die ich nie gebeten hatte: aufräumen.

Wer hätte das gedacht? Meine Mutter lacht sich jetzt kaputt – ich und aufräumen! Darin war ich früher nie besonders gut und hatte auch wenig Lust darauf. Meine Singlebuden sahen immer schlimm aus. Aber ich wusste ungefähr, in welchem Berg ich wühlen musste, um einen bestimmten Schal oder eine Salatschüssel zu finden. Mit Familie ist das schwieriger. Zwei Menschen machen mehr als doppelt so viel Unordnung wie einer. Und zwei Kinder mehr als doppelt so viel wie zwei erwachsene Menschen. Mit Kind steigt die Unordnung exponentiell, mit zwei Kindern wird sie n-fach potenziert oder so. O.k., in Mathematik war ich jetzt nie so wahnsinnig gut – es wird jedenfalls schlimm! Da muss man eine wasserdichte Strategie entwickeln, um nicht zu versinken. Unsere funktioniert so: Ich räume auf. Nur mein eigener Papierkram bleibt manchmal liegen. Am Ende der Woche schiebt mein Mann dann gerne alle meine Unterlagen auf dem Schreibtisch zu einem Haufen zusammen und stopft sie in irgendeine Schublade. Er sagt dann, er wolle »endlich mal Ordnung machen«, weil ihn das sonst störe.

Männer nerven. Echt. Die einzige neue Superpower, die sie entwickeln, ist Dickfelligkeit. Und wenn sie dann doch einmal die Spülmaschine ausräumen, erwarten sie, dass man sie ausführlich dafür lobt. Neulich erzählte eine Mutter auf dem Spielplatz, dass ihr Mann nachts die Windeln des Kleinen wechsle. Ohne Aufforderung. Alle umstehenden Mütter jauchzten auf. »Oh, wie toll. Was für ein super Vater.«

»Ich habe das auch gemacht«, sage ich laut. »Die Windeln gewechselt. Ohne Aufforderung.«

Ich erntete verwirrte Blicke.

Ich will das nicht. Das muss sich ändern. Ich muss einen Plan machen. Aber erst mal räume ich die Spülmaschine aus.

Ehe ist over

»Mamiii!«

Andrea kommt mit ihren kurzen Beinchen auf mich zugestürmt. Ihr geblümtes Kleidchen ist dreckverschmiert, und ihre Zöpfchen haben sich aufgelöst, aber sie strahlt. Hinter ihr kommt Robin-Legolas angeschlurft, seine Baseballkappe lässig schräg auf dem Kopf.

Bei unserem ersten Kind haben wir tagelang Namensbücher gewälzt und eine Liste angelegt, in die wir immer wieder einen Namen eingetragen haben, der uns besonders erschien. Dann wussten wir es: Robin-Legolas. Wegen Christopher Robin aus Pu der Bär, unserem liebsten Kindheitsbuch, das heute noch genauso bezaubernd ist wie früher. Deswegen liegt es auch auf allen Nachttischen in allen Kinderzimmern im Prenzlauer Berg. Dass nicht alle Jungs zwischen zwölf und zwei Jahren Robin heißen, ist eigentlich erstaunlich. Auf den Spielplätzen haben wir trotzdem schnell festgestellt, dass wir mit unseren originellen Einfällen nicht alleine sind. Alle Eltern hier rufen ihren Kindern ausgefallene Doppelnamen hinterher, gerne kombiniert mit etwas Klassischem oder Astrid Lindgren oder Fantasy. Na gut. Beim nächsten Kind wissen wir Bescheid. Wir nehmen dann einen ganz schlichten Namen, irgendwas aus den Achtzigern vielleicht. Damit ist es auch wieder was ganz Besonderes. Sabine zum Beispiel, Thomas oder Andrea. Hehe, nicht schön, aber ganz sicher originell.

Denkste. Kaum war das zweite Kind spielplatzreif, merkten wir, dass wir auch diesmal voll im Trend lagen. Egal. Trotzdem sind unsere Kinder natürlich einzigartig. Ich schaue die beiden Dreckspatzen verliebt an. Was sind die Kinder groß geworden. Immer wieder überkommt mich das plötzlich. In einem Anfall von Rührung drücke ich die beiden an mich, wobei Robbie sich heftig wehrt. Dann nicke ich den Erziehern zu und schiebe die Kinder zum Tor hinaus auf die sonnenhelle Straße.

»Wollen wir ein Eis essen gehen?«

»Jaaa! Aber eins vom Kiosk, bitte«, ruft Robbie.

»Auf gar keinen Fall. Wir gehen zu Frollein Smilla und essen leckeres selbst gemachtes Bio-Eis. Jeder kriegt eine Kugel.«

Robbie mault noch ein bisschen. »Warum denn immer zum Frollein? Ich will Calippo-Cola.«

Meine Kinder sind leider kulinarische Vollhonks. Und das, obwohl sie mitten im Prenzlauer Berg groß werden. Dem Gebiet mit der wahrscheinlich größten Dichte an handwerklich hergestellten Bio-Gelato in Mitteleuropa. Mindestens. Ich habe sie trotzdem lieb. Und ich verstehe sie ja auch. Mein größtes Glück als Kind war Himbi. Oder Flutschfinger. Aber diese Kiosk-Eissorten gehören ja fast alle zu Nestlé oder irgendeinem anderen fiesen Konzern, der Mensch und Umwelt ausbeutet, das kann ich mit meinem Gewissen nur sporadisch vereinbaren.

Ich setze die zwei ins Lastenfahrrad und strample los. Vorsichtig radle ich vom Gehweg auf den Fahrradweg rüber und winke dabei ein paar Eltern zu, die ihren Kindern noch die Sonnenhüte festzurren. Die Straße runter kann ich den Fernsehturm gegen den blauen Himmel glitzern sehen. Wir fahren langsam über das holprige Pflaster, und ich mache mir im Geiste Notizen: hier in der fairen Rösterei morgen Kaffeebohnen holen, die äthiopischen waren sehr gut; im Alleshandgemachtimprenzlberg-laden sind handgenähte Kinderhosen im Angebot (heißt hier: 89,90); beim Unverpackt-Laden Haferflocken und Dinkel ab-füllen fürs Brotbacken und Müslirösten.

Die Kinder kichern über zwei Möpse, die sich in einer Art unbeholfenem Liebesspiel ineinander verkeilt haben. Ihre Beine sind einfach zu kurz. Eine bildschöne schlanke Blondine in mauvefarbenem Leinenkleid und passendem Babytragetuch ver-sucht mit gequältem Lächeln, ihr Tier wegzuziehen, während ein Hipster-Daddy mit beinahe knielangem Bart, kurzen Hosen und tätowierten Waden seinen als Piraten verkleideten Kindern er-klärt, dass die zwei sich grade ganz doll liebhaben.

Schön ist es, ein fast dörfliches Gefühl von heiler Welt, in die nur von ferne diverse Sirenen von Polizei und Rettungswagen dringen, weil es im benachbarten Wedding wieder mal eine Mes-serstecherei gegeben hat. Bin ich froh, dass es hier im Prenzlauer Berg so idyllisch ist. Obwohl ich die anderen Teile von Berlin auch mag, klar. Kreuzberg zum Beispiel, das immer noch bunt und anarchisch wirkt, wo linksliberale Hanfträger beim konser-vativ eingestellten Türken einkaufen. Berlin ist toll. Das muss ich mir zwischendurch auch mal wieder bewusstmachen, wenn ich hier durch die Gegend hetze und im Kopf schon beim nächsten Punkt der To-do-Liste bin.

Vor der Eisdiele ist schon eine Schlange. Klar, Abholzeit. Jetzt gehen alle zum Frollein. Ich stelle mich hinten an. Die Kinder rennen vor die Theke und beraten sich, welches Eis sie nehmen wollen.

»Mami, ich nehm Himbeer-Basilikum«, ruft Andrea und drückt ihre Nase an mein Knie.

»Und ich Mohn-Mandel«, sagt Robbie.

»Alles klar. Geht gleich los.«

Die beiden hüpfen ungeduldig auf und ab, und ich linse in den Laden. Warum dauert das denn so lange? Die Schlange hat sich kaum bewegt. Normalerweise geht das hier ruckzuck, selbst bei vielen Kindern. Da erspähe ich Manuela. Ich seufze. Na, dann kann es dauern. Manuela Schäuffele kennt fast jeder in unserem Kiez. Sie ist als »Prenzlschwäbin« mit ihren YouTube-Videos so etwas wie eine Berühmtheit geworden. Dabei vereinigt sie in ihrer Person alle Klischees über den Prenzlauer Berg: Besserverdiener, Besserwisser, Bioschwaben, die den armen Ossis ihr ehrliches Arbeiterviertel mit ihrem geerbten Geld einfach unter dem Hintern weggentrifiziert haben. Und Manuela geniert sich kein bisschen dafür, sondern tut weiter überall lautstark ihre Meinung kund und mischt sich ungefragt in alles ein, was sie interessiert und was sie besser weiß. Also alles eigentlich. Nun steht sie vorne am Tresen und diskutiert mit Smilla über die Zutaten der einzelnen Eissorten, während ihre Kinder Wikipedia und Bruno-Hugo-Luis an der Scheibe lecken, die sie zum Glück von den Eistöpfen trennt. Ich höre ihre durchdringende Stimme bis draußen.

»Und die Orangen im Blutorangen-Stracciatella? Wo sind die her? Aus Sizilien, aha. Aber die sind trotzdem bio, oder? Was für Agriculturas oder wie des heißt, sind des, wo Sie die herholen? Wissen Sie ganz sicher, dass die nicht gespritzt sind? So? Ah, die Schale machet Sie trotzdem nicht mit nei. Ja, des isch wahrscheinlich auch besser so. Hä? Noi, danke, das nehm ich net. Ich mag keine Orangen. Ich nehm – also, bei der Tonkabohne hätt ich jetzt aber auch noch a kurze Frage. Wo wird des eigentlich angebaut?«

Du liebe Zeit. Bis die sich durch sämtliches Eis gequatscht hat, ist es Winter.

»Kommt, Kinder, ihr kriegt heute ausnahmsweise doch ein Kiosk-Eis.«

Wenig später sitzen wir mit unserem quietschbunten Eis auf dem Spielplatz. Ich blinzle in die Sonne und versuche zu sehen, ob irgendwer von meinen Freunden oder Bekannten schon da ist. Andreas Kleidchen ist jetzt vollkommen verdreckt, aber das macht nichts. Sie wird sich sowieso gleich komplett ausziehen, um in der Matschepampe zu spielen. Robin-Legolas balanciert auf einem Stamm. Beide Kinder sind zufrieden und beschäftigt. Ich lehne mich zurück und zücke mein Smartphone. Dann kann ich ja noch schnell nach Kuchenrezepten googeln. Andrea hat nächste Woche Geburtstag, und in der Kita gibt es neue Unverträglichkeiten. Hoffentlich ist bis zur Geburtstagsfeier bei uns nicht mehr Lala-Kerima ihre beste Freundin. Die darf nämlich überhaupt keinen Zucker essen, Obst nur ab und zu und nur bestimmtes. Aber momentan wechseln Andreas Lieblingsfreunde täglich, das kann ich bestimmt deichseln. Was soll ich denn sonst machen? Ich kann doch nicht drei Kindern Kuchen geben und einer ... 'ne Gurke?

»Wie ein Vater! Sitzt auf dem Spielplatz und guckt ins Smartphone nei, glaubsch des«, höre ich eine durchdringende Stimme neben mir. Ich zucke zusammen. Manuela lässt sich neben mir nieder. Na wunderbar.

Schuldbewusst stecke ich das Handy ein und lächle dann strahlend. »Manu, schön, dich zu sehen! Setz dich doch.«

»Gern. Wart gschwind. Wikipedia, zappel net so, ich will dir den Mund abwischen. So. Möchtest du auch ein Feuchtie? Für die Andrea?« Sie hält mir eine Packung Feuchttücher unter die Nase.

Ich winke ab. »Danke, die geht eh gleich in die Matschepampe. Na, was gab's denn für ein Eis?«

»Erdbeere. Isch am sicherschten. Sonst weißt du doch nie genau, was eigentlich drin isch.«

Robin-Legolas kommt angehüpft und hält mir sein abgelutschtes Stäbchen hin. Sein weißes T-Shirt hat grelle Flecken. Manuela zieht die Augenbrauen hoch, ich lächle sie an. »Bei uns gab es heute krasses Farbstoff-Eis. Man konnte ja nicht absehen, wann du deine Bestellung loswirst«, sage ich mit freundlich gemeinter Ironie.

»Na, du muscht wissen, wen du unterstützen willst«, gibt sie ebenso freundlich-ironisch zurück. »Immerhin, wenn man schon Nestlé-Produkte kauft, dann doch am besten bei diesem Kriminellen. Du weischt schon, dass der des ganze Haus gekauft hat? Mit Drogengeld? Und jetzt setzt er die Mieten hoch. Na ja.«

Manuela grinst. Dabei fällt mir auf, wie gut sie aussieht. Ihre Haare haben einen glänzenden Kastanienton und ihre Augen strahlen. Die Klamotten sehen auch super aus. Nicht grade spielplatztauglich zwar – beige Coulotte, safranfarbene Wildlederboots, blaue Seidenbluse –, aber sehr schick. Sonst ist Manuela meistens eher praktisch angezogen, während sie sich hektisch bis angestrengt durch den Kiez schwäbelt.

»Du siehst ja toll aus«, sage ich ehrlich beeindruckt. »Warst du im Urlaub?«

»Danke. Nein, war ich nicht. Ich hab mich getrennt.«

Ich blicke sie verblüfft an. Verarscht sie mich jetzt? Aber so sieht sie nicht aus. Gelassen schlägt sie die Beine übereinander und zupft ein kupferfarbenes Haar von der Coulotte.

»Ihr habt euch getrennt? Aber …« Hilflos breche ich ab. Was sagt man denn dazu? Mein Beileid? Spinnst du? Glückwunsch? Manuela wirkt jedenfalls total zufrieden.

29

»Ja, Matthias und ich haben uns getrennt«, wiederholt sie träumerisch.

Ich kann meine Neugier nicht zügeln. »Und warum? Gibt es jemand anderen?«

Manuela lacht. »Nein. Also, net dass ich wüsst. Bisher. Ich hatte einfach die Schnauze voll, weisch. Ich will noch mal richtig läbe, eh ich wirklich alt bin. Keine Kompromisse, weisch. Dafür isch die Zeit au zu kurz. Der Matthias und ich, wir waren einfach kein Liebespaar mehr und Partner au net wirklich. Und da hab ich mir gesagt: Das kann es doch net gewesen sein, oder? Willsch du am Ende auf so ein Läben zurückblicken?«

Sie sagt »Läben« statt »Leben«. Echt. Ich bin ja selbst aus Schwaben und kenne auch viele Süddeutsche im Prenzlauer Berg, aber die meisten haben sich entgegen der allgemeinen Vorurteile sehr gut assimiliert und sprechen richtiges Hochdeutsch, besser als die meisten Berliner. Manuela ist mindestens schon so lange hier wie ich, aber sie spricht wie Wolfgang Schäuble, bestenfalls. Ich kriege immer ein bisschen Gänsehaut, wenn ich das höre. Deswegen fange ich in ihrer Gegenwart oft an zu berlinern. Damit niemand denkt, ich sei auch so eine anstrengende Schwäbin.

Sie schaut mich abwartend an, und ich schüttle die Gänsehaut ab und konzentriere mich auf den Inhalt ihres Geschwäbels. Ehrlich gesagt bin ich beeindruckt von ihrer Ehrlichkeit. Irgendwie macht sie das sympathisch. Und außerdem ist sie zum ersten Mal nicht perfekt. Ich juble innerlich ein bisschen. Die Superüberfrau, die immer alles im Griff hat, ist tatsächlich mal gescheitert. Dann pfeife ich mich zurück. Wie gemein von mir. Die beiden waren doch lange zusammen, bestimmt zehn Jahre. Und haben zwei gemeinsame Kinder. Und eine riesige Dachgeschosswohnung. Ob die schon abbezahlt ist?

Manuela bekommt meine inneren Dialoge nicht mit. Sie plaudert weiter. »Ja, weischt, ich hab mir älles mal ganz offen und ehrlich angeschaut und Bilanz gezogen: Guck amal, ich bin noch voll jung, eigentlich, und ich wollt nie auf dem Dorf hängen bleiben wie meine Schulfreundinnen. Und jetzt tu ich des doch. Bloß halt in Berlin. Ich wollte mich immer selbst verwirklichen, stattdessen dekorier ich die Wohnung, koche fettfrei und vegan und Matthias wird trotzdem immer dicker. Und findet sich aber toll. Ich möchte nimmer zuerst an alle anderen denken, sondern Zeit und Kraft für meine eigenen Bedürfnisse haben. Und da hab ich mir eine Pro-Kontra-Lischte gemacht. Die sah für den Matthias dann net so gut aus.«

Sie kichert. »Handwerklich zum Beispiel bin ich einfach begabter – und dann muss ich trotzdem immer wochenlang warten, eh ich die Lampen dann selber anschraub, weil er des doch ›total gern machen will‹, die Kinderbetreuung bleibt zum größten Teil an mir hängen, obwohl ich ja auch arbeite, und selbst wenn er's versprochen hat, schafft er es dann meistens doch nicht, mal früher zu kommen und die Kinder zu übernehmen. Ganz zu schweigen vom Zuhausebleiben, wenn eins krank ist. Einkaufen, Wäsche, Kochen, Putzen … irgendwie war da ganz selbstverständlich nur ich zuständig. Und dann …«

Manuela hält plötzlich inne und sieht mich unsicher an. Geniert sie sich jetzt für ihre Offenheit? So dicke sind wir schließlich nicht befreundet. Sie ist mir einfach zu anstrengend. Obwohl die Kinder eigentlich ganz gern zusammen spielen, wenn sie sich treffen.

Ich möchte sie gern ein bisschen aufmuntern. »Du, ich versteh das alles, was du sagst, ich glaube, da kann sich fast jede Frau ein bisschen wiederfinden. Und es ist echt schwer, auch dann noch verliebt zu sein, wenn er schon wieder nicht mal die Milch mitgebracht hat, um die man ihn gebeten hatte.«

Manuela nickt erleichtert. »Ja, genau. Da hat man einfach ein Kind mehr, dem man alles zehnmal sagen und hinterhertragen muss. Also, das killt ja auch einfach die Luscht, verschtehscht.«

Bei »Luscht« zucke ich noch mal zusammen. Das muss ich ganz schnell wieder vergessen, sonst killt das auch was. Die Pazifistin in mir beispielsweise.

Manuela grinst verlegen. Ich merke, dass es ihr einerseits unangenehm ist, darüber zu sprechen, und andererseits ein großes Bedürfnis. Und sie hat sich mich ausgesucht, um ihr Herz auszuschütten, also werde ich einfach die Ohren zusammenbeißen und sie freundlich behandeln. Der Entschluss stimmt mich milde, ich bin ein bisschen gerührt von mir selbst.

Mein sanftes, verständnisvolles Lächeln scheint Manuelas Vertrauen zu stärken. Sie rückt noch ein bisschen näher und senkt die Stimme zu einem komplizenhaften Flüstern. »Und dann noch beleidigt sein, wenn man nach dem Kücheaufräumen zu müde isch, sich in ein Callgirl zu verwandeln. Dazu fällt dir doch nix mehr ein, oder?«

»Ja, beleidigt ist unsexy«, stimme ich ihr zu. »Da wird die Verantwortung dann wieder uns Frauen zugeschoben.«

Verblüfft merke ich, dass ich tatsächlich verstehe, wovon sie spricht, auch wenn ich darin noch kein großes Problem gesehen habe, schon gar nicht eines, weswegen ich mich trennen würde.

Manuela nickt versonnen und streicht sich anmutig durch das glänzende Haar. »Tja, ich bin da raus. Ehe isch einfach over, weisch. Das passt einfach nicht mehr in die Zeit. Zu dir selbst kommscht nur allein.« Sie reckt die Faust und sagt verschmitzt: »Ehe heißt Unterwerfung, Trennung heißt Emanzipation.«

»Krasser Spruch«, entgegne ich. »Wie meinst du das denn?«

»Na, nur als Alleinerziehende kommt man als Frau wieder ganz zu sich. Weischt, da wird die Zeit mit den Kindern ganz ordentlich auf zwei aufgeteilt, das isch erst mal ein organisatorischer Aufwand, aber dann hab ich unterm Strich viel mehr Zeit für mich.«

»Ernsthaft?« Das möchte ich doch genauer wissen. Ich hab mir bisher nicht viele Gedanken um Alleinerziehende gemacht, aber ich stell es mir eher anstrengend vor.

»Ha ja, jetzt isch er eine Woche dran mit den Kindern und dann eine Woche ich. Stell dir des amal vor! Ich hab ganze Wochenenden nur für mich.«

Tatsächlich. So habe ich das noch nie gesehen. »Also, nicht alleinerziehend, sondern … wie sagt man denn da? Teilzeit? Und wie macht ihr das mit der Wohnung?«

Manuela verzieht das Gesicht. »Des isch natürlich a Problem. Du findescht ja praktisch keine gescheiten bezahlbaren Wohnungen mehr, schon gar net im Dachgeschoss. Also, die Kinder bleiben natürlich in ihrer Wohnung. Ich hab mir eine von meinen Ferienwohnungen hergerichtet, so als Single-Bude. Da isch halt Laminat drin, aber sie isch schon ganz schön. Und gleich ums Eck. Und der Matthias isch da überm Kiosk eingezogen, bei dem Kriminellen. Ich hab ja zwei Ferienwohnungen nebeneinander auf dem gleichen Stock, aber ich wollt ihn net unbedingt als Nachbarn haben – und sie war ihm auch zu teuer. Wobei ich seine Miete auch echt zu viel find. Weischt, da hat fünfzig Jahr so a Paar drin gwohnt, saubillig, und jetzt isch sie gstorbe und er zieht nach Marzahn in ein Seniorenheim. Und der Ganove verlangt glatt das Vierfache. Dabei isch die net mal saniert, gell, bloß renoviert, keine neuen Fenster und Heizung. Des geht eigentlich gar net. Ich hab dem Matthias gsagt, er soll sich an den Mieterschutzbund wenden, aber des will er net. Ich hab da mal hingeschrieben, schließlich brauchen wir ja des Geld, jetzt, wo eine Ferienwohnung wegfällt bei mir.«

Mir schwirrt ein bisschen der Kopf. Entspannt klingt das nicht. »Versteht ihr euch denn noch gut? Also, könnt ihr miteinander reden?«

»Ha doch, des geht eigentlich. Der Matthias muss sich erscht noch bissle reinfinden in seine neue Rolle als alleinerziehender Vater in Teilzeit. Der war irgendwie überrumpelt von meiner Entscheidung. Typisch Mann, gell. Ich hab schon monatelang gesagt, so geht des net weiter, aber des hat er halt net ernscht genommen. Aber inzwischen ischer ganz tapfer. Und jetzt isch ja auch des Emotionale raus, so als Paar, gell, da könnet mir alles ganz sachlich ausdiskutiere.« Sie blickt auf die Uhr. »Hoi, mir müsset los. Der Bruno-Hugo-Luis hat Tubaunterricht, und danach gehen mir alle zusammen zur Eltern-Kind-Meditation.«

Ich nicke. »Na, dann alles Gute weiterhin.«

»Danke. Des war echt nett jetzt grad. Könntet wir ja mal wieder mache. Tschüssle.«

Alleinerziehende haben ungezogene Kinder

Ich schaue auf die Uhr. Viertel vor sechs. Zeit, die Kinder einzusammeln und ihnen was zum Abendessen zu machen. Suchend blicke ich mich um. Andrea sitzt komplett verschlammt in einer Matschpfütze im Sand. Als ich sie hochhebe, merke ich, dass sie schon ganz kalte Beinchen hat. Robin-Legolas ist nicht zu sehen. Ich wickle Andrea in ein Handtuch und stapfe mit ihr zum Fußballplatz. Da kickt er mit einem Jungen, der mir bekannt vorkommt. Ach ja, Heinrich-Herodes. Der ist auch in der Kita. Ich konnte den Jungen noch nie leiden. Erst habe ich mich dafür geschämt. Darf man denn ein Kind kacke finden? Aber schließlich sind Kinder ja auch nur Menschen, und da sind einem welche sympathisch und andere eben nicht. Natürlich muss man trotzdem so nett wie möglich zu ihnen sein, denn sie können ja nichts dafür. Mit seiner Mutter habe ich mich aber immer gut verstanden. Da ist sie ja, Tina. Sie sitzt an der Umzäunung und spricht hektisch ins Handy.

Als sie mich sieht, winkt sie freudig. »Mensch, wie schön, dass ich dich treffe. Wir haben uns ja lange nicht gesehen. Und die Jungs haben sich so gefreut.«

Ich nicke verhalten und umarme sie flüchtig.

Tina kitzelt Andrea unterm Kinn. »Auch schon so groß, die Kleine. Du, sag mal, kann ich dich um einen Gefallen bitten? Was hast du denn heute noch vor?«

In mir schwappt Misstrauen hoch. Gefallen, das klingt nicht gut.

»Äh, ich wollte jetzt mit den Kindern nach Hause und ihnen Abendessen machen.«

»Könnte der Heini vielleicht mitkommen? Sein Onkel wollte ihn eigentlich abholen, schon vor 'ner Stunde, jetzt habe ich den endlich ans Telefon gekriegt, aber er hat es vergessen und ist beim Gotcha-Spielen. Zum Kotzen. Und ich habe gleich einen Termin. Es ist so ätzend, als Alleinerziehende muss man sich um alles kümmern.«

Puh. Darauf habe ich so gar keine Lust. Ich finde nämlich, Heinrich-Herodes ist total ungezogen. Wann immer er bei uns war, hat er übers Essen gemäkelt, lautstark Süßigkeiten verlangt und Robin-Legolas zu doofen Streichen angestiftet, die immer eine Riesensauerei zur Folge hatten. Aber Tina sieht echt verzweifelt aus. Sie schaut mich flehend an, und mein Widerstand bröckelt. Klar, die Alleinerziehend-Nummer zieht.

»Ja, gut. Können wir machen, gerne.«

Tina drückt mir einen Jutebeutel in die Hand. »Da sind seine Sachen drin. Danke! Und dann müssen wir auch mal wieder in Ruhe quatschen, ja? Wir haben uns viel zu lang nicht gesehen. Du siehst super aus.«

Ich ziehe die Nase kraus. Komplimente sind eine billige Bestechung, aber sie funktionieren.

Tina rennt zu ihrem Sohn und erklärt ihm, dass er mit zu uns kommt. Er jubelt und boxt Robin-Legolas heftig in die Seite. Der fängt an zu heulen. »Aua, das hat voll wehgetan.«

Tina schaut unschlüssig auf die Szene, dann dreht sie sich entschlossen um und wirft mir ein Küsschen zu.

»Bis später.«

Ich nehme den heulenden Robin in den Arm. »Entschuldige dich mal, Heinrich«, sage ich.

»Heee, das war doch voll pipimäßig, da muss er doch nicht gleich heulen.«

»Tut er aber, also hat es wohl wehgetan. Dann entschuldigt man sich bei seinen Freunden.«

Heinrich sieht mich herausfordernd an. Ich blicke streng zurück. Schließlich senkt er den Blick.

»Tschudigung«, murmelt er und streicht Robin ungelenk über den Arm. »Hey, ich darf mit zu euch kommen. Super, oder?«

»Cool«, sagt Robin grinsend, die Tränen sind schlagartig vergessen.

Zu Hause stürmen die Jungs gleich mit Kriegsgeheul in Robins Kinderzimmer.

»Stopp!«, rufe ich. Ich muss jetzt den Feldwebel spielen, sonst ist hinterher wieder komplettes Chaos.

»Ihr geht jetzt erst mal Händewaschen. Und zwar ordentlich und ohne Sauerei. Und dann könnt ihr spielen. Aber nur im Kinderzimmer, nicht im Schlafzimmer auf dem Bett rumhopsen, ist das klar? Und ihr räumt zusammen auf, wenn ich es sage.«

Dann ziehe ich Andrea frisch an und klopfe an Robins Tür. »Lasst Andrea mitspielen. Und seid nett zu ihr.«

Robin knurrt, aber Heinrich lächelt die Kleine an und reicht ihr ein Legomännchen. Stimmt, er mochte kleine Kinder immer schon gern. Und wünscht sich ein Geschwisterchen, hat Tina mir erzählt. Aber nachdem sein Vater sich schon vor seiner Geburt aus dem Staub gemacht hat, ist das Thema für sie erledigt. Ich weiß gar nicht, ob sie in der Zwischenzeit Beziehungen hatte.

Ich lasse die Zimmertür offen und gehe in die Küche. Das

leise Gekicher wiegt mich in Sicherheit. Ich schichte Gemüse, Tomatensoße, Lasagneplatten und Käse in eine Auflaufform und schiebe sie in den Ofen. Dann mache ich einen Salat.

Während ich den Tisch decke, kommt Michael herein und legt seinen Fahrradhelm auf die Kücheninsel. »Puh, war das heute nervig im Büro. Hallo Schatz, wie war dein Tag?«

»Gut. Vorsicht, leg den Helm bitte nicht dahin, da ist es klebrig vom Kochen, da wollte ich grade saubermachen.«

»Mach ich gleich.«

Ich werfe einen zweifelnden Blick auf den Helm. Wer räumt den nachher wohl wieder in die Garderobe? Na ja, egal.

»Wir haben übrigens Besuch. Von Heinrich-Herodes. Tina hatte einen Notfall.«

Michael lacht. »Wolltest du sie nicht genau deswegen nicht mehr treffen? ›Den Herodes lass ich hier nie wieder rein‹, hast du gesagt, als er die Blumenkästen vom Balkon geschmissen hat. Du bist nicht mal mehr ans Telefon gegangen, wenn Tina angerufen hat, weil die ja wieder nur einen Gefallen will.«

Ich fühle mich ertappt und er gibt mir einen Kuss auf die Wange. »Ach, du bist einfach zu nett zum Neinsagen.«

Ich winde mich ein bisschen. Ja, es stimmt. Kurz nach Andreas Geburt war ich eine Zeitlang nicht so gut drauf. Ich wusste nicht, wie es beruflich weitergehen sollte, ich fühlte mich ständig übermüdet, oft allein und manchmal richtig unglücklich. Und ich hatte tagsüber praktisch nur die Kinder als Ansprechpartner. Da war ich neidisch auf jeden, der in meinen Augen irgendwie Spaß hatte. Mit Erwachsenen. Zum Beispiel beim Tangotanzen, das machte Tina an zwei Abenden in der Woche – an denen ich auf ihren Sohn aufgepasst habe.

»Ja, vielleicht. Holst du die Kinder zum Abendessen?«

Wenig später höre ich Gebrüll. Michael. »Ich glaube, ihr spinnt! Was soll denn der Mist?«

Ich sprinte zum Kinderzimmer. Die Kinder stehen nackt und schuldbewusst vor ihm, um sie herum liegen die teuren Wachsmalkreiden, die wir bisher nur einmal benutzt haben. Sie schmieren herrlich, aber genau deswegen darf man die Kinder nicht damit allein lassen. Ich hatte sie ganz oben auf dem Schrank versteckt. Die wackelige Konstruktion von Stühlen und Hockern zeigt mir, wie sie drangekommen sind. Immerhin sind sie echt selbstständig. Und offenbar auch schwindelfrei. Andrea hat einen rosa Stift im Mund, ihr ganzes Gesicht ist verschmiert. Die Jungs haben dunkle Streifen am ganzen Körper. Und den Fußboden ziert ein riesiges Gemälde.

»Das ist eine Rakete«, sagt Andrea stolz und will mit dem rosa Stift weitermalen.

»Spinnt ihr? Ihr dürft die Stifte nicht einfach nehmen, Robin-Legolas, das weißt du ganz genau. Und auf den Fußboden malen erst recht nicht.«

Die Kinder schauen mich an. Sie sind noch ganz begeistert von ihrem Projekt.

»Ab in die Badewanne«, sagt Michael.

Während er die Kinder schrubbt, versuche ich, den Fußboden sauber zu kriegen. Michael findet Bastelprojekte, die Sauerei machen, wenn man nicht aufpasst, nicht so gut. Aber ich finde sie wichtig zur Kreativitätsförderung und versuche, die Bügelperlen, Kratzbilderflocken und bunten Pfeifenputzer immer schnell wieder verschwinden zu lassen. Dass die Kinder an die Stifte gekommen sind, geht natürlich auf meine Kappe. Ich hätte sie wegschließen müssen. Aber man muss den Kindern doch auch Verantwortung beibringen. Außerdem habe ich solche Sachen als Kind auch gemacht, und sie gehören zu meinen schönsten Erinnerungen. Vielleicht grade wegen des Donnerwetters hinterher. Daran erinnere ich mich lebhaft. Als ich zum Beispiel mit dem Kugelschreiber meines Großvaters große Fliegen an die Wand gemalt habe, weil ich die echten mit der Fliegenklatsche nie erwischt habe. Ich wusste genau, dass ich das nicht machen sollte, auch wenn mir niemand explizit verboten hatte, mit Kugelschreiber Fliegen an die Wand zu malen. Aber die Lust war stärker. Und als meine Eltern die Fliegen dann entdeckt hatten, stand ich die nächste halbe Stunde ganz allein im Zentrum ihrer Aufmerksamkeit. Das habe ich als Sandwich-Kind mit drei Geschwistern sonst nicht so oft erlebt. Ich seufze. Das hier wird auch mal eine fröhliche Anekdote sein. Heute aber nicht mehr. Der Boden ist wieder ziemlich sauber, ein ganz kleines bisschen Farbe sieht man noch in den Rillen. Na ja, irgendwann, wenn die Kinder groß sind, kann man das Parkett ja mal abschleifen. Beim Rausgehen entdecke ich noch eine Zeichnung an der Tür. Ein Drache. Der sieht eigentlich schön aus. Ich beschließe, ihn dranzulassen.

Mit feuchten Haaren sitzen die Kinder um den Tisch.

»Was ist das denn?« fragt Heinrich-Herodes misstrauisch.

»Gemüselasagne. Sehr lecker.«

»Das mag ich nicht.«

»Dann isst du eben nichts.« Ich schaue Robin-Legolas durchdringend an.

»Man kann wenigstens mal probieren«, erklärt er seinem Freund altklug.

Andrea schmeißt ihren Löffel auf den Boden. »Ich mag das auch nicht.«

»Du probierst es auch, genau wie Robbie.«

Widerwillig schiebt sie sich ein bisschen in den Mund, fest entschlossen, es auszuspucken. »Oh, schmeckt mir doch«, ruft sie erstaunt und beginnt, den Auflauf in sich reinzustopfen. Auch Robin-Legolas kaut.

Heinrich-Herodes sitzt immer noch mit verschränkten Armen da. »Ich will ein Würstchen.«

»Ich auch«, rufen meine Kinder sofort.

»Gibt's nicht. Ihr könnt vielleicht Nachtisch haben, wenn ihr vorher das Gemüse esst.«

Das überzeugt auch Heinrich. Jetzt essen sie um die Wette. Ich bin sehr zufrieden mit mir – auch wenn diese Art der Manipulation natürlich pädagogisch fragwürdig ist, das weiß ich selbst, ich habe die ganzen Ratgeber auch gelesen. Aber manchmal habe ich einfach keinen Nerv für sachliche Diskussionen auf Augenhöhe mit einer Dreijährigen und zwei Sechsjährigen.

»Was gibts denn als Nachtisch?«

Ich blicke in die strahlenden Kinderaugen und habe ein schlechtes Gewissen. Ein bisschen. Aber die Kinder brauchen ja auch etwas, was sie an ihren Eltern doof finden können.

»Apfel.«

»Oh. Können wir dann wenigstens fernsehen?«

Ich schaue zu Michael. Eigentlich gibt es Fernsehen nur einmal die Woche. Aber ich sehe, dass er das Gleiche denkt wie ich: In der Zeit machen sie wenigstens keinen Blödsinn.

Während die Kinder auf dem Sofa Apfelschnitze essen und kichernd Wallace und Gromit zuschauen, räume ich den Tisch ab.

Michael steht neben mir. Er blickt zu Heinrich-Herodes. »Dem fehlt eine Vaterfigur.«

»Meinst du? Er hat zwei Patenonkel, die sich um ihn kümmern und viel mit ihm unternehmen. Und Tina macht das ganz gut, finde ich. Sie probiert ganz viele Sachen mit ihm aus, und jetzt geht Heinrich-Herodes zum Yoga und zum Cellounterricht. Außerdem hat Tina einen männlichen Babysitter.«

»Na ja, aber trotzdem. Sie lässt ihm einfach zu viel durchgehen. Der kennt doch alle Fernsehserien. Und hat kein Benehmen. Unsere Kinder zum Fußbodenanmalen anstiften.«

Ich habe ein schlechtes Gewissen, weil ich die Sauerei nicht verhindert habe. »Als ich zuletzt nach ihnen geschaut hatte, haben sie Lego gespielt, da konnte ich ja nicht ahnen, dass sie als Nächstes die Stifte finden. Außerdem kann ich doch nicht dauernd danebensitzen. Ich habe Abendessen gemacht.«

»Ja, schon. Ich weiß ja.« Er klingt nicht überzeugt.

Es klingelt. Tina steht vor der Tür. Irgendwas ist anders als vorher. Sie strahlt und umarmt uns. »Ach, vielen Dank noch mal. Jetzt geht's mir gut. Ich war bei diesem tollen Thai-Laden, kennt ihr den? Müsst ihr unbedingt hin. Massage, Maniküre, Pediküre, Tom-Kha-Gung und Klebereis mit Mango. Ich bin richtig weggeschwommen.«

Aha. Das war ihr wichtiger Termin? Deswegen musste ich Heinrich-Herodes mitnehmen? Dafür sind jetzt unser Kinderzimmer und die Stimmung zwischen Michael und mir versaut. Toll. Na, die lässt es sich ja gut gehen. Wann war ich eigentlich das letzte Mal bei irgendwas mit Wellness? Zählt in Ruhe zu Hause duschen? Schlagartig bin ich eifersüchtig. Ist ja super, alleinerziehend zu sein. Man kann allen um einen herum immer ein schlechtes Gewissen machen, und schwupps helfen alle mit und man kann es sich auf der Massageliege bequem machen und Mangokleberreis in sich reinschaufeln. Ich habe ja Michael, meinen Partner, der sich die Arbeit mit mir teilt! Mir muss keiner helfen. Schön wär's. Die Arbeit ist überhaupt nicht fair verteilt, finde ich. Manuelas These von der Sklaverei der Ehe fällt mir ein. Ob ich auch mal so eine Liste machen soll?

Tina redet weiter. »Das war wie ein Schicksalswink, dass wir uns auf dem Spielplatz begegnet sind. Ich wollte schon absagen, dabei habe ich mir fest vorgenommen, einmal im Monat etwas für mich zu machen. Ich war schon so verkrampft und schlecht gelaunt und habe das, ohne es zu wollen, an Heini ausgelassen. Da habe ich gemerkt, dass ich zwischendurch mal rausmuss aus dem Hamsterrad und abschalten. Und das funktioniert wirklich. Jetzt habe ich immer was, auf das ich mich freuen kann und das nachwirkt, und dadurch bin ich viel entspannter und freundlicher.«

»Aha«, sage ich. »Ja, kann ich mir vorstellen. Ich weiß gar nicht mehr, wann ich so was zum letzten Mal gemacht habe. Ich habe einfach keine Zeit.« Anklagend schaue ich Michael an.

Der nickt. »Ja, ich würde auch gern mal wieder joggen gehen, ganz in Ruhe.«

Moment. Ich beschwere mich doch grade, dass ich keine Zeit habe. Da muss er mich bemitleiden und das ändern wollen, anstatt es auf sich umzumünzen.

»Ja, da müsst ihr euch wirklich Zeit dafür nehmen«, lächelt Tina. »Am Ende sind glückliche Eltern entspannter für die Kinder. Und für euch ist das ja einfach, ihr seid ja zu zweit.«

Michael und ich sehen uns an. Die hat leicht reden! Zu zweit ist nichts einfach, sondern zweifach schwierig, du ignorante Kuh!

»Tja, das ist auf jeden Fall sehr inspirierend, was du erzählst«, sage ich. »So bewusst was Gutes für sich tun und entspannen als fixer Termin.«

Tina strahlt. »Und, war alles gut hier bei euch?«

Michael lächelt säuerlich: »Geht so. Die Kinder haben ganz entspannt den Fußboden angemalt. Riesensauerei.«

Tina schaut uns entsetzt an. »Heini«, ruft sie. »Komm bitte mal her. Sag mal, hast du hier auf den Fußboden gemalt? Du weißt doch, dass man so was nicht macht.«

»Hab ich ja gar nicht.«

Jetzt lügt der auch noch, das ist ja großartig. Ich kann den Jungen immer weniger leiden.

»Robin-Legolas, Andrea, kommt mal bitte her«, ruft jetzt Michael. »Wer von euch hatte diese Idee mit dem Bild auf dem Boden?«

Wir stehen wie Kontrahenten voreinander. Man könnte fast lachen, wenn es uns nicht auf einmal so ernst wäre. Welches Kind war es? Welche Erziehungsberechtigten haben versagt? Darum geht es plötzlich.

»Ich habe die Stifte gefunden«, ruft Andrea da stolz.

Robin-Legolas nickt. »Aber ich habe sie runtergeholt, ganz alleine. Das war voll schwer, die Hocker sind immer vom Tisch gefallen.«

Tina seufzt erleichtert auf. Es war also nicht ihre Schuld. Sie hat nicht versagt, ihr Sohn ist kein unsympathisches Monster.

»Und ich habe die Piratenflagge gemalt«, sagt Heinrich-Herodes prompt strahlend.

»Aber ich habe dir geholfen! Ich kann nämlich besser Totenköpfe!«, ruft Robbie.

Alle drei Kinder stehen mit leuchtenden Augen vor uns und fallen einander ins Wort, während sie sich gegenseitig mit ihren vandalistischen Heldentaten übertrumpfen. Wir Erwachsenen stehen stumm daneben. Ich weiß nicht, wer zuerst den Blick vom Boden hebt, aber plötzlich sehen wir uns alle an und prusten los. Monster, alles Monster.

Erwachsenen-spaß

Tina und Heinrich-Herodes sind weg. Die schlechte Stimmung auch. Zum Glück.

Michael und ich sehen uns an.

»Wir haben schon tolle Kinder, oder?«, sage ich.

Michael nickt. Ich fange an, den Tisch abzuräumen, und gähne. Der Tag war voll und durchaus anstrengend.

»Jetzt machen wir uns aber mal einen schönen Abend«, sagt Michael munter. »Soll ich uns einen Drink mixen?«

Das ist gut. Die Kinder johlen im Kinderzimmer, die Küche ist schmutzig, und er plant einen fröhlichen Abend. Ich lächle nachsichtig und deute auf die Teller.

»Es ist Bettzeit. Putz du doch schon mal mit den Kindern die Zähne und lies ihnen vor, und ich mach die Küche sauber.«

»Nee, lass das einfach mal stehen. Das mach ich später, das macht mir überhaupt nichts aus.«

Ach so. Das macht ihm überhaupt nichts aus? Das ist ja super. Dann könnte er das doch einfach übernehmen. Also grundsätzlich. Damit wäre ich mehr als einverstanden. Egal. Ich nehme das Angebot jetzt an und entspanne mich, und dann haben wir wirklich mal einen schönen Abend zu zweit. Michael hat recht.

»Super«, sage ich und verziehe mich umgehend mit meinem Buch nach draußen.

Das habe ich mir auch mal verdient, denke ich. Schließlich

schnappe ich mir sonst ganz automatisch die Kinder, um sie bettfertig zu machen, und räume dann schnell die Küche auf, während Michael ihnen vorliest. Aus dem Bad klingt das Protestgeheul von Andrea, die Zähneputzen momentan als echte Zumutung empfindet. Aber darum kümmert sich ja heute Michael, wie schön. Ich stehe noch mal auf und hole mir ein Glas Wein. Die Schwalben segeln in der Abenddämmerung. Mein Blick folgt ihnen und bleibt dann an den Tomaten hängen. Was ist denn das da? Schwarze kleine Fliegen. Sind das Schädlinge? Muss ich mal googeln. Gießen sollte ich sie auch mal wieder. Das mache ich noch schnell.

Während ich die Gießkanne befülle, kommt Michael. »Du solltest es dir doch gemütlich machen.«

»Hab ich ja. Aber die Pflanzen brauchen noch Wasser.«

Er stellt den Wasserhahn ab und schaut mir tief in die Augen. »Mach ich nachher, jetzt komm mal her zu mir.«

»Schlafen die Kinder schon?«

Er nickt. »Bestimmt. Die hatten ja einen aufregenden Tag.«

Ich bin ein wenig skeptisch. Robin-Legolas will zurzeit vor dem Einschlafen immer noch irgendeine philosophische Frage klären, die ihm grade durch den Kopf geht und die man »im Bett so gut bequatschen kann«. So was wie: wer von uns als Erstes sterben wird, warum Männer keine Babys kriegen können oder warum Fische niemals auf dem Rücken schlafen (weil man sonst denkt, sie seien tot). Andrea möchte dann noch zwei Schlaflieder vorgesungen kriegen, während derer sie sich wie eine kleine Katze im Bett herumdreht, bis sie ihre perfekte Position gefunden hat und losschnarcht. Dass Michael das so schnell hingekriegt hat. Ich bin beeindruckt und sehr verliebt.

»Du solltest das öfter machen«, sage ich lächelnd.

Michael reicht mir mein Weinglas und gießt sich auch ein. Wir prosten uns zu, und ich muss ein bisschen kichern, weil es sich wie ein Date anfühlt. Das wäre im Film jetzt die Stelle, wo die Musik anschwillt, vielsagende Blicke getauscht werden und alle wissen: Jetzt wird's endlich leidenschaftlich.

Wir küssen uns. Erst ganz unschuldig, dann immer inniger. Mir fällt auf, dass ich schon ewig nicht mehr wild geknutscht habe, ich fühle mich fast wie ein Teenager. Ich höre förmlich die Filmmusik. Moment. Das sind doch keine Geigen? Klatscht da jemand, und noch dazu total arrhythmisch? Nein. Es ist kein Klatschen, sondern das Tapsen kleiner Füße.

»Andrea, was soll denn das? Ab ins Bett. Schlafenszeit«, sagt Michael in strengem Ton.

»Aber ich möchte noch ein Glas Milch trinken.«

Michael gibt Andrea ein Glas Milch. »Komm, ich bring dich zurück ins Bett.«

»Nein, die Mami soll mich bringen«, piepst sie.

Michael sieht mich an. »Sie kann auch lernen, allein einzuschlafen, bleib nicht wieder ewig da drin.«

»Nein, ich leg sie nur ins Bett.«

Erstaunlich bereitwillig schlüpft die Kleine unter die Decke. Ich kehre zu Michael zurück, der auf dem Balkon sitzt und auf sein Smartphone starrt.

»So, wo waren wir stehen geblieben?«, flüstere ich und streiche ihm durchs Haar. Er zieht mich zu sich.

»Mamaaa, ich hab Hunger. Kann ich noch einen Apfel?«

Robin-Legolas steht im Schlafanzug neben uns. Meine Güte, das ist ja wirklich wie im Film, aber wie in einer dieser Teenie-Komödien, wo immer die Eltern reinplatzen, bevor es endlich zum ersten Mal kommen kann.

»Haben. Einen Apfel haben. Nein, du hast schon die Zähne geputzt. Abendessen ist vorbei. Gute Nacht«, sage ich freundlich.

Er lässt die Schultern sinken und seufzt dramatisch. »Ja, gute Nacht. Wobei ich bezweifle, dass sie gut wird, wenn ich vor Hunger nicht schlafen kann.«

Ich bin beeindruckt von seiner Formulierung und seinem psychologischen Geschick. Er weiß, dass ich es nicht aushalte, ihn hungern zu lassen.

»Gut, ich schnippel dir einen Apfel. Aber danach musst du noch mal Zähne putzen und dann schlafen, einverstanden?«

Er strahlt. »Ja, Mami. Danke.«

Michael seufzt. Er findet mich inkonsequent, ich weiß. Bin ich ja auch. Aber ich kann nicht aus meiner Haut. Zufrieden zieht Robin-Legolas mit seinem Apfel von dannen, und ich setze mich auf Michaels Schoß.

»Ach, ist das nicht toll, wie sprachbegabt unsere Kinder sind? Hast du seine Formulierung gehört?«

Michael grinst. »Ja, das ist unglaublich. Und smart sind sie. Robbie weiß ganz genau, welche Knöpfe er bei dir drücken muss. Aber das macht nichts. Du bist eine tolle Mutter.«

»Und du ein toller Vater.«

Glücklich schauen wir in den Abendhimmel, an dem langsam die ersten Sterne sichtbar werden. Michaels Hand streicht langsam meinen Rücken hinunter und gleitet unter mein T-Shirt.

Tapp, tapp, tapp. Wir stöhnen beide auf und drehen uns um. Andrea steht nackt in der Tür.

»Warum hast du denn keine Windel an? Und warum bist du nicht im Bettchen?«

»Die Windel war vollgepullert. Und Mama soll mir noch was vorsingen.«

Michael steht auf. »Nee, Mama und Papa haben jetzt auch mal Pause. Ich zieh dir eine Windel an, und dann schläfst du einfach, ja?«

»Nein, Mami soll mir vorsingen.«

Ich erhebe mich halb aus dem Stuhl, aber Michaels strenger Blick lässt mich zurücksinken.

»Der Papi bringt dich ins Bett, Schatz, ja? Schlaf schön«, sage ich liebevoll.

Michael hebt das maulende Kind hoch und trägt es weg. Ich schaue wieder in den Himmel, lausche aber unruhig nach drinnen. Aus dem Maulen wird Heulen. Immer lauter. Schließlich gehe ich hinterher. Andrea sitzt tränenüberströmt im Bett.

»Komm, ich singe ihr vor, dann schläft sie ein, und wir können es uns schön machen.«

Michael nickt ergeben. »Wenn du meinst.«

»Na, was wäre denn dein Vorschlag? Sie heulen lassen?«

»Nein, du hast ja recht. Bis gleich.«

Ich lege mich neben meine Tochter. Sie schiebt ihr Ärmchen unter meinen Kopf durch und schmiegt sich eng an mich. Mit der anderen Hand streichelt sie meine Wange. Das ist so süß. Ich bin schon wieder ganz gerührt. Die Kinder werden ja so schnell groß. In ein paar Jahren wird keines von ihnen mehr mit mir im Bett kuscheln wollen. Das muss ich jetzt genießen.

»Welches Lied wünschst du dir denn?«, frage ich.

Andrea überlegt. »Surabara-Schonni«, sagt sie dann bestimmt.

Ich grinse. Vermutlich werden nicht viele Dreijährige mit Brechts *Surabaya-Johnny* in den Schlaf gewiegt, aber ich finde es toll, dass ihnen diese Lieder so gefallen. Im Urlaub auf langen Autofahrten singen wir immer zusammen, und irgendwann habe ich mit den Brecht-Balladen angefangen. Die fanden die

Kinder super und diskutierten mit uns darüber, warum man jemanden liebt, der kein Herz hat, oder wer die Gentlemen sind, die Hanna Cash einseift. Und mir machen die Songs auch mehr Spaß als immer wieder »Schlaf nur ein« und »Der Mond ist aufgegangen, die goldnen Sternlein braten«.

Ich singe mit geschlossenen Augen, Andrea wurstelt auf der Suche nach der geeigneten Schlafposition neben mir herum. Es folgt *Die Erinnerung an Marie A*, dann liegt Andrea still auf meinem Bauch. Als ich mich vorsichtig unter ihr wegschieben will, greift sie meine Hand und hält sie fest. Ich streichle ihre runden Finger und atme wieder ruhig und gleichmäßig, um sie mit meinem Bauch in den Schlaf zu wiegen.

Beim nächsten Blinzeln scheint die Sonne durch einen Spalt in den Rollos und draußen zwitschern Vögel.

Ich schiebe Andreas Fuß von meinem Gesicht und versuche, die Zeit zu schätzen. Außer den Vögeln ist alles still. Ich schleiche in die Küche. Die Uhr zeigt 6:54. Das heißt, es ist zwanzig vor sieben. Ich habe alle Uhren in der Wohnung mindestens eine Viertelstunde vorgestellt. Dann bin ich immer noch entspannt, wenn die Familie wieder mal auf den letzten Drücker fertig wird. Theoretisch. Aber da die Kinder sowieso nicht auf die Uhr schauen und Michael meinen Trick mit den Extraminuten kennt, kommen wir trotzdem nie rechtzeitig los. Vielleicht sollte ich sie noch einmal eine Viertelstunde vorstellen, ohne es Michael zu verraten. Dann wäre er ein paar Tage lang pünktlich, bis er draufkäme, ich würde die Uhr wieder vorstellen, und irgendwann befände sich die Wohnung dann in einer anderen Zeitzone. Ich lasse es doch lieber.

Heute fühle ich mich herrlich ausgeschlafen, Andreas Bett ist einfach sehr bequem. Und niemand schnarcht. Ein wenig schuldbewusst denke ich an Michael und unseren Plan von Zweisamkeit und Erwachsenenspaß. Aber er hätte mich ja auch wecken können. Dafür bin ich jetzt früh wach.

Ich weiß, was ich mache. Yoga. Genau, das hab ich mir schon so lang vorgenommen. Heute verschiebe ich das nicht, heute fang ich an. Perfekt. Ich hole die Matte und rolle sie vor den bodentiefen Fenstern aus. Dabei fällt mein Blick auf die Blumenkästen. Oh, da muss ich gießen, heute wird es sicher wieder heiß. Schnell stelle ich die Gießkanne unter den Wasserhahn. Dabei fällt mir auf, dass der Tisch noch vom Abendessen verklebt ist und der Parmesan dort vor sich hin schwitzt. Und die Spülmaschine ist auch nicht gelaufen. Ich schalte auf Schnellprogramm und wische den Tisch ab, packe den nassen Hartkäse in den Kühlschrank und denke an hundert Jahre Frauenbewegung. Während ich wienere, keimt Ärger in mir auf, dass Michael das nicht gemacht hat. Er hat gestern Abend doch gesagt: »Lass die Küche ruhig, ich mach das gern.«

Ich stelle die Kaffeemaschine an, damit sie sich aufwärmen kann. Für den Kaffee nach dem Yoga. In der Mühle sind keine Kaffeebohnen mehr. Hab ich nicht neue gekauft? Wo sind die denn? Ich öffne den Vorratsschrank. Da oben steht die Tüte mit den Kaffeebohnen. Auf dem obersten Brett, an das nur Michael bequem kommt. Ich stelle mich auf die Zehenspitzen, angle mit den Fingerspitzen nach der Tüte und schaffe es, sie nach vorne zu ziehen. Noch ein Stückchen, dann fällt sie vorne runter, und ich kann sie auffangen. Während ich mit der rechten Hand nach Halt suche, um mich noch ein bisschen höher zu strecken, und dabei überlege, ob das jetzt auch schon als Yogaübung zählen könnte, greife ich plötzlich in etwas Klebriges. Ihh. Ein ausgelaufenes Honigglas. Wer hat das denn nicht zugeschraubt da reingestellt und dann auch noch umfallen lassen? In dem Moment kippt die Kaffeetüte vornüber, ich fange sie geistesgegenwärtig auf – aber sie ist oben offen, und ein Hagelschauer aus Kaffeebohnen ergießt sich prasselnd über den Küchenboden. Okay. Atmen. An Yoga denken. Im Moment bleiben. Nicht laut »Scheiße!« schreien, nur weil jemand es fertiggebracht hat, die Tüte mit den Kaffeebohnen nicht nur auf das höchste Schrankbrett zu stellen, sondern sie auch noch offen zu lassen, anstatt eine von diesen Plastikklammern dranzumachen, über deren Wichtigkeit ich mir einen ganzen Vortrag von jemandem anhören musste, weil das Aroma der Kaffeebohnen angeblich in Nullkommanichts verfliegt, wenn sie nicht luftdicht aufbewahrt werden.

Das ist ein unnötig fieser Seitenhieb, lässt mein Mann euch wissen. Diese Plastikklammern sind wirklich wichtig, und er hat es eben EINMAL vergessen!

Das Aroma breitet sich in der Küche aus, immerhin riecht es gut, muss man schon sagen. Aber meine rechte Hand ist mit Honig und Kaffeebohnen überzogen wie ein kandierter Apfel mit Streuseln drauf. Also erst mal die Glasur von der Hand waschen. Währenddessen spaziert die Katze herein. Das Geprassel der Kaffeebohnen hat sie angelockt, und sie fängt begeistert an, mit den Bohnen zu spielen. Süß, aber ist Kaffee giftig für Katzen? Wahrscheinlich. Auf einen Tierarztbesuch kann ich auf jeden Fall verzichten, also scheuche ich sie raus und fege alles zusammen. Wenn ich den Staubsauger einschalte, wachen alle auf.

Puh. Jetzt aber Yoga!

Ich lege mein Handy neben die Matte und stelle die Yoga-App

an. Auf dem Handydisplay winken schon fünf ungelesene Nachrichten von diversen Messenger-Apps. Ignorieren.

Ich atme tief ein. Oh, das tut gut, mein Rücken ist ganz steif. Ich gleite in den Abwärtsschauenden Hund und schließe die Augen. Da tritt mir jemand von hinten auf die Waden. Ich sinke auf die Knie. »Au. Lass das bitte, das tut weh.«

Fröhliches Kichern. Andrea ist aufgewacht und versucht, auf meinen Rücken zu klettern. »Du bist mein Pferd.«

»Nein, mein Schatz. Im Moment bin ich ein herabschauender Hund, auf denen kann man nicht so gut reiten. In fünf Minuten bin ich wieder ein Pferd, okay? Du kannst ja mitmachen.«

»Okee.« Bereitwillig rutscht sie von meinem Rücken und stellt sich vor mir auf.

Ich mache die Kobra und gleite zurück in den Hund.

Sofort kriecht Andrea unter mich und steckt mir ihren Fuß ins Gesicht. »Guck mal, was ich kann.«

»Toll. Aber mach das mal neben mir, sonst kann ich nicht weitermachen.«

»Nein. Geh da mal weg.« Sie rollt sich auf der Matte hin und her.

Seufzend stehe ich auf. Morgen mach ich als Erstes Yoga. »Hast du Hunger, mein Schatz? Wollen wir Frühstück machen?«

»Nein, du sollst mit mir spielen. Komm mit.«

Ich werfe einen Blick auf die Uhr. So langsam muss ich mit Aufwecken und Frühstück anfangen, damit alle rechtzeitig fertig sind. »Lass uns doch erst mal Frühstück machen. Magst du den Tisch decken?«

»Nahain. Ich will spielen.«

»Dann geh doch mal in den Kaufladen und kauf mir ein paar Sachen, okay? Wir brauchen Kaffeebohnen und Honig.«

Andrea schaut mich prüfend an. Dann nickt sie, stapft zu ihrem kleinen Kaufladen und werkelt herum.

Ich decke den Tisch, schneide Obst auf und mahle Kaffee.

Da kommt Robin-Legolas angeschlurft. »Gibt es Pancakes?«

»Nein. Es gibt leckeres selbst gebackenes Brot, Obst und Joghurt.«

»Menno. Dann will ich aber Kakao.«

»Meinetwegen. Aber kannst du vorher den Papi wachküssen?«

Kreischend jagen sich die Kinder ins Schlafzimmer. Ich stelle den Kaffee auf den Tisch. Das mit dem Milchschaum krieg ich immer noch nicht so richtig hin, mir fehlt dazu die Geduld. Michael hat sich extra YouTube-Tutorials zu dem Thema angeschaut und mir ausführlich mansplaint, wie das Zusammenspiel von Temperatur, Schaumkonsistenz und Gießgeschwindigkeit funktioniert. Aber mir fehlt da die Hingabe, und ich erkenne den Unterschied zwischen »gutem Schaum« und »schlechtem Schaum« auch einfach nicht. Vielleicht ist mein Mund irgendwie grobmotorisch oder kurzsichtig. Dabei sollte man doch alles achtsam und liebevoll machen. So wie die wunderhübschen Mango-Igel, die ich auf den Frühstückstellern der Kinder platziere.

Die beiden kommen angestürmt.

»Papi wacht nicht auf«, ruft Robin-Legolas und schubst seine kleine Schwester zur Seite, die sofort anfängt zu brüllen.

»Lass das doch, sie ist doch viel kleiner als du. Sag Entschuldigung.«

»Krieg ich dann ein Gummibärchen?«

»Nein.«

»Dann sag ich das nicht.«

Ich ziehe die heulende Andrea auf meinen Schoß. »Schau mal, ein Mango-Igel.«

»Will ich nicht. Ich will Spiegelei.«

Robin plumpst auf seinen Stuhl. »Der ist größer, den will ich«, ruft er und grabscht nach Andreas Teller.

»Nein. Meiner!«, brüllt sie.

Jetzt plärren beide Kinder. Michael kommt verschlafen blinzelnd an den Tisch geschlurft und lässt sich stumm auf seinen Stuhl fallen. Er greift nach der Kaffeetasse und seufzt. Michael ist kein Morgenmensch. Ich schon. Deswegen kümmere ich mich morgens ums Frühstück, die Brotboxen für die Kita und das Kinderanziehen und Zähneputzen. Abends mach dafür ich früher schlapp. Deswegen räumt ja Michael die Küche auf. Und lässt dabei den Parmesan auf dem verkrümelten Tisch liegen, fällt mir ein. Damit fang ich aber jetzt nicht vor dem ersten Kaffee an, ich bin ja nicht fies.

»Entschuldige, das mit dem Milchschaum krieg ich nie so hin wie du.«

Er brummt etwas Unverständliches und nimmt sich einen Joghurt. Ich glaube nicht, dass er überhaupt wahrnimmt, ob Milchschaum in seiner Tasse ist. Wozu dann eigentlich die ganze Übung? Die Kinder streiten immer noch um den vermeintlich größeren Mango-Igel.

»Ruhe jetzt. Setzt euch hin und esst!«, knurrt Michael plötzlich.

Ich zucke zusammen. »Hast du schlecht geschlafen?«

»Ja. Ich hab echt lange auf dich gewartet.«

»Tut mir leid, ich bin eingeschlafen.«

»Hab ich gesehen, ja.«

»Du hättest mich doch wecken können.«

»Nee, dazu hatte ich keine Lust. Du kriegst immer so schlechte Laune, wenn ich dich nachts wecke.«

Das stimmt leider. Weil ich für die Kinder jahrelang nur häppchenweise geschlafen habe und immer noch fast jede Nacht einmal aufstehe, um zu gucken, ob sie zugedeckt sind, reagiere ich auf jede Störung sehr ungnädig. Michael behauptet sogar, ich würde heftig motzen und um mich schlagen, das halte ich aber für übertrieben.

»Wann bist du denn ins Bett gegangen?«, frage ich.

»So gegen zwei. Ich hab mir noch diese Doku auf Arte angeguckt und bin dann auf dem Sofa eingeschlafen. Jetzt ist mein Nacken ganz steif.«

»Das tut mir leid.«

Tut es mir wirklich leid? Dass er bis in die Nacht hinein aufgeblieben und jetzt unausgeschlafen und schlecht gelaunt ist, aber die Küche nicht richtig sauber gemacht hat? Eigentlich finde ich so ein bisschen Nackenschmerzen durchaus einen gerechten Ausgleich.

»Du, den Parmesan hättest du aber in den Kühlschrank legen können. Der lag heute Morgen noch auf dem total verschmierten Tisch. Wenn du sagst, du übernimmst die Küche, dann mach es doch auch richtig.«

Noch während ich es ausspreche, merke ich, dass das jetzt nicht so gut ist. Ich bin seit zwei Stunden auf, aber Michael wird gerade erst wach, da schläft die Kritikfähigkeit noch.

»Mannomann. Dann hab ich das halt vergessen. Ist doch nicht so schlimm.«

»Nee, ist es auch nicht ... Ist ja nur, weil, na ja, ich wollte heute Morgen eigentlich Yoga machen, für meinen Rücken. Stattdessen hab ich erst mal sauber gemacht. War halt nicht so toll.«

»Wieso hindert dich denn der Parmesan auf dem Tisch am Yogamachen? Selbst wenn du auf dem Tisch turnen wolltest, wäre noch genug Platz für euch beide.«

Ich starre ihn an. Versucht er jetzt, witzig zu sein? Oder meint er das ernst?

»Klar, ich kann alles liegen lassen, und wir schieben einfach ein paar Sachen zur Seite und kleben unsere Teller auf den verschmierten Tisch, geht natürlich auch, da hast du recht.« Ich schiebe ein kleines Lachen hinterher, damit Michael merkt, dass das mindestens so witzig gemeint war wie seine Ansage. Aber das kommt nicht gut an.

»Jetzt hab ich EINMAL den Tisch nicht sauber gemacht, mein Gott. Ich hab den Kopf echt voll, schließlich hab ich mich noch um die Steuerunterlagen gekümmert.«

Peng. Steuer schlägt Küche, das ist klar. Steuer ist das Ätzendste, die Pest, schlimmer als abspülen, bügeln und Haare aus dem Abfluss fischen zusammen. Ich kriege sofort ein schlechtes Gewissen. Und bin trotzdem weiter verärgert. Aber ich reiße mich zusammen. »Michael, willst du noch bisschen Sport machen? Dann bringe ich die Kinder in die Kita?«

»Nee, geht schon. Ihh, der Joghurt ist aber nicht mehr gut.« Er greift nach Andreas Mango-Igel. »Kann ich mal abbeißen?«

»Nein, das ist meiner.«

Zufrieden knabbern die Kinder an ihrer Mango. Ich schiebe Michael den Teller mit den Obststücken hin. »Da ist auch noch Mango drauf.«

Während die drei essen, schmiere ich die Brote für die Kita und schneide Gurke, Karotte und Paprika klein, die ich in die Vesperboxen packe. Ich mag das gerne, schöne Brotboxen zusammenstellen. Vor allem, weil ich nachmittags die Reste essen kann, wenn ich mit den Kindern auf dem Spielplatz bin. Meistens fällt mir nämlich auf dem Weg zur Kita auf, dass ich wieder vergessen habe, Mittag zu essen. Ich überlege, was ich heute Nachmittag gerne hätte, während ich die Brote schmiere.

»Und, was machst du heute Schönes?«, fragt Michael.

Ich zucke zusammen. Schönes? Weil ich nicht ins Büro muss, sondern zu Hause arbeite? Die Leute verwechseln Freiberuflichkeit oft mit Faulenzen, obwohl es absolut das Gegenteil ist.

»Arbeiten.«

»Ooch«, sagt er mit gespieltem Mitleid und schaut mich ein bisschen scherzhaft an, als wollte er sagen: Spaßbremse. Als wäre ich selbst schuld, wenn ich nicht den ganzen Tag in der Hängematte liege.

»Ja. Ich hab 'nen Abgabetermin, ich muss mich jetzt echt ranhalten. Und am Mittwoch hab ich ein Casting, da will ich mir den Text anschauen und ein Outfit raussuchen. Eigentlich sollte ich mal wieder zum Friseur, vielleicht kriege ich ja noch einen Termin. Ach, und wir müssen einen neuen Vorsorgetermin für Andrea machen. Sag mal, was soll ich denn heute Abend kochen?«

Michael will abends gern was »Richtiges« essen. Ich würde ja auch einfach Brot und Gurke auf den Tisch stellen, schließlich kriegen die Kinder ja in der Kita ein warmes Mittagessen, und rund um Michaels Büro gibt es auch genügend Möglichkeiten, was zu essen. Aber er behauptet, das sei alles Mist, und oft kommt er mit hängendem Magen nach Hause, weil er »überhaupt nichts Richtiges gegessen hat«. Also koche ich. Nicht sehr emanzipiert vielleicht, aber er würde das Gleiche machen, wenn er jeden Tag zu Hause wäre. Sagt er zumindest. Und er kocht wesentlich besser als ich.

»Was Gesundes wäre schön. Ich möchte weniger Kohlehydrate essen. Vielleicht was aus dem Ottolenghi-Kochbuch.«

»Kannst du nicht was raussuchen?«

Mir fällt es schwer, mir Gerichte auszudenken. Ich möchte nur, dass es möglichst schnell geht. Ich lege ihm das Kochbuch in den Schoß und scheuche die Kinder zum Zähneputzen.

»Noch dreißig Minuten«, rufe ich freundlich über die Schulter. Fürs Zeitmanagement. Schließlich steht er gerne zwanzig Minuten unter der Dusche.

Ich lege Robin-Legolas was zum Anziehen hin und kämme die widerspenstige Andrea.

»Räumt auf, heute kommt Mimi zum Saubermachen. Alles, was dann noch rumliegt, wird aufgesaugt.«

Ich fliehe vor dem Protestgeheul ins Esszimmer. Michael sitzt immer noch am Tisch und starrt auf sein Smartphone.

»Und?«, frage ich.

»Moment, das ist grade wichtig.«

Ich fange an, den Tisch abzuräumen.

»Was soll ich denn jetzt kochen?«

»Ach, hier die gefüllte Aubergine und den Taboulé-Salat, das fände ich schön. Kannst ja noch Lammspießchen dazu machen.«

»Aber das essen die Kinder doch wieder nicht. Und ich muss alles dazu einkaufen.«

Michael seufzt. »Dann mach eben ein schönes Backofengemüse, das geht super einfach. Dazu Hummus.«

Ich seufze. Klar geht das einfach. Aber das ganze Gemüse muss erst geschält und geschnippelt werden. Ich finde, schon ein bunter Salat ist ein echter Liebesdienst. Aber ich liebe meine Familie ja auch.

Andrea kommt heulend angestapft. »Mama, ich hab Creme im Auge.«

»Ja, das sehe ich. Und in den Haaren. Wieso denn?«

»Ich hab mich eingecremt.«

»Das hatte ich schon gemacht, mein Schatz. Komm, dann waschen wir dich noch mal. Michael, du müsstest dich jetzt auch fertig machen, sonst klappt das nicht mehr mit der Kita. Oder soll ich das doch machen?«

»Nein. Ich hab doch gesagt, ich mach das. Meine Güte. Immer so eine schlechte Stimmung am Morgen.« Er steht auf und streckt sich. »Ich muss aber echt vorher ein bisschen Sport machen, mein Nacken tut weh.«

Ich werfe einen Blick auf die Uhr. Viertel vor neun. Also echt. Das klappt nie. »Komm, ich bring die Kinder.«

»Ich weiß, wie viel Uhr es ist, verdammt. Wir schaffen das ganz locker. Mach mal nicht so 'nen Stress.«

Nun ja. Ich. Mach Stress. Klar.

Diese Diskussion haben wir schon zur Genüge geführt, und ich habe wirklich überhaupt keine Lust mehr darauf. Als Michael im Bad verschwunden ist, ziehe ich die Kinder an und bringe sie in die Kita. Auf dem Rückweg fahre ich beim Biomarkt vorbei. Ich soll ja Gemüse machen, das fänd er schön. Das Biogemüse scheint mir heute besonders kümmerlich. Ich wühle mich durch. Runzliges Wurzelzeugs mit dicken Erdklumpen dran, winzige Kartoffeln, daneben hängen die Gemüsebürsten zum Sauberschrubben im Angebot. Hass auf diesen ganzen Bioscheiß kocht in mir hoch. Dass man das Essen auch noch vor dem Kochen entzotteln und bürsten muss, eine Frechheit, was alles von einem erwartet wird. Aber ich bringe es nicht fertig, einfach einen Beutel Tiefkühlgemüse aus der Truhe zu ziehen. Als würde ich mich damit direkt als Kandidatin für eine RTL2-Verwahrlosungs-Doku qualifizieren. Die Hällischen Bratwürste sind im Angebot, das ist doch genauso gut wie Lammspießchen. Haben wir noch Klopapier? Im Zweifel ja. Da hab ich irgendwie 'ne Macke. Wir haben vermutlich so zweihundert Rollen in der Abstellkammer, wie bei einer Hamsterfamilie mit Verdauungsproblemen. Falls ein Atomkrieg und ein Magen-Darm-Virus gleichzeitig ausbrechen sollten, müssten wir uns zumindest in der Hinsicht keine Sorgen machen. Ich nehme trotzdem noch eine Packung mit, zur Sicherheit.

Als ich nach Hause komme, steht Michael mit finsterer Miene in der Tür. »Wo warst du denn?«

»Ich hab die Kinder weggebracht und eingekauft. Hier, Klopapier.«

»Hättest du mir ja mal sagen können. Ich hab versucht, dich anzurufen.«

Ich blicke auf mein Handy, das immer noch auf dem Boden neben der Yogamatte liegt. Fünf entgangene Anrufe. Von Michael.

Ich muss lachen. »Ja, aber wo soll ich denn wohl sein? Musst du nicht los?«

»Ja, längst, aber ich wollte auf dich warten. Ich hab mir schon Sorgen gemacht.«

»Das tut mir leid.«

Das stimmt wieder nicht. Ich glaube ihm nicht, dass er sich Sorgen gemacht hat, und fühle mich außerdem bevormundet. Ich denke, er ist einfach sauer und ist geblieben, um mir das mitzuteilen. Nicht dass ich einfach sorglos in den Tag starte, ohne an seinen Nackenschmerzen und seinem gekränkten Ego mitzuleiden.

Ich schiele zum Tisch. »Na ja. Aber in der Zwischenzeit hättest du ja den Tisch abwischen können.«

Autsch. Das war das Stichwort. Es folgt ein Streit wie aus dem Bilderbuch.

»Ich arbeite den ganzen Tag und hab echt den Kopf voll. Ich tue, was ich kann. Außerdem hab ich den Abfluss in der Dusche sauber gemacht.«

»Ja, und ich habe Frühstück gemacht, wie übrigens jeden Morgen außer am Muttertag, die Waschmaschine eingeräumt und die Kinder fertig gemacht.«

»Ja, wegen der Kinder, das wollte ich dir schon auch noch sagen: Ich finde, du verhätschelst die viel zu sehr, die müssen lernen, dass wir auch mal Pause haben und sie da nicht stören. Andere Kinder gehen auch einfach ins Bett.«

»Du, ich hätte absolut nichts dagegen, mal Pause zu haben. Ich hab mich ja um die Kinder gekümmert gestern Abend. Wie fast immer.«

»Das stimmt doch überhaupt nicht. Außerdem, wenn du nicht da bist, gibt es nie so ein Theater beim Schlafengehen.«

Oh, das ist fies. Schließlich kennt das jede Mutter, die mal beruflich oder warum auch immer für einige Zeit nicht zu Hause war. Man kommt mit Sehnsucht und schlechtem Gewissen zurück, die Kinder werfen sich dir an den Hals wie Ertrinkende, heulen und jammern, während der Gatte einem verständnislos erklärt, dass sie die ganze Zeit total unkompliziert und lieb waren. Mutter sollte es als Kompliment nehmen, dass die Kinder sich bei ihr so fallen lassen wie bei keinem anderen, aber es bedeutet halt auch, dass sie immer die Arschkarte zieht.

Beschuldigungen gehen hin und her, wir erklären uns beide, wie viel und was wir andauernd für alle machen, ohne uns dabei wirklich zuzuhören, und stehen schließlich schnaubend voreinander.

»So, jetzt muss ich aber wirklich arbeiten. Sonst schaff ich das nie. Ich muss ja in ein paar Stunden die Kinder schon wieder abholen«, sage ich schließlich.

»Ja, ich komm jetzt natürlich auch zu spät«, entgegnet Michael und geht zur Tür.

»Hab einen schönen Tag«, rufe ich trotzig.

Er dreht sich um und lächelt versöhnlich. »Du auch, ja. Entspann dich, leg auch mal die Beine hoch, mach's dir ein bisschen gemütlich. Morgen darfst du ausschlafen, und ich mache Frühstück.«

Ich nicke einfach. Ich glaube nicht daran, aber wenn ich jetzt was sage, geht alles wieder von vorne los.

Als die Tür in Schloss fällt, stürme ich los. Einkäufe in den Kühlschrank, aufräumen, ehe die Putzfrau kommt, Waschmaschine ausräumen, Trockner anstellen und schließlich den Rechner aufklappen.

Mein Handy macht *Pling*. Eine WhatsApp vom Liebsten: *Hey, am Montagabend bin ich bei Klaus' Geburtstag eingeladen, kannst du da 'ne Babysitterin organisieren? Kuss!*

Ich schnaube. Nein. Kann ich nicht. Grade Klaus! Wieso hat der mich nicht mit eingeladen? Das soll Michael mal schön selbst organisieren oder zu Hause bleiben. Pfui, wie missgünstig ich bin. Er darf doch ruhig zu 'nem Geburtstag gehen. Mit schlechtem Gewissen schreibe ich nacheinander unseren Babysittern. Alle sagen ab.

It's a
man's world

So, jetzt kommt das Kapitel über ~~Manspaling Mauspeeling Marsupilami~~, ach, verdammte Axt, diese Rechtschreibkorrektur immer. M-A-N-S-P-L-A-I-N-I-N-G, meine ich!

Ich schreibe dieses Kapitel auf einem alten Minilaptop von 2004, weil meine Tochter Apfelsaft über den Rechner geschüttet hat. Auf diesem alten Laptop läuft eine antike Version von Microsoft Word. Damals gab es diesen kleinen Word-Assistenten namens Karl Klammer, der immer rechts unten auf dem Dokument aufgepoppt ist, um sich einzumischen. Niemand auf der ganzen Welt mochte diesen vorlauten Klugscheißer, der zu gleichen Teilen speichelleckerisch und herablassend rüberkam und nie eine Hilfe, sondern immer nur eine Belästigung war.

»Sieht aus, als hätten Sie Schwierigkeiten. Das Wort, das Sie schreiben wollen, gibt es nicht. Darf ich Ihnen ein paar Vorschläge machen?«

Nein danke, niemand hat dich gefragt. Ich komme selbst klar. Klick.

»Sie haben mich versehentlich weggeklickt. Brauchen Sie Hilfe bei der Benutzung der Maus?«

Nein. Geh einfach weg. Klick.

»Sie haben mich wiederholt weggeklickt. Möchten Sie mich deaktivieren und Ihr Dokument ohne Hilfe weiterschreiben?«

Arrgh. Hey Siri, dein grusliger Großonkel geht mir auf den Keks. Bitte hol ihn ab.

Aber eigentlich läuft es in der realen Welt für Frauen ständig genau so. Alle naselang poppt ein Männchen mit erhobenen Augenbrauen auf und geht ungefragt davon aus, dass eine Frau das, was sie da machen will, bestimmt nicht alleine kann und dass sie sicher dankbar für seinen Rat sein wird. Auch dann, wenn es mit der Kenntnis des galanten Retters gar nicht so weit her ist. Über so manche Dinge, über die Männer gar nicht Bescheid wissen können, wurde seit jeher von Männern entschieden. Bei vielen Themen sitzen Frauen erst seit ganz Kurzem auch mit am Tisch. Wie Frauen sich kleiden, wie sie sprechen, ob sie Gott versucht und Hexerei betrieben haben, wie sie mit männlichen Zudringlichkeiten umgehen: keusch, aber nicht frigide; willig, aber nicht fordernd; sexy, aber keine Schlampe – wo diese Trennlinie verläuft, entscheidet ... jep, der Mann. Wie sie verhüten (Männer würden niemals eine Pille schlucken, die ihren Hormonhaushalt durcheinanderbringt), wie sie mit einer ungewollten Schwangerschaft umgehen, ob sie neben ihren hausfraulichen Pflichten arbeiten dürfen und ob es sinnvoll ist, eine Frauenquote einzuführen, damit Frauen mit an den Tischen sitzen dürfen, an denen über ihre Karrieren und die anderer Frauen entschieden wird. Ach, Karl Klammer, wenn du wüsstest, was ich weiß. Ich könnte Mansplaining zu deinem Wortschatz hinzufügen, aber ich verrat's dir nicht. Du bist ohnehin zu antiquiert.

Ich weiß nicht, wer oder wo ich heute wäre, wenn ich ein Mann wäre. Aber ich weiß, dass dieses MANSPLAINING, das die Welt beherrscht, mich auf meinem Weg behindert hat. Irgendwie gelähmt. Selbst schuld? Vielleicht.

Nun ja, wir sind es nun mal gewohnt, dass wir Männern brav zuhören und bei Frauen misstrauisch werden, wenn sie Vorträge darüber halten, wie die Dinge zu laufen haben. Ein Mann, der ohne Punkt und Komma redet, andere ständig unterbricht und sich einfach nur selbst zuhört – der muss es ja wissen, und wenn er sich schon nicht auskennt, wird er doch trotzdem zumindest mal seine Meinung sagen dürfen. Eine Frau, die sich so verhält – will sich wohl wichtigmachen, ist hysterisch, hat bestimmt irgendeine versteckte Agenda und sollte, wenn sie schon vorlaut ist, wenigstens charmant sein und viel lächeln, dann hört man ihr lieber zu. Heterosexuelle Männer sind von Haus aus mit der Grundannahme ausgestattet, dass sie, wenn sie etwas sagen, selbstverständlich Gehör verdient haben, auch wenn sie den letzten Scheiß von sich geben. Man sehe sich nur Donald Trump an. Der redet seit Jahren zusammenhanglosen, gefährlichen Unsinn, und alle hören ihm zu. Wäre Donald Trump eine Frau, wäre sie längst in eine Zwangsjacke gesteckt und ihres Amtes enthoben worden. Wenn ein Tennisspieler vor Wut seinen Schläger zertrümmert und rumbrüllt, ist er ein »enfant terrible«, unberechenbar und sexy. Wenn Serena Williams nicht im Röckchen auf den Platz geht oder gar einen Schiedsrichter beschimpft, droht man ihr quasi mit Berufsverbot.

Als ich Abitur gemacht habe, war ich furchtlos und gnadenlos. »Typisch Frau« habe ich nicht zugelassen, das war kein gültiges Argument für mich, ich habe sofort widersprochen.

In »männlichen« Fächern wie Mathe, Physik und Geschichte war ich besser als alle Jungs. In den anderen auch, nebenbei gesagt, ich habe nämlich mein Abi mit 1,0 gemacht, und zwar in Baden-Württemberg, also legt euch gehackt, ihr Klugscheißer. Falls das jetzt nach Angeberei klang … ist mir das eigentlich wurscht. Frauen dürfen auch »auf dicke Hose machen«. Ich gebe dafür auch offen zu, dass ich eine Streberin war. Ich habe gern gelernt. Aber ich war auch cool. Ich schwör's! Vielleicht nicht die »Arschgeweih tätowieren lassen und in der Mittagspause hinter der Turnhalle Bierdosen stechen«-Art von cool. Aber in der schwäbischen Provinz gelten sowieso andere Maßstäbe, da sorgten selbst zerrissene Jeans schon für Gesprächsstoff. Ich war das einzige Mädchen in unserer Jahrgangssprechergruppe. Die drei Jungs waren typische Mansplainer, aber damals gab es dieses Wort nicht, weil es ganz natürlich war, dass »die Kerle es richten« und dass man zu Mädchen sagen konnte: »Du bisch jetzt mal still, du elendige Kätter.« »Kätter« ist ein altmodisches Wort für Hexe, bezeichnet aber auch Frauen, die zu viel reden oder zu laut lachen (!). Gibt es ein entsprechendes Wort für Männer? Natürlich nicht. Da musste erst so eine sperrige Konstruktion wie »Mansplainer« erfunden werden. Ich habe den Jungs oft interessiert zugehört. Aber nur weil es mich fasziniert hat, wie gut sie alles fanden, was sie sagten. Sie verfügten anscheinend nicht über diesen Filter, der Überflüssiges auf dem Weg vom Gehirn zu den Sprechorganen aussortiert. Oft habe ich mich auch rausgehalten, weil diese Gschaftlhuberei mit uninteressanten Strapazen verbunden war. Wie viele Bierbänke man auf einem Anhänger stapeln kann und wie viel Pfennig Pfand auf Glühweintassen okay sind? Gähn. Erklärt euch das ruhig gegenseitig, super macht ihr das.

Manchmal bin ich in der Mittagspause mit zu Peter gegangen. Bei ihm zu Hause war es so exotisch – für mich. Alles war in meinen Augen so krass altmodisch: Die Oma saß flickend und strickend in der Ecke, die Mutter huschte in der Kittelschürze herum, räumte, deckte auf und ab. Und der Vater saß in der Mitte, ließ räumen und sich bedienen und redete. Ununterbrochen. Und zwar einen Scheißdreck. Saudummes Zeug. Reaktionäre Pascha-Sprüche und wiedergekäute BILD-Schlagzeilen. Und alle hörten ihm zu. Murmelten ab und zu Zustimmung. Ich dachte erst, die tun das aus Mitleid. Weil der vielleicht irgendwie behindert ist oder unheilbar krank und sie ihn nicht verletzen wollen. Aber so war es nicht. Er war im Vollbesitz seiner geistigen Kräfte und seines patriarchalen Privilegs. Es war wie in einem 50er-Jahre-Film zu sitzen. Die Mädels vom Immenhof, nur ohne Ponys. Dann bin ich frech und laut in die Welt gezogen. Nach Berlin auf die Schauspielschule. War nicht einfach, denn dort bewerben sich pro Jahr rund tausend Leute, und nur 24 werden aufgenommen. Drei Viertel davon Männer. Ein klassisches Beispiel dafür, dass Frauen sich viel mehr anstrengen müssen, um dasselbe zu erreichen. Kein Wunder, dass es unter Schauspielerinnen so viel Neid und Konkurrenzdenken gibt. Der Grund für das Zahlenverhältnis ist so simpel wie haarsträubend: Es gibt im Theater einfach dreimal so viele Rollen für Männer. Dieses Missverhältnis ist Bestandteil unserer hehren literarischen Tradition. Das ändert sich langsam. Gaaanz langsam. Im Film verschiebt sich das Verhältnis mittlerweile langsam in Richtung 1:2, wow. Dabei ist die Weltbevölkerung zu 51 Prozent weiblich. Bevor wir bei 1:1 ankommen, hat der Klimawandel die Weltbevölkerung möglicherweise schon dahingerafft.

Am Anfang hat mich in Berlin keine Sau verstanden. Und damit meine ich nicht meinen süddeutschen Zungenschlag. Sondern meine Witze. Meine Ironie. Meinen Sarkasmus. Das hat mich extrem verunsichert. So sehr, dass ich mir die Ironie abtrainiert habe. Später habe ich Freunde gefunden, die böse, bissig und sarkastisch waren – und habe das zuerst nicht kapiert, weil ich Doppelbödigkeit nicht mehr gewohnt war. Aber das waren Männer. Einer von ihnen hat mal zu mir gesagt: »Du bist so witzig wie Anke Engelke.« Das hat mich enorm gefreut. Gleichzeitig habe ich gewusst: Das trau ich mich nur hier bei euch im Wohnzimmer und nach zwei Bier. Auf einer Bühne würde ich nie so derbe rumpoltern.

Was das angeht, habe ich immer noch einen Defekt. Ich zensiere mich dauernd, schon beim Denken.

Es geht immer darum zu gefallen. Das müssen Schauspielerinnen. Am Anfang war mir das noch gar nicht so klar, ich dachte, es geht in erster Linie um so Dinge wie Kunst und Wahrhaftigkeit. So naiv war ich. Wenn Hannah »die Brustwarze« viele Rollenangebote bekam, fand ich es albern, das auf ihre entblößten Brüste beim Vorsprechen zurückzuführen. Und vom Intendanten erotisch gefunden zu werden fand ich nicht erstrebenswert, sondern eklig. Der sollte gefälligst professionell mit mir umgehen, meine Bandbreite, meine Wandelbarkeit beurteilen. Und so bin ich ganz verstockt. Ich wurde ein richtiger Klotz. Und gar nicht so Frau, wie sein sollte: anmutig, verletzlich, gefällig und sexy.

Vor lauter Gefallenmüssen kam mir irgendwann der Mut abhanden, den ich früher gehabt hatte. Weil ich mich dauernd zensiert habe, aus Angst, dass man mich sonst nicht versteht und ablehnt.

Nach und nach habe ich gelernt, wie das Spiel funktioniert. Einfach mit großen Augen Fragen stellen, deren Antworten man eigentlich schon weiß, und sich alles schön mansplainen lassen, immer. Und wenn der Typ noch so dumm ist. Er hat einen Penis. Hä? Ja, das habe ich auch immer gedacht. Was hat denn das eine mit dem anderen zu tun? Nichts. Aber es ist so.

»Du bist ja eh süß«, habe ich als Antwort bekommen, als ich am Theater bei einer inhaltlichen Diskussion über Lady Macbeth einen klugen Einwand brachte. Da war ich wütend. Und habe das Theater hingeschmissen. Aber immerhin »süß«. Das ist doch auch was. Ja, ein klitzekleiner Teil in mir hat sich tatsächlich gefreut, süß gefunden zu werden. Schlimm genug. Dafür schäme ich mich. Dazugehören wollen, mitspielen wollen, liebgehabt werden wollen. Das war mir wichtiger als der Spaß an meiner Scharfzüngigkeit. Früher fand ich es ganz gut, wenn die Leute ein bisschen Angst vor mir hatten. Dann wollte ich lieber »menscheln«. Und funktionieren. Es hat mich verletzt, als ein Professor mir sagte, dass ich im Theater ja niemals die Julia spielen würde und froh sein solle, das auf der Schauspielschule im Szenenstudium zu dürfen – und nebenbei: ganz prima gemacht. Uff. Tolles Kompliment. Ich habe gemerkt: Es geht nicht um Talent, sondern darum, was man außerhalb der Bühne ausstrahlt. Frauen sollen feminin, gefügig, sanft sein. Nicht eigensinnig, keine Kratzbürste, sondern anschmiegsam. Klar, wenn du dann erfolgreich bist, kannst du es dir erlauben, laut und anstrengend zu sein. Und dann nennt man dich: Diva. Nicht: eine Frau mit einer eigenen Meinung.

Mir haben diese männlichen Alpha-Arschgeigen manchmal aus Versehen zugehört. Weil ich hübsch war, haben sie sich mit mir unterhalten. Und dann war ich überraschenderweise auch noch intelligent. Ich will jetzt nicht behaupten, dass es für mich ein Nachteil gewesen wäre, hübsch zu sein. »Oh, ich arme hübsche Frau, ich werde ja immer abgestempelt.« Ja. Du wirst immer abgestempelt als Frau. Schublade auf, rein da. Aber als weniger attraktive Frau hast du es halt noch schwerer. Wenn mein Gegenüber dann kapiert hatte, dass ich eine Unterhaltung auf Augenhöhe führte, wurde es oft komisch.

»Ich würde dich wirklich gerne anfassen, jetzt zum Beispiel, dir über den Arm streichen, aber ich traue mich nicht. Du strahlst so was aus …« Dackelblick.

Und ich: »Gut. Ich möchte nämlich nicht von dir angefasst werden.«

Bist du eine Feministin?

Warum nervt mich diese Frage so? Warum nervt es mich so, dass Angela Merkel auf diese Frage hin herumeiert, dass es »Gemeinsamkeiten und Unterschiede« dabei für sie gäbe? Ich denke mir: Himmel! Muss sie erst im CDU-Parteibuch nachlesen, ob sich Feminismus mit den Statuten vereinbaren lässt? Und gleichzeitig nervt mich Ivana Trump, die wie eine Barbie aussieht und auf die Frage hin jubelnd den Arm hebt. Die Feminismus-Debatte ist überall und nimmt bizarre Züge an. Man kann sich dem nicht entziehen, schon gar nicht, wenn man eine emanzipierte Frau ist. Ist man damit eigentlich nicht automatisch Feministin? Erst wenn wir das Wort nicht mehr brauchen, sind wir bei der Gleichberechtigung angekommen. Es hat sich schon so viel getan. Trotzdem erscheint es mir manchmal schwieriger als je zuvor. Ich bin eine Feministin. Was trägt man eigentlich als Feministin? Ich habe gegoogelt und nichts gefunden. Außer diesen T-Shirts, wo es draufsteht. Geht Kleid überhaupt noch? Und wenn ja, darf man sehen, dass ich Brüste habe? Bei Alice Schwarzer damals war das noch leicht: lila Latzhose und Birkenstocksandalen. Aber jetzt macht Heidi Klum Birkenstocksandalen. Ist die auch eine Feministin? So wie die ihre Kinder vernachlässigt, bestimmt! Das ist übrigens ironisch gemeint.

Warum gibt es immer noch so wenige weibliche Comedians?

Weil Frauen nicht einfach über Dinge reden können, die ihnen so auffallen an und in der Welt, die sie schräg und bemerkenswert finden – und die nichts mit ihrem eigenen Aussehen, ihrer Cellulite oder PMS zu tun haben. Verteidigt jeder männliche Comedian den »Mann« an sich? Ach ja, Mario Barth, oder? O.k., der muss echt gut sein, der Typ, der spielt im Olympiastadion. Der könnte mir sicher erklären, wieso das so ist, dass so wenige Frauen Comedians sind. Und es bei denen immer ums Aussehen geht. Zumindest, wenn sie beurteilt werden.

Männer dürfen schlecht rasiert sein. Frauen nicht. Oder, ja, das dürfte ich auch. Aber das wäre sofort ein Statement. Ein feministisches, kämpferisches, was auch immer – eine BOTSCHAFT.

Ein schlecht rasierter Mann war halt zu faul. Hat gestern zwei Bier mehr getrunken, na und?

Ich möchte mich auch wieder trauen, laut zu denken, ohne meine Meinung vorher schon anzuzweifeln und einen männlichen Filter drüberzulegen. Und ich bin schon viel mutiger geworden. Und wütender. Aber ich stelle mich trotzdem dauernd infrage. Wie soll ich denn was erzählen dazu, wie es aussieht in der Welt? Ich hab doch keine Ahnung davon, seitdem ich Kinder habe, ich komme ja überhaupt nicht mehr dazu, echte Menschen zu treffen, die New York Times zu lesen oder diese ganzen intelligenten Podcasts durchzuhören. Ich seh doch nur die Kinder, die Putzfrau und die Steuerberaterin. Zum Glück geh ich ab und zu zum Waxing.

Männer verunsichert das nicht, wenn sie zu einem Thema keine Fakten kennen. Die können das, weil sie den richtigen Brustton der Überzeugung draufhaben.

Auch Karl Klammer guckt schon wieder so. Aber da bist du an die Falsche geraten. Dich deaktiviere ich jetzt. Und ab morgen schreibe ich an einem modernen Computer weiter, auf dem du längst überflüssig bist.

Immer ich

»Entspann dich doch mal 'n bisschen.«

Dieser Satz löst in mir sofort einen Puls von 220 aus. Und Prügelfantasien.

Vor allem montagmorgens um 9:12 Uhr.

»In drei Minuten sollten die Kinder in der Kita sein, das weißt du doch mittlerweile. Wie wollt ihr das denn jetzt schaffen?«

Michael verdreht die Augen. Mein Puls geht auf 230.

»Meine Güte, dann kommen wir heute halt mal später, das ist doch nicht schlimm.«

Robin-Legolas zupft an meiner Hose. »Mama, heut ist doch Spielzeugtag! Ich muss noch ein Spielzeug mitnehmen!« Er rennt Richtung Kinderzimmer.

»Is auch«, ruft Andrea und stolpert mit einem Schuh hinterher.

Ich zähle innerlich bis zehn und stelle mir vor, ich sei gar nicht da. Ich kenne diese Menschen nicht und ich wohne auch nicht hier. Trallala, das ist nicht mein Leben.

Andrea kommt mit ihrer rosa Kätzchentasche angeschnauft.

Robin-Legolas hat die Arme voller Legomännchen.

»Ich brauche meinen Transformer, den will ich heute Friedrich-Anthony zeigen, meiner ist nämlich viel cooler. Wo ist der denn, Mama?«

Ich stöhne. Wo hab ich dieses Spielzeug abgespeichert?

»Mist. Hase, der Transponder ist bei Oma und Opa, glaube ich. Nimm was anderes mit.«

»Transformer heißt das. Und ich will den mitnehmen.«

»Dann müsst ihr eben noch mal bei Oma und Opa vorbeigehen. Tschüss, ihr Süßen, ich hab euch lieb.«

Ich versuche, die Kinder in den Flur zu schieben, um die Tür zuzuziehen.

»Das geht nicht«, sagt Michael, »Ich hab gleich einen Termin, dafür haben wir jetzt keine Zeit mehr.«

Robin-Legolas fängt an zu weinen.

»Du hast genug Spielzeug, hol dir was anderes oder nichts. Aber dalli«, sagt Michael.

»Sei doch nicht so barsch«, sage ich.

Michael verdreht die Augen. »Das ist mein Recht als Vater, einfach mal 'ne Ansage zu machen, jetzt ist mal Schluss, aus, Mickymaus.«

Ich drücke Robin-Legolas seinen Lieblingshasen in die Hand und schließe dann die Tür. Es stimmt ja. Wir drängen uns gegenseitig unbewusst in die einzelnen Rollen, einer ist streng, einer auf Kuschelkurs. Weil man das Gefühl hat, der andere ist grade zu sehr das eine, will man es ausgleichen. »Ich muss immer das Strenge ausgleichen und lieb sein.«

»Ich muss immer streng sein, weil du alles durchgehen lässt.«

Ab und zu wechselt das dann. Im Augenblick fühle ich mich wie eine Dompteurin von seltenen Raubkatzen. Ich muss sie beharrlich und liebevoll dressieren.

Oh, apropos Katze. So beginnt das nächste Wochenende:

»Miau«

»Miiaauu!«

»MIIIAAAUUU!«

Ich drehe mich um und schiele zum Wecker. 5:56 zeigt das Display. Das heißt, es ist zwanzig vor sechs. Zu früh. Viel zu früh. Neben mir miaut es wieder. Ein Blick nach links. Da liegt mein geliebter Ehemann und schläft tief und fest.

Wieder miaut es neben dem Bett. Mein Ehemann rührt sich nicht, beginnt aber, sanft und nachdrücklich zu schnarchen. Das ist seine Waffe gegen nächtliche Störungen: Gegenlärm. Ich greife nach meinen Ohropax und stopfe sie in die Ohren. Das ist meine Waffe. Stille. Ich versuche, in meinen Traum zurückzugleiten, aber der ist schon ganz verschwommen. Egal, ich schwimme auch wieder sanft Richtung Schlaf.

Patsch. Eine kleine Pfote haut mir ins Gesicht. Ich öffne die Augen einen Spalt und schaue in zwei vorwurfsvolle Katzenaugen.

Das letzte Kind hat Fell, sagt man. Und da unsere Familienplanung abgeschlossen ist, haben wir uns folgerichtig eine kleine Katze geholt. Süß und verspielt. Zauberhaft. Geht auch prima aufs Katzenklo. Das weiß ich, weil ich es sauber mache. Beim Fressen ist sie noch etwas wählerisch. Das weiß ich auch, weil ich nach einigen Stunden das Tellerchen wegräume und das angetrocknete Katzenfutter runterkratze, neues aus der Dose löffle und ganz leicht in der Mikrowelle anwärme.

Wahrscheinlich hat die Kleine jetzt Hunger, und ihr Futter von gestern Abend ist ihr zu alt. Aber es steht auch noch eine Schale Trockenfutter daneben.

»Geh was essen, Katze«, sage ich und stelle das Tier neben das Bett. »Die Menschen schlafen jetzt noch.«

Ich drehe mich um und spüre fast gleichzeitig den weichen Aufschlag des Körpers auf der Matratze neben meiner Schulter. Sie fängt an, in meinen Haaren zu spielen. Ich schiebe sie weg, aber das fasst sie als Aufforderung auf und verbeißt sich in meine

Hand. Boah. Nee. Ich habe mir für zwei zauberhafte Kinder jahrelang die Nächte um die Ohren geschlagen, die mich dafür jetzt mit Durchschlafen belohnen. Ich bin nicht die Katzenexpertin. Das ist doch mein Mann, der ist mit Katzen aufgewachsen. Der soll sich jetzt kümmern. Ich schnappe mir das Tierchen und werfe es vorsichtig auf seine Seite. Er regt sich nicht. Die Katze tappt von seiner Brust und schnappt wieder nach meiner Hand. Ich schmeiße sie noch mal rüber, diesmal etwas weiter, fast auf die andere Seite des Bettes.

Michael öffnet kurz ein Auge. »Ach, Kätzchen«, murmelt er. Und schließt das Auge wieder.

Die Katze tappt zu mir. Ich habe mich komplett unter der Decke vergraben, aber sie zaust sofort wieder an meinen Haaren herum.

»Mann. Katze. Hau ab«, sage ich. »Es ist zu früh.«

Ich werfe sie jetzt einfach noch mal zu Michael. Er liebt Katzen. Unbeirrt schnarcht er weiter, unbeirrt tappt das Kätzchen auf mein Gesicht.

Ich bin genervt. Und wach.

»Dann komm, ich gebe dir was zu fressen«, murmle ich und schwinge die Beine aus dem Bett.

Fröhlich galoppiert das Kätzchen neben mir her. Putzig, die Kleine. Gähnend wasche ich den verklebten Teller, hole die halbleere Dose von gestern aus dem Kühlschrank und wärme das Katzenfutter vorsichtig an.

Maunzend streicht sie um meine Beine.

»Hier.« Ich schiebe ihr den Teller unter die Nase. Sie schnüffelt und schaut mich fragend an.

»Miau.«

»Ja, lecker. Friss das«, sage ich eindringlich.

Schließlich popele ich etwas von dem Futter auf meinen Finger und schmiere es ihr ans Maul. Sie schleckt, stutzt und beginnt dann schmatzend zu fressen.

»Prima«, murmle ich und wandere zurück in mein Bett.

»Miau!«

Das kann doch wohl nicht wahr sein! Warum kommt das Tier immer auf meine Seite vom Bett? Ich bin genervt. So genervt, dass ich nicht mehr schlafen könnte, selbst wenn es plötzlich still wäre. Ich überlege. Das schlaue Tier hat unheimlich schnell rausgefunden, dass ich diejenige bin, an die man sich wendet, wenn man irgendwas will. Super. Und die schlaue Familie hat sich auch sofort daran gewöhnt, dass ich das Katzenklo sauber mache. Aber warum mache ich das eigentlich? Wie blöd bin ich denn? Irgendwo muss ich falsch abgebogen sein. Oder Michael ist schuld. Genau! Weil der einfach länger weghören kann, wenn irgendwer um Hilfe ruft.

Zum Beispiel: Wir sitzen zusammen auf der Couch, ich lese mein Buch, er sein Smartphone. Aus dem Bad schallt ein Ruf: »Ich hab Kacka gemacht.«

Wir blicken auf. Er sagt: »Ich mach das.«

Und bleibt sitzen.

»Ich hab Kaaackaaa gemaaaaacht!«

Er rührt sich nicht.

Ich rufe: »Ja, Papa kommt gleich.«

Blicke zu ihm. Er rührt sich immer noch nicht.

Ich: »Soll ich gehen?«

Er: »Nein, ich habe doch gesagt, ich gehe. Sofort.«

Aus dem Bad kommt jetzt hysterisches Wutgeschrei. »Mamaaaa! Komm jetzt. Ich hab Kacka gemacht!«, brüllt Andrea, so laut es ihr dreijähriges Stimmchen vermag.

Ich seufze, stehe auf und lege das Buch weg.

Michael blickt auf. »Ich habe doch gesagt, ich mach das.«

»Ja, hast du. Aber gemacht hast du es nicht.«

»Setz dich hin, ich geh ja schon.«

»Nein, jetzt stehe ich ja schon.«

Bis ins Klo höre ich sein Kopfschütteln über meine »Hektik«. Langsam steigere ich mich richtig schön rein in meine Wut. Es scheint mir so unfair, dass alle schlafen, nur ich nicht. Mann. Apropos Mann. Ich schaue mir meinen an, der immer noch tief und friedlich schläft. Schön sieht er aus. Vielleicht sollte ich ihn einfach zärtlich wachfummeln. Dann hätte das frühe Aufwachen immerhin einen Sinn, und wir würden beide gut gelaunt in den Tag starten. Ja. Das ist besser als wütend sein. Seine Versäumnisse kann ich ihm ja danach unter die Nase reiben. Ich schiebe meine Hand unter die Decke und streichle seinen Rücken hinunter. Er rekelt sich wohlig.

»Mami, ich hab Hunger.«

Robin-Legolas steht neben dem Bett. Neben meiner Seite des Bettes.

Ich schaue zu Michael. Der liegt ganz ruhig da. Schläft er wirklich noch? Das glaube ich nicht. Er tut jetzt so, damit ich aufstehe und Frühstück mache. Und dann kommt er in zwei Stunden angelatscht und sagt: »Hey, du hättest mich ruhig wecken können, ich wollte doch DICH mal ausschlafen lassen.« Tss.

»Küss mal den Papi wach«, flüstere ich Robin-Legolas zu. »Der kann doch so tolle Pancakes machen.«

Robin-Legolas nickt und wirft sich auf Michael, während ich schnell die Augen schließe und so tue, als würde ich tief schlafen. Ja. Ganz richtig. Das tun Frauen auch. Nur gewinne ich dieses Spiel leider fast nie. Auch heute nicht. Michael brummelt. Ich spitze die Ohren.

»Na, mein Großer, schon wach?«

»Ja, machst du mir Pancakes?«

Ich höre ein lautes Gähnen und das Schaben des Weckers, den Michael gerade in die Hand genommen hat.

»Was, erst halb sieben? Nee, das ist zu früh, Robbie, echt, es ist Wochenende. Geh noch mal ins Bett.«

»Ich bin aber nicht mehr müde. Ich hab Hunger.«

»Dann nimm dir einen Apfel und guck ein bisschen Kika, ja? Ich komm dann.«

Ich soll euch sagen, sagt mein Mann, dass er so was NIE gesagt hat. Hiermit sage ich es euch. Und mache mit MEINER Wahrheit weiter. Ihr könnt danach ja sein Buch lesen. Das heißt: Stimmt doch gar nicht – *hihi, kleiner Scherz.*

»Okay«, sagt Robin-Legolas. Dann stürmt er los und ruft laut: »Andrea, steh auf, wir dürfen fernsehen!«

Nein. Das halte ich jetzt doch nicht aus. Schließlich bin ich ja wach. Und einschlafen kann ich jetzt sowieso nicht mehr. Wer weiß, was für ein Mist morgens um halb sieben im Kika kommt. Wenn sie überhaupt Kika gucken und nicht irgendwelche scheußlichen grellbunten Comics, in denen es um Prinzessinnen mit langen lila Haaren und starke Typen mit Superwaffen geht. Das kann ich nicht verantworten. Ich werfe die Decke ab und laufe den Kindern nach.

Zwei Stunden später kommt Michael ins Wohnzimmer. Die Kinder streiten mittlerweile um eins von ungefähr hundert Pokémon, die um sie herumliegen.

»Kommt und frühstückt noch mal mit Papa«, sage ich. »Ich backe ein paar neue Pancakes, okay?«

Ungefähr zwei Minuten lang sieht es bei uns aus wie auf einer Postkarte. Alle sitzen um den Frühstückstisch und essen. Dann schmeißt Robin-Legolas seine Milch um, und Andrea haut mit der flachen Hand in die Pfütze. Die Milch spritzt Robbie ins Auge, er brüllt und schmeißt Andrea ein Stück Melone ins Gesicht, sie brüllt auch.

Ich schaue zu Michael, der mir gegenübersitzt und ins Feuilleton vertieft ist.

»Wir hätten doch zum See fahren sollen, heute bei dem schönen Wetter. Die Kinder müssen raus und sich austoben.«

Er blickt auf. »Ja, aber heute fahren alle raus. Da sind die Straßen verstopft. Und außerdem hätten wir alles packen müssen.«

»Deswegen hab ich dich ja gestern Abend schon gefragt, dann hätte ich alles gepackt.«

Ich bin genervt. Die ganze Woche über muss ich den Laden am Laufen halten und die Kinder nachmittags auf die vollen Spielplätze karren, da hätte ich am Wochenende gern einen Ausflug gemacht, mal raus aus der Stadt. Aber Michael muss während der Woche täglich in ein eiskalt klimatisiertes Büro, am Wochenende will er immer am liebsten zu Hause bleiben.

Mein Telefon macht *Pling*. Ich greife danach und sehe eine Nachricht von Estelle: *Wir sind schon gewaschen und angezogen. Unsere Kinder wollen eure sehen, und wir euch! Gelber Spielplatz?*

»Wollen wir uns mit Estelle und Daniel auf dem Spielplatz treffen?« Ich wende mich an die Kinder. »Und mit Lala-Kerima und Achim-Andreas?«

»Jajaja«, rufen die Kinder begeistert.

Michael blickt auf. »Klar, gern. Gute Idee. Ich möchte aber vorher noch einen Kaffee. Du auch?«

»Nein danke. Neben dem Spielplatz ist doch das französische Café, da hol ich mir einen, ich pack den To-go-Becher ein.«

Michael nickt und vertieft sich wieder in die Zeitung.

Um halb zwölf rollen wir durch das Tor zum Spielplatz. Die Kinder hüpfen aus dem Lastenrad und rennen jubelnd auf ihre Freunde zu, die auf dem Karussell sitzen.

Ich gehe zu Estelle, die auf der Bank in der Sonne sitzt. »Sorry, wir sind nicht früher losgekommen.«

Sie winkt ab. »Macht nichts, Daniel ist auch noch nicht da. Der musste dann plötzlich noch dringend Sport machen. Ich bin mit den Kindern seit 'ner halben Stunde hier.«

Michael kommt dazu und küsst Estelle auf die Wangen. »Soll ich uns mal einen Iced Coffee von drüben holen?«, fragt er charmant.

»Oh, gern«, antwortet Estelle. »Warte, ich geb dir meinen Becher.«

Was Nachhaltigkeit angeht, sind wir uns im Prenzlauer Berg alle einig. Jeder hat immer BPA-freie Wasserflaschen und Edelstahl-Tupperdosen mit gesunden Snacks dabei. Da achten wir aufeinander, inspirieren uns und spornen uns gegenseitig an.

Ich reiche Michael meinen Becher mit dem Yogaeinhorn. »Deinen hab ich nicht gefunden.«

»Echt? Hmm, ich hab den auch schon länger nicht gesehen. Vielleicht hab ich ihn irgendwo stehen lassen.«

Das scheint mir sehr wahrscheinlich. Michael findet die Idee der wiederverwertbaren Becher grundsätzlich gut, praktisch hapert es bei ihm aber an der Umsetzung.

»Na ja, macht ja nichts. Die haben da ja auch Tassen, kann ich ja dann zurückbringen.« Er schlendert los.

Ich schnaube. »Kann er zurückbringen. Haha. Das muss dann bestimmt wieder ich machen. Der Becher ist dauernd weg. Ich habe ihm schon drei nachgekauft. Und wenn er die Taschen packen soll, vergisst er grundsätzlich, gefüllte Wasserflaschen einzupacken, sodass am Ende des Wochenendes mehrere leere Glasflaschen aus dem Kiosk im Kastenrad herumrollen, die ich dann wieder an die richtige Pfandstelle bringen muss.«

Estelle kichert. »Männer halt. Bist du genervt?«

Lustige Frage. Was sollte ich wohl anderes sein an einem Samstagmorgen? Estelle drückt tröstend meine Hand. Schweigend schauen wir den Kindern zu. Die Vögel zwitschern. Die Sonne blinzelt durch die Blätter der Ahornbäume. Schon auch schön. Ich muss mich einfach entspannen.

Als hätte Estelle meine Gedanken gehört, murmelt sie: »Wie friedlich das ist ohne Männer. Weißt du, wir können uns immerhin aufeinander verlassen. Wenn die alt sind und noch Schlimmeres als Männerschnupfen haben, dann ziehen wir einfach zusammen in eine WG.«

»Genau, und besorgen für die jammernden Männer eine hübsche Pflegerin, während wir mit den Enkeln spielen und die Welt bereisen.«

Wie aufs Stichwort stehen Daniel und Michael neben uns. Michael reicht uns die Kaffeebecher, Daniel umarmt mich und gibt seiner Frau einen Kuss. »Na, worüber quatscht ihr?«

»Ich habe Bärbel das Geheimnis unserer glücklichen Ehe verraten«, sagt Estelle.

»Oh, verrate es mir auch«, fordert Michael neugierig.

»Na, ich bin zufrieden, weil meine Ansprüche eben so niedrig sind«, lacht sie.

»Dito«, ruft Daniel. »Ich bin noch anspruchsloser. Dein Glück.«

Estelle droht ihm mit dem Finger. »Hast du die Spülmaschine eingeschaltet, ehe du losgefahren bist?«

»Du bist so eine böse Ziege. Nein, habe ich nicht. Die ist doch noch nicht voll.«

»Doch, die ist voll.«

»Warum hast du sie dann nicht eingeschaltet?«

»Weil deine Kaffeetasse noch halbvoll auf dem Tisch stand. Und außerdem ist das ja dein Aufgabenbereich«, gibt sie ungerührt zurück. »Ach, da siehst du es. Er macht es immer noch nicht richtig. Ein typischer nutzloser Mann.« Sie zwinkert mir zu.

»Dafür hab ich die Kinder beim Bouldern und Skaten angemeldet«, gibt Daniel prompt zurück.

»Das stimmt, die Kinderförderung, das ist dein Gebiet, das machst du auch gut«, bestätigt Estelle. »Trotzdem mögen sie mich lieber.«

»Das stimmt nicht! Lala-Kerima kam heute Morgen zu mir ans Bett, damit ich Frühstück mache.«

»Ja, das hab ich ihr gestern gesagt. Mama muss mal ausschlafen. Kluges Mädchen, das hat sie sich gemerkt. Aber abends kuscheln will sie nur mit mir.«

»Das ist bei uns auch so«, erzähle ich.

»Aber wenn du nicht da bist, machen sie viel weniger Theater«, wirft Michael ein. »Da gehen sie ohne Jammern ins Bett, und Andrea kuschelt mit mir.«

»Na klar«, sagt Estelle mit freundlicher Ironie. »Wenn kein Eis da ist, dann nimmt man eben die Karotten. Aber uns mögen sie trotzdem lieber.«

»Mamiii!«

Andrea und Lala-Kerima stehen mit verzweifelten Gesichtern vor der Schaukel. »Wir kommen nicht hoch. Hilf uns.«

Ich nehme einen Schluck Kaffee. »Gehst du rüber?«, frage ich Michael.

Der lässt sich grinsend auf die Bank fallen. »Nö. Dich mag sie lieber.«

Ab ins Nest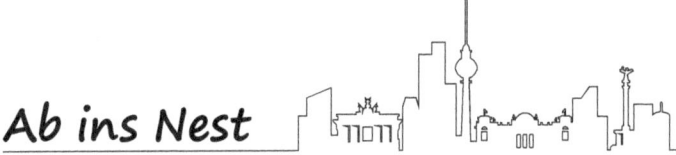

Estelle begleitet mich zur Schaukel.

»Mal im Ernst, geht das nur mir so, oder ist es normal, dass die Männer einfach viel weniger im Haushalt machen?«, frage ich.

Estelle überlegt. Aber nur kurz. »Ich glaube, überall, wo zwei Leute zusammenleben, hat einer oder sogar beide das Gefühl, dass er mehr macht. Wir haben das eigentlich ziemlich gut eingeteilt, so fifty-fifty. Aber Daniel würde auf jeden Fall sagen, dass er viel mehr macht als ich.«

»Echt? Und stimmt das denn?«

»Na ja, also, ehrlich gesagt macht er schon sehr viel. Das fällt mir immer dann auf, wenn er mal eine Weile nicht da ist. Dann bleibt so viel liegen, von dem ich sonst denke, das ist sein sinnloses Geräume und Gewische, während ich ja die wirklich wichtigen Dinge mache wie Ausmisten und so.«

»Das ist ja interessant.«

»Das darfst du ihm aber auf keinen Fall sagen, ja?«, warnt mich Estelle. »Ich schimpfe weiterhin mit ihm, dass er faul wäre. Nur so halte ich ihn bei der Stange.«

Bewundernd schaue ich meine Freundin an. Schlau macht sie das. Trotzdem behagt mir der Gedanke nicht, meinen Partner so zu manipulieren. »Okay, ich sag nichts. Ich bin ja schwer beeindruckt. Bei uns klappt das nicht.«

»Na, du musst es halt auch einteilen, zuteilen. Du bist für die

Küche und das Wohnzimmer verantwortlich, du fürs Bad und das Schlafzimmer. Und dann meinetwegen rotieren.«

»Aber dann bleibt doch alles liegen, bis ich dran bin. Glaubst du, Michael nimmt ein schmutziges Handtuch mit zur Waschmaschine, wenn ich es schon in den Flur geworfen habe? Nee! Der steigt einfach drüber. Und Wäsche waschen oder aufräumen passiert praktisch auch nie.«

Ich bin ordentlich in Fahrt. Mir fallen tausend Dinge ein, die ich permanent »nebenbei« erledige, um zu verhindern, dass die Wohnung ein Schlachtfeld wird, in dem man nichts wiederfindet.

»Ich schaffe es ja kaum, einfach zum Duschen zu gehen, wenn die Familie aus dem Haus ist. Auf dem Weg dahin begegnet mir dauernd irgendwas, was ich noch schnell wegräumen sollte: Socken, die in die Waschmaschine müssen, Legomännchen, die ins Kinderzimmer gehören – und da sieht es dann womöglich auch aus, dass es die Sau graust. Und gelüftet ist meistens auch noch nicht. Also reiße ich überall die Fenster auf, sauge schnell noch Schnipsel weg und, und, und.«

»Ich wasche Daniels Sachen nicht«, unterbricht Estelle meinen trüben Monolog.

»Macht er die Wäsche?«

»Nein, ich wasche meine Sachen und er seine. Er hat mal einen Pulli von mir falsch gewaschen, jetzt lasse ich ihn nicht mehr an meine Sachen. Aber ich will das alles auch nicht allein machen müssen. Also hab ich auch einen Pulli von ihm kaputt gewaschen, und dann haben wir beschlossen, dass sich jeder um seine eigene Wäsche kümmert. Die von den Kindern packt jeder so dazu. Wobei er das auch nie richtig macht mit dem Einräumen, ich hab da so eine bestimmte Ordnung, das kriegt er einfach nicht richtig hin.«

Jetzt muss ich doch lachen. Die beiden sind manchmal wie kleine Kinder. Aber irgendwie scheint es ja zu funktionieren.

»Ja, danach haben wir die Aufgaben genau verteilt. Du musst halt aushalten, dass er Sachen anders macht als du, also weniger gut.« Sie kichert. »Das sieht er natürlich komplett anders. Aber du darfst nicht zu viel loben. Eigentlich nur zugeben, dass er sich wenigstens Mühe gegeben hat. Außerdem musst du einfach auch was liegen lassen. Ich räume die Kinderzimmer jetzt während der Woche überhaupt nicht mehr auf. Wenn die Kinder etwas kaputt treten oder nicht wiederfinden, haben sie Pech gehabt. Die müssen ja auch lernen, auf ihre Sachen zu achten. Ich halte es einfach aus, bis am Freitag die Putzfrau kommt. Dann ist alles schön, ich entspanne mich und genieße die Wohnung – und lasse die Chaoten machen.«

»Du bist so eine Inspiration!« Ich bin wieder einmal hellauf begeistert von meiner Freundin. Klug, hübsch, witzig, arbeitet Vollzeit als Architektin, zwei ziemlich wohlerzogene Kinder und eine funktionierende Ehe. Immer wieder versuche ich, mir ein Beispiel an ihr zu nehmen, aber ich bin anders gebaut, was Beziehungskommunikation angeht. Michael auch. Wir sind kein Paar, das sich vor anderen darüber kabbelt, wer was schlechter macht. Aber vielleicht sollten wir. Dann müssten wir nicht privat darüber streiten und ich mich nicht bei Freundinnen auskotzen. Dabei hab ich eh immer ein schlechtes Gewissen.

Jemand zupft mich am Hosenbein. »Ich will auch mit rein.«

»Hallo, Wikipedia«, ruft Andrea. »Ja, komm, wir schaukeln.«

Ich hebe Wikipedia zu den anderen in die Schaukel und schubse sie an.

Da höre ich einen Schrei. »Achtung, Kopf weg!«

Ich ducke mich, und ein Fußball saust über mich hinweg. Ich

sehe Manuela auf mich zustapfen. Sie hat sichtlich Mühe in ihren goldenen Riemchensandalen. »Bruno-Hugo-Luis! Mit dem Fußball gehscht du gefälligst da rüber auf den Ballplatz. Entschuldige dich.«

Ein Junge saust an mir vorbei, murmelt »schuligung« und schnappt sich den Ball.

Manuela bleibt schnaufend neben mir stehen. »Glaubsch des? Entschuldige. Hallo, schön, dass wir uns treffen. Wie geht's dir?«

Sie sieht sich um und entdeckt Michael und Daniel auf der Bank. »So, seid ihr zusammen auf dem Spielplatz? Schön. Habt ihr die Einkäufe schon erledigt?«

»Nee, so weit sind wir noch nicht gekommen. Das muss einer von uns nach dem Mittagessen machen.«

Manuela lächelt. »Ah, so macht ihr des. Wir waren auf dem Markt einkaufen und haben da gebruncht. Die Maultaschen sind gar net mal schlecht. Bloß schade, dass der Weinstand nicht mehr da ist. Und ansonsten lass ich mir jetzt ja alles liefern. Biokiste, weisch. In die Hochbeete auf dem Dach hab ich jetzt einfach Blumensamen reingetan. Die wollte ja der Matthias unbedingt haben. Dann hab ich sie schließlich gebaut und bepflanzt, und er hat überall rumerzählt, was wir für tolle Selbstversorger sind. Ja danke. Noch a Arbeit mehr für mich, sonst war des nix.«

Während des letzten Satzes kommt plötzlich Musik aus ihrer Handtasche – die Titelmelodie von *Sex and the City*. Also echt, wer hat das denn noch auf dem Handy? Das ist typisch Manuela. Dafür hat sie wahrscheinlich mal Geld ausgegeben, und jetzt wird das Ding eben auch benutzt, bis ihr endlich jemand einen anderen Ton schenkt. Also nie. Denn Handyklingeltöne – gibt's das überhaupt noch? Egal. Außerdem finde ich es faszinierend, dass Manuela so ungeniert auf dem Spielplatz telefoniert. Früher hat sie sich aufgeführt, als wäre man in der Sauna, dauernd »Pscht«, »Glaubsch des?« und »Man kann das Handy auch mal für ein Stündle abschalten, gell«. Aber jetzt zwitschert sie kokett ins Smartphone, während sie mit der freien Hand die Schaukel anstößt. Ich tue so, als müsste ich meinen Schuh binden, um unauffällig ein wenig lauschen zu können. Ich glaube, sie spricht mit einem Mann. Und es ist nicht Matthias. Sie bemüht sich auf geradezu gruselige Art um ein korrektes Hochdeutsch. Es klingt wie eine Mischung aus Oettinger und Schäuble. Aber es scheint zu funktionieren. Gerade lacht sie glockenhell auf.

»Ja, obersuper! Dass du da jetzt echt noch Karten gekriegt hasch! Ich hab ja nachgefragt, aber da hieß es, alles ausgebucht. Ja, toll. Dann treffen wir uns am Eingang um 18 Uhr. Genau. Tschüssle, äh, bye!« Sie steckt ihr Handy zurück in die Tasche und sieht sich unschlüssig um.

»Alles okay?«, frage ich. »Ihr scheint die Trennung ja wirklich gut hinzukriegen.«

Manuela zuckt die Schultern. »Ach, mit der Organisation, da hapert es noch. Eigentlich hab ich heut meinen freien Tag. Und ich wollt zum Yoga. Aber der Matthias isch spontan mit einem Freund zum Segeln rausgefahren. ›Einmalige Gelegenheit.‹ Bla, bla, kannsch dir ja vorstellen. Also, des sollt ich mir mal erlauben.«

»Ja. Solltest du«, sage ich.

Manuela guckt verdutzt. Dann grinst sie. »Ja, du. Des mach ich demnächst.« Dann verfinstert sich ihre Miene wieder. »Aber am End hocken die Kinder dann auf der Straße, weil er ja davon ausgeht, dass ich mich kümmer. Des halt ich net aus.«

Sie tigert unruhig auf und ab, öffnet den Mund und schließt ihn dann wieder. Dann bricht es aus ihr heraus. »Menno, ich hab ein Date heut Abend. Ein ganz interessanter Typ. Wir wollten einen veganen Kochkurs machen bei der Food Week.«

»Vegan? Du?« Ich muss kichern.

Manuela grinst mit. »Ja, Vegan Barbecue. Du, weisch, ich lass mich jetzt einfach mal auf Neues ein. Aber was mach ich denn jetzt, wenn der net rechtzeitig vom Segeln wieder da isch?«

Ich ziehe spontan den Kopf ein. Ich werde nicht Manuelas Kinder übernehmen, und auf gar keinen Fall werde ich jetzt anbieten, das zu tun. »Du bist zu nett zum Neinsagen«, hat Michael neulich gemeint. Also übe ich jetzt Nein sagen. Nein ist ein vollständiger Satz. Man muss ein Nein auch nicht begründen und rechtfertigen, Nein darf man, also ich, einfach sagen, wenn es einem nicht passt. Ich kann das. Ich sage Nein.

»Ich hab schon überlegt, ob ich einfach seine Eltern anruf und die Kinder da hinbring.«

»Nein!«

»Wie bitte?« Manuela schaut mich verblüfft an. »Findesch des blöd? Aber er isch doch selbst schuld, wenn er sich einfach net an die Verabredungen hält. Dann muss er sich halt des blöde Gschwätz von seiner Mutter anhören …«

Erleichtert merke ich, dass sie mich gar nicht gefragt hat, ob ich ihre Kinder nehme. »Ach so, entschuldige. Klar, das finde ich eine gute Idee!«

Manuela sieht mich erleichtert an. »Gell, des isch doch für die Kinder auch gut, mal bissle Zeit mit Oma und Opa verbringen. Dafür sind sie ja extra nach Berlin gezogen. Du, und sonst sind sie uns am Wochenende dauernd auf'm Schoß gesessen, ich bin schon schier wahnsinnig geworden. Aber jetzt muss ich mich ja nicht mehr danebensetzen, isch ja nicht mehr meine Familie, hihi.« Sie kichert fröhlich.

Ich finde das zwar ein wenig drastisch formuliert, aber ihre Entscheidung gefällt mir.

»Hallo, ihr zwei. Wen schaukelt ihr denn da?«

Anita taucht neben uns auf. Sie ist die Mutter von Heinz-Gandalf-Rasputin, der mit Manuelas Sohn in die Kita geht, und arbeitet als Sprechstundenhilfe beim Kinderarzt Dr. Schönchen, bei dem meine Kinder nicht sind, weil man unmöglich Termine bekommt. ALLE wollen zu Dr. Schönchen. Er soll noch hübscher sein als sein Name, sagen die Mütter auf dem Spielplatz, und wahnsinnig einfühlsam. Ich habe mich für die pragmatische Frau Dr. Klotz entschieden.

Jetzt merke ich auch, dass die Mädchen in der Zwischenzeit von der Schaukel geklettert sind und mit Estelle bei der Rutsche anstehen, und höre auf, die leere Schaukel anzuschubsen. Man entwickelt seltsame Mechanismen als Mutter. Wenn ich in der Schlange vor der Supermarktkasse stehe, ertappe ich mich oft dabei, dass ich den Einkaufswagen hin- und herruckle, dabei sind meine beiden längst aus dem Kinderwagen rausgewachsen.

Manuela umarmt Anita herzlich. »Ich wollte dich schon längst anrufen. Der Bruno-Hugo-Luis hat nach dem Heinz-Gandalf-Rasputin gefragt. Jessas, du siehst ja toll aus! Warst du im Urlaub?«

Anita befreit sich aus Manuelas Umarmung und grinst. »Danke. Haha, Urlaub! Ja, fast.«

»Ach, da bin ich froh«, ruft Manuela. »Ich hab mir schon ein bissle Sorgen gemacht um dich. Weil …« Sie zögert.

Anita sieht sie aufmunternd an.

»Du sahst gar net gut aus in den letzten Wochen. Irgendwie verhärmt, darf ich das so sagen?«

Anita nickt lächelnd und schüttelt sich den Pony aus der Stirn. »Na klar, det darfste. Aber jetzt jeht et mir prima.«

»Ja, das sieht man. Und wo warst du?«

»Hä?«

»Na, im Urlaub.«

»Ach so. Nee, ick war nicht im Urlaub. Ick hab mich jetrennt.«

Ich muss zugeben, dass ich Berlinerisch manchmal nicht gut aushalte, das ist ähnlich wie beim Schwäbischen. Aber Anita und Manuela im Gespräch – das ist unschlagbar. Eigentlich müsste ich das filmen und ins Netz stellen, damit die Leute mal sehen, wie gut sich Schwaben und Berliner verstehen.

Manuela ist verdutzt. Aber sie findet sehr schnell die Sprache wieder. »Hoppla«, sagt sie. »Ich wusste gar net, dass es gekriselt hat bei euch.«

Anita winkt ab. »Ist nicht so wild. Ick hab nur einfach jemerkt, dass es mir besser geht, wenn Lars nicht da ist. Als er das letzte Mal für eine Woche nach Hamburg musste, war ick so entspannt. Und da ha' ick ihm gesagt: Du, trennen wir uns, wa?«

»Hoi«, sagt Manuela. Sie wirkt ein bisschen enttäuscht. Sicher hätte sie gerne eine dramatische Geschichte gehört und dann Ratschläge und Trostworte verteilt.

Ich bin eher erleichtert, dass Anita so glücklich scheint. Und ihr Sohn benimmt sich auch total normal, traumatisiert sieht er nicht aus. Eben kommt er auf uns zu, an der Hand seinen kleinen Bruder.

»Mama, kannst du den Klaus-Peter nehmen? Der stört uns ein bisschen beim Fußball.«

Anita nickt. »Klar, mein Großer. Na, Klausi, willste ein bisschen schaukeln?«

Manuela hat die ganze Zeit ruhig dagestanden und ihre Hose

glatt gestrichen. Jetzt platzt sie heraus. »Ja und? Wie sieht der Lars das Ganze?«

Anita hebt ihren Sohn in die Schaukel und fängt an zu schubsen. Ich überlege, ob ich mich lieber diskret zurückziehen soll, aber ich bin so gespannt darauf, was jetzt kommt.

»Ach, der Lars«, sagt sie leichthin. »Dem war det anfangs jar nich so recht. Er meinte, dass er doch eigentlich mit mir alt werden wollte und dazu auch immer noch voll bereit wär. Is ja och süß, wa? Aber ich habe mich so beobachtet und gemerkt: Ich war immer eher froh, wenn er nich da war. Weeste, wenn sowieso klar ist, dass er es nicht zum Abendessen schafft, mach ich dit ebent janz entspannt mit den Kindern, frühes Abendessen, vorlesen, ins Bett, ab neun hab ich Zeit für mich. Für meine Happiness Challenge zum Beispiel, damit konnte Lars nie wat anfangen. Und denn denk ick manchmal och noch: Hoffentlich kommt er so spät, det ick dann schon im Bett bin und schlafe.«

Manuela nickt eifrig. »Das kenn ich so gut! Es isch a bissle gemein, gell, aber man denkt dann: Ich will jetzt bloß noch mei Ruh und net noch dein Stressabladeplatz sein. Und jetzt?«

Anita lächelt. »Alles gut, eigentlich. Weißte, ick kenn ja Patchwork, ick bin damit aufgewachsen und find es super. Ich wollte halt schon gern immer zwei Kinder, auch am liebsten vom gleichen Mann, damit die so jemand haben, der das gleiche Blut hat, wenn man mal selbst nicht mehr ... ne? Vastehste?«

Sie sagt »Vastehste«, meint aber uns beide. Also nicke ich vage.

»Ick hab halt immer jadacht ... Gut, der Kleene, der hätte das ja noch nicht so geschnallt mit die Trennung. Aber der Große schon. Da wollt ick dann ebent, dass er seinen Vater noch hat, auch wenn's nur die fünf Minuten am Morgen sind. Aber denn hat meine Mutter jesagt: ›Mensch, Mädchen, jetzt trenn dich! Da sehen die Jungen ihren Vater öfter als jetzt, und du hast wieder viel mehr Freiheit!‹ Und det stimmt ja einfach.« Anita lacht fröhlich.

Manuela klopft ihr anerkennend auf die Schulter. »Und wie habt ihr euch organisiert? Nestmodell oder alternierend?«, fragt sie dann.

Ich horche auf. Wieder ein neuer Begriff. Nest. Das bedeutet, dass die Kinder in der ursprünglichen Wohnung bleiben und die Eltern abwechselnd dazuziehen. Allerdings braucht man dafür dann drei Wohnungen. Ein teurer Spaß. Ich bin gespannt auf Anitas Antwort.

»Nest. Allerdings bleibe ick da ganz wohnen, und Lars kommt ab und zu ins Gästezimmer oder macht nur Tagesausflüge, oder ick fahr für 'n Wochenende weg.«

Manuela wiegt den Kopf. »Das heißt aber, dass du auf Dauer immer mehr machst. Willst du nicht auch eine eigene Wohnung?«

Anita schüttelt den Kopf. »Nee. Mehr mache ich ja sowieso schon immer. Und dit macht mir auch nichts. Ich mag mein Leben mit den Kindern. Nur meine Beziehung mit Lars halt nicht mehr. Aber er ist trotzdem ein klasse Vater. Und seit wir uns getrennt haben, verstehen wir uns super. Ha! Wisst ihr, was das Tollste ist? Ferdi und Conny haben sich ja auch getrennt. Und bei denen ist Conny ausgezogen und Ferdi bleibt im Nest. Und jetzt ist Lars bei Ferdi eingezogen. Die Väter-WG! Super, oder?«

Ich finde, das klingt nach einer RTL-Serie, ziemlich vorhersehbar und banal. Aber Anita ist so entspannt und glücklich. Ihre Augen leuchten.

»Jetzt sitzen wir tatsächlich manchmal abends alle zusammen. Dit haben wir monatelang nicht geschafft, solange wir noch Paare waren. Jetzt als Freunde geht das wieder. Und macht total Spaß.«

»Super«, sage ich bewundernd. »Das ist ja auch für die Kinder toll, dass ihr so entspannt und freundlich miteinander seid.«

»Ja«, bestätigt Anita. »Ich erlebe so viele Kinder in der Praxis, die komplett jestört sind, weil ihre Eltern nur streiten und sich gegenseitig vor den Kindern schlechtmachen. Gruselig.«

Da ertönt wieder die Titelmusik von *Sex and the City*. Manuela zieht ihr Handy hervor und geht einen Schritt zur Seite. Anita und ich lächeln uns etwas verlegen an und schubsen die Schaukel weiter an.

»Ah, Gisela. Super, dass du zurückrufscht. Ja, pass auf, der Matthias isch ja gerade dran, sich um die Kinder zu kümmern, aber jetzt isch er weggefahren. Und ich hab Termine. Also wär es super, wenn ihr die Kinder holt. Bis um 15 Uhr bitte. Was? Du, ich hör dich ganz schlecht, da muss ein Funkloch sein oder so was. Hörscht du mich? 15 Uhr bei uns, gell! Tschüssle.« Sie steckt ihr Telefon ein und grinst uns an. »Da diskutier ich jetzt einfach net. Ihr Süßen, es war toll, euch zu treffen, aber ich muss jetzt los. Wikipedia! Bruno-Hugo-Luis! Kommt ihr bitte!«

»Kann Gandhi noch mit zu uns kommen?«, fragt Bruno-Hugo-Luis bittend.

Wer ist denn Gandhi? Heißt so ein Kind hier? Ich muss lachen. Da kommt Anitas Sohn mit dem Fußball. Ach so, Gandi ist die Abkürzung von Gandalf, klar.

»Ja, wege mir gern«, sagt Manuela. »Dann müssen Oma und Opa ihn nachher heimbringen. Die holen euch um drei ab.«

Anita gibt ihrem Sohn einen Kuss und hebt dann den Kleinen aus der Schaukel. »Ick muss aber auch gleich mal los und noch einkaufen«, sagt sie.

Da kommt Michael auf uns zu. »Wir haben alle Hunger, wie

sieht es bei euch aus?«, fragt er. »Hallo Anita, du siehst ja super aus.«

Er beugt sich rüber und küsst Anita auf beide Wangen. Aha. Wusste ich gar nicht, dass die sich so gut kennen.

»Danke«, sagt Anita und wird ein bisschen rot. »Jeht mir auch super. Hunger hab ick übrigens auch. Wo geht ihr denn hin?«

»Die Mehrheit ist für Quesadillas, wollt ihr mitkommen?«, fragt Michael.

»Klar, supergern. Wenn euch dit recht ist«, sagt Anita und schaut mich fragend an.

»Klar«, sage ich. »Dann kannst du ja noch ein bisschen erzählen, wie ihr das alles organisiert, jetzt nach der Trennung. Das finde ich echt interessant.«

»Jut.«

Während wir das Sandspielzeug einsammeln, raunt Michael mir zu: »Die haben sich getrennt?«

Ich nicke. »Deswegen sieht Anita auch so gut aus. Ohne Mann ist es einfach entspannter.«

Michael versteht meine Spitze nicht. Er nickt nur. »Ja, der hat sie nicht so gut unterstützt, das fand ich auch. Ach, dann kümmern wir uns mal ein bisschen um sie, oder?«

Mit offenem Mund schaue ich ihm hinterher. Das meint er doch wohl nicht ernst? Um Anita muss sich ja ganz offensichtlich niemand kümmern, dass die wunderbar klarkommt, sieht man ja von Weitem. Mich sollte er mal mehr unterstützen! Pah. Wütend werfe ich mich in die Nestschaukel.

»He. Sie! Des find ich jetzt net so gut«, dröhnt es hinter mir. »Des isch doch für die Kinder.«

Oh Gott, jetzt auch noch ein Schwabe. Danke. Ich glaube, zu den Quesadillas bestelle ich mir ein Bier.

Monogam, polygam, Bonobo

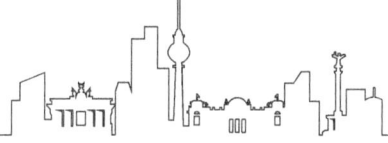

Es gibt ja diese praktische Funktion bei digitalen Kalendern, dass man Termine mit anderen teilen kann. So weiß Michael, wann die Kinder einen Arzttermin haben oder ich zu einer Veranstaltung gehen möchte. Ich stelle auch immer die Erinnerungsfunktion an, einen Tag vorher und zwei Stunden vor dem Termin. Deswegen weiß Michael auch, dass ich heute um 19 Uhr bei Marie sein will. Wie stehen die Chancen, dass er deswegen rechtzeitig zu Hause ist, was schätzt ihr?

Es ist Montag. Der Montag, an dem Michael bei Klaus' Geburtstag eingeladen ist. Ich habe alle Hebel in Bewegung gesetzt, um doch noch einen Babysitter zu organisieren. Denn ich bin ja mit meinen Freundinnen verabredet. Mein Termin steht schon länger in unserem gemeinsamen Kalender als der Geburtstag, also müsste eigentlich Michael sich kümmern oder zu Hause bleiben, streng genommen, aber vor allem fairerweise. Aber »Geburtstag ist ja nur einmal und deine Freundinnen kannst du immer sehen«. Klar. Theoretisch schon. Praktisch eben nicht. Spontan klappt das schon mal gar nicht. Diesmal hat Marie uns zusammengetrommelt. Ihr Freund ist auf einem Seminar, und wir treffen uns in ihrer sturmfreien Bude zu einem Frauenabend, und zwar um 19 Uhr. Schließlich müssen wir alle morgen wieder fit sein und brauchen unseren Schlaf. Ich freue mich schon sehr. Irgendwie schaffen wir es viel zu selten, uns zu treffen, wir stecken in Arbeit, Kindern, Haushalt und Beziehung und stellen dabei unsere Freundschaft hintan. Heute nicht. Ich war nach der Kita mit den Kindern Eis essen, wir haben bienenfreundliche Samen in die Blumenkästen gepflanzt und das Planschbecken beplanscht. Ich habe ein Gemüsecurry gemacht und warte darauf, dass Michael nach Hause kommt. In einer Viertelstunde will ich los. Ich schreibe Michael keine Erinnerungs-SMS, er wird schon rechtzeitig kommen. Ich atme tief ein und aus.

»Kommt, Kinder, wir essen schon mal.«

Die Kinder haben sich hungrig getobt und setzen sich schon nach fünfmaliger Aufforderung an den Tisch.

»Ich will keinen Blumenkohl.«

»Und ich keinen Brokkoli.«

»Gut, einer kriegt Brokkoli, einer Blumenkohl. Und ich esse beides.«

Wir essen, ich räume den Tisch ab, mache mich ausgehfertig und warte. Pünktlich komm ich nicht los. War ja klar. Hätte ich Michael doch noch mal dran erinnern sollen. Aber der starrt doch sowieso den ganzen Tag in sein Handy, der kriegt die Erinnerungen vom Kalender und kann sich danach richten. Und auch mal Rücksicht auf mich nehmen. Wenn das ein beruflicher Termin wäre, dann wäre ich jetzt geliefert. Und meine Freizeit ist auch wichtig. Ich versuche, weiter ruhig zu atmen und mich nicht in den Ärger reinzusteigern. Stattdessen lese ich den Kindern ein Buch vor.

Um Viertel nach sieben kommt Michael zur Tür herein.

»Ah, habt ihr schon gegessen?« Er klingt enttäuscht.

»Ja. Ich bin ja seit sieben verabredet.«

Ich klinge spitzer als beabsichtigt. Eigentlich wollte ich ganz freundlich bleiben.

Michael spürt meine Aggression und geht sofort in die Defensive. »Ach, heute ist das? Tja, tut mir leid, aber ich musste arbeiten. Ich kann ja nicht einfach früher abhauen, wegen deiner Verabredung.«

Grrrmmm. »Verabredung« hat er so hingeworfen, als wäre es ein wirklich überflüssiges Vergnügen. Es brodelt in mir, aber ich werde mich jetzt zu keiner Diskussion hinreißen lassen. Schließlich will ich einen schönen Abend haben. Aber innerlich ohrfeige ich ihn rechts und links.

»Na ja, macht ja nichts«, sage ich möglichst leichthin. »Die Babysitterin kommt um acht.«

»Babysitterin? Warum?«

»Gehst du nicht zu Klaus' Geburtstag?«

»Ach so, der ist erst nächste Woche, da habe ich mich vertan. Wollte ich dir den ganzen Tag schon sagen, aber ich bin einfach nicht dazu gekommen.«

Mimimi. Eine Runde Mitleid dafür, dass er so viel Stress hat, dass er mir nicht mal eine WhatsApp schicken kann. Ach was, ich ignorier das einfach.

»Dann mach ich mich jetzt mal auf den Weg, ja? Tschüss, Kinder, ich habe euch lieb. Bring sie nicht zu spät ins Bett, bitte. Und mach dir keine Sorgen, falls es später wird, ja?«

Michael rollt die Augen nach oben. »Das hättest du dir jetzt verkneifen können.«

Stimmt, das hätte ich. Aber ein kleiner missgünstiger Stinkstiefel in mir wollte ihm noch schnell eins reindrücken, ehe ich losfahre. Fürs Zuspätkommen.

»Was machen wir denn jetzt mit der Babysitterin?«

»Ja, das weiß ich auch nicht. Ruf sie an.«

»Welche ist es denn? Habe ich die Nummer?«

Michael sieht mich hilflos und verzweifelt an, und ich werde wieder weich. »Ronja. Müsstest du haben. Warte, ich schick dir die Nummer schnell noch mal.«

Ich sende ihm den Kontakt »Babysitter Ronja« und schnappe meine Tasche. Raus aus der Tür. Voller Vorfreude radle ich zu Maries Wohnung. Ich bin nur vierzig Minuten zu spät.

Marie öffnet mir strahlend. »Ach, schön, dass du da bist. Du bist die Zweite. Valerie ist schon da. Sie stillt grade noch Nofretete.«

Sie hat ein Weinglas in der Hand, das sie sich sehr voll geschenkt hat. »Rosé oder weiß? Oder lieber gleich einen Moscow Mule?«

»Ein Schlückchen Rosé gerne. Aber ich will nicht zu viel trinken, morgen wird ein stressiger Tag.«

»Ja. Aber morgen ist morgen. Jetzt entspann dich mal.«

Wenn Marie so was sagt, klingt das sehr überzeugend. Nicht umsonst sind ihre Seminare zu Work-Life-Balance und Mindfulness immer ausgebucht. Ich will das auch mal mitmachen, fällt mir dabei wieder ein.

Ich umarme Valerie, die mit ihrer Tochter an der Brust auf dem Sofa sitzt. »Wie geht's dir?«

»Prima. Ich habe nur leider zu wenig abgepumpt, sonst hätte ich Nofretete bei Georg gelassen. Jetzt freut sich Katharina, dass sie ihren Papa mal für sich hat. Die zwei machen Pizza.«

Es klingelt und Eva stürmt herein. »Ich brauch Alkohol, ihr glaubt nicht, was bei uns los war. Totales Chaos, wenn ich EIN-MAL ausgehen will. Uwe hat sich aufgeführt, als würde ich ihn und die Kinder an der Autobahn aussetzen. Da klammern sich heulende Kinder an dein Bein, während du in die Schuhe schlüpfst, und er liegt auf dem Sofa und sagt nur: ›Lasst das doch bitte, ich habe Kopfweh.‹ Boah. Ich habe ihm gesagt, dass ich bei dir übernachte, ja?«

Marie nickt amüsiert. »Kein Problem. Werner ist ja nicht da, und du schnarchst vermutlich weniger.«

Eva schüttelt den Kopf. »Danke, aber ich habe grad meiner Langzeitaffäre gesimst, der hat Zeit. Das brauch ich heute mal.«

Ich bin schockiert und gleichzeitig ein bisschen beeindruckt. »Du hast eine Langzeitaffäre? Wann machst du das denn noch?«

Eva kichert. Sie wirkt keineswegs gestresst. Gerade macht sie eine Umschulung zur Sonderpädagogin und muss, wenn ihre drei Kinder im Bett sind, noch Mathe büffeln, aber sie strahlt richtig. »Na, deswegen Langzeit, das klappt alle Jubeljahre mal. Wir hatten zu Studienzeiten mal was, und irgendwann habe ich ihn betrunken nach einer Betriebsfeier angerufen, keine Ahnung warum. Seitdem treffen wir uns manchmal, wenn wir Zeit und Lust haben. Klappt aber selten. Er ist jetzt auch in einer festen Beziehung …«

Aha. Evas entspannten Pragmatismus habe ich immer bewundert. Wie ich das jetzt finde, weiß ich noch nicht so genau.

Marie offensichtlich schon. »Und was ist mit Uwe – und der Freundin deiner Affäre? Wissen die das?«

Eva nimmt einen großen Schluck Wein. »Hm, nö. Also, Uwe nicht, ehrlich gesagt. Ich wollte das mal ansprechen, aber es hat sich nie die Gelegenheit ergeben.«

Marie schüttelt den Kopf. »Das musst du aber schon klären. Am besten vorher. Es gibt so viele Möglichkeiten, da kann man sich ja einigen. Geschlossene oder offene Beziehung, Partnertausch, Polyamourie …«

Eva winkt ab. »Weißt du, Marie, Uwe und ich sind jetzt seit zwanzig Jahren zusammen, wir waren noch in der Schule.

Damals haben wir doch nicht über Beziehungsmodelle gesprochen, wir waren halt zusammen. Und ich will ja auch mit ihm zusammenbleiben. Er ist meine große Liebe. Aber ich konnte mich nie austoben in meinen Zwanzigern, so wie du zum Beispiel. Das muss ich eben nachholen.«

Marie nickt. »Ja, das verstehe ich. Und Uwe würde es auch verstehen. Vielleicht geht es ihm ja genauso. Du solltest das ansprechen.«

Eva schüttelt sich. »Um Gottes willen. Und dann sagt er noch, dass er es seit sieben Jahren genauso macht. Das würde ich nicht aushalten. Wenn er mich betrügt, soll er mich damit gefälligst in Ruhe lassen.«

Das finde ich interessant. »Warum?«, frage ich.

»Er soll genauso an seinem schlechten Gewissen leiden wie ich. Da hat man mehr davon«, sagt Eva ganz sachlich. »Und außerdem kann ich mir dann vorstellen, dass er, wenn überhaupt, nur schlechten Sex gehabt hat.«

»Hast du auch schlechten Sex, wenn du ihn betrügst?«, fragt Valerie.

»Nein!«, sagt Eva entrüstet. »Nur nicht so gut wie mit Uwe. Aber er soll auf jeden Fall richtig schlechten gehabt haben. Schlechter als mit mir zumindest.«

Mir schwirrt ein bisschen der Kopf. Ich bin ja momentan schon oft zu müde für Sex mit meinem eigenen Mann. Neben all dem täglichen Wahnsinn auch noch eine Affäre organisieren zu müssen finde ich wenig reizvoll, schon der Gedanke stresst mich. Und ich möchte nicht, dass Michael mir erzählt, mit wem er eine super Nummer hatte und wie stark das auch emotional erfüllend ist.

Die Türklingel unterbricht meine Gedanken. Karla kommt

hereingestürmt. Strahlend schwenkt sie eine Tüte aus dem Feinkostladen. »Entschuldigt bitte, ich bin nicht aus dem Bett gekommen, wenn ihr versteht, was ich meine. Dafür habe ich Leckereien mitgebracht.«

»Du warst extra noch im Lafayette?«, fragt Marie.

»Nein, das hatte er mitgebracht. Aber ich habe ihn rausgeschmissen und gesagt, dass ich verabredet bin. Da hat er mir die Tüte mitgegeben.«

»Aha«, sage ich und werfe einen Blick in die Tüte. »Will sich von vornherein bei uns einschleimen. Sag ihm, es funktioniert.«

Wir machen uns über die mitgebrachten Tapas her.

Karla reicht Marie einen Shrimp rüber und sagt beiläufig: »Sag mal, könntest du mir die Karten legen wegen Uli?«

»Ist das der Feinkost-Mann?«

»Ja. Pianist. Er hat in der Hotellobby vom Parkhotel gespielt, wo mein Seminar war. Wir sehen uns jetzt seit drei Wochen fast jeden Tag, ich bin abends immer bei seinen Auftritten dabei. Er nennt mich seine Muse.« Karlas Augen leuchten. »Jetzt wüsste ich gern, ob er der Mann fürs Leben sein könnte.«

Eva kneift die Augen zusammen und holt tief Luft. »Karla. Stopp«, ruft sie. »Ich sag dir das jetzt als gute Freundin, weil du mich darum gebeten hast, dass ich dich schütteln soll, wenn du dich in einen Quatsch verrennst. Und übrigens ist das total beschissen, weil jetzt bin ich natürlich schuld, ne. Wenn ich ihn dir ausrede, habe ich womöglich die größte Liebesgeschichte des Jahrtausends auf dem Gewissen, und wenn ich nichts tue, habe ich dich ins Unglück rennen lassen. Toll. Aber entschuldige: ein Musiker? Das kann ein Übergangsmann sein, ja, aber doch nicht ›der bessere Partner‹. Was ist das denn für eine Idee? Es ist völlig okay, dass er dich ins Bett geklimpert hat, und du sollst unbedingt Spaß haben. Aber jetzt einen auf Yoko Ono zu machen finde ich übertrieben. Und noch was: Pianisten, die in Hotellobbys Schlager spielen, haben gar keine Musen. Auch keine Groupies.«

Karlas Augen werden schmal. Ich überlege, was ich sagen könnte, um die Stimmung wieder aufzulockern. Aber heute haben wir alle Ballast an Bord, den wir erst mal abwerfen müssen. Wir werden Wein und Geduld brauchen, um die Schwerkraft des Alltags zu überwinden.

»Denkst du wirklich, er könnte der Mann fürs Leben sein?«, frage ich vorsichtig.

»Puh.« Karla pustet eine Haarsträhne vor ihren Augen weg. »Ja klar, schon. Ich fühl mich wohl mit ihm.«

»Aber überleg doch mal, wie das wird, wenn ihr Kinder kriegt und du nicht mehr arbeiten kannst«, meint Eva. »Dann tingelt er weiter durch die Bars und lässt sich anflirten, und du hockst voller Babykotze zu Hause und bist müde.«

»Dafür hat er flexible Arbeitszeiten«, kontert Karla. »Und Klaviermusik fördert die kindliche Intelligenz.«

»Das stimmt«, fällt mir ein. »Und Kühe geben dabei besser Milch. Vielleicht hilft das auch beim Stillen.«

Meine Freundinnen schauen mich an, als hätte ich nicht mehr alle Tassen im Schrank.

Eva nimmt Karla in den Arm. »Tut mir leid, dass ich so negativ war. Ich will einfach, dass du einen Supertypen kriegst, verstehst du? Du bist meine Freundin und sollst extrem glücklich sein, mit einem Klassemann an deiner Seite, der dich vergöttert und dir für immer treu ist.«

Karla schmiegt sich an ihre Schulter. »Siehst du, da sehen wir das schon mal unterschiedlich. Ich will einfach endlich überhaupt einen Mann.«

»Ich bitte dich. Hörst du dich reden? Jetzt stell dich mal nicht so hin wie den letzten Versuch. Du bist ein Hauptgewinn.«

»Ich bin über vierzig. Das heißt schwer vermittelbar. Mein Zug fährt auf die Weiche zu, wo ich entweder in letzter Sekunde in Richtung Familie abbiege oder einfach weiter geradeaus fahre, zur Endhaltestelle schrullige Jungfer.«

»Kann ein Musiker kein Klassemann sein?«, frage ich.

»Wenn er bei den Philharmonikern ist, vielleicht«, sagt Eva. »Nee, Entschuldigung, das war ein Witz. Aber hat Uli denn ein festes Einkommen, mit dem er eine Familie ernähren kann?«

»Nein. Aber ich«, sagt Karla heftig. »Ich kann sehr gut eine Familie ernähren und habe da auch große Lust drauf. Leider kann ich die nicht allein gründen. Und da suche ich mir ehrlich gesagt lieber jemanden, mit dem ich einfach gern Zeit verbringe, der inspirierend und intelligent ist, als einen Versorger, mit dem mich irgendwann nichts mehr verbindet außer unserem gemeinsamen Kind. Trophy Man statt Trophy Wife: Ich bin selbst erfolgreich, ich hol mir einen Mann, der gut aussieht und den Haushalt schmeißt. Mit dem schmück ich mich dann.«

Marie kommt mit einer neuen Flasche Wein. »Ich bin mir sicher, dass du Kinder haben wirst, Karla«, sagt sie liebevoll. »Und wenn ihr vorher ganz offen drüber sprecht, wie ihr euer Zusammenleben organisieren wollt, was für ein Beziehungsmodell ihr leben wollt, dann klappt das schon.«

Karla sieht sie verwirrt an. »Beziehungsmodell? Ja, Liebespaar halt.«

»Ja«, sagt Eva. »Aber so einfach ist das heutzutage nicht mehr. Wenn es das überhaupt je war.«

»Ach, da wollte ich dich noch was fragen, Eva«, schalte ich

mich ein. »Warum hast du denn überhaupt eine Affäre, wenn der Sex mit Uwe sowieso viel besser ist?«

Karla guckt jetzt noch verwirrter.

»Weil ich sonst unglücklich werde. Ich muss zwischendurch ausbrechen. Und für uns ist das ja gut. Wenn ich ihn betrogen habe, weiß ich wieder, was ich an ihm habe. Dann bin ich auch wieder scharf auf ihn. Mein schlechtes Gewissen macht mich geil.«

»Versteh ich total«, sagt Valerie. »Treue ist nur eine Erfindung der Kirche. Im Ernst, ein Jahr geht das vielleicht, aber dann interessiert man sich doch wieder für andere.«

»Also, das glaube ich eben nicht«, sagt Karla heftig. Sie wendet sich an mich. »Oder geht es dir auch so? Findest du Michael nicht mehr intelligent und witzig? Nicht mehr sexy?«

»Doch. Schon. Wenn wir mal wieder dazu kommen, uns zu unterhalten. Über was anderes als die Organisation unseres Alltags und Kinderkram ...«

Valerie grinst. »Ach, ihr unterhaltet euch miteinander? Das ist doch dufte! Georg und ich machen das ja eigentlich gar nicht. Also, sexy finde ich ihn schon, aber sonst haben wir echt wenig gemeinsam. Ganz ehrlich, ich bin sicher, dass ich mich bald wieder umgucke. Wie Eva.«

»Das würde für mich nicht funktionieren«, sagt Marie. »Ich habe immer mit offenen Karten gespielt, alles andere stresst mich. Das brauche ich für meine Seelenhygiene. Ich habe mit 35 beschlossen, den Mann zu finden, den ich lieben werde und mit dem ich zusammenbleibe. Dann habe ich Werner kennengelernt und eine Entscheidung getroffen. Wir lieben uns und arbeiten an uns, und das lohnt sich total. Wir reden über alles. Ich habe ihm gleich am Anfang gesagt, dass Monogamie für Frauen nun mal nicht funktioniert ...«

»Ja, Schwester!«, ruft Valerie.

»Oder zumindest für Frauen, die ehrlich zu sich selbst sind«, fährt Marie fort. »Und dass er mir in dieser Hinsicht meine Freiheit lassen muss. Das hat er akzeptiert. Er hat natürlich die gleiche Freiheit. Er nutzt sie allerdings nicht, aber das ist ja seine Entscheidung. Er sagt, ihm reiche es, dass ich es ihm erlaube. Mehr will er gar nicht.«

»Ach? Das ist spannend. Vielleicht reizt dich auch nur das Verbotene daran, Eva?«, frage ich.

Eva überlegt. »Hm. Nö. Für mich ist das ja eher so wie Wellness. Wenn ich mich mal wieder total über Uwe aufgeregt habe und mir zu Hause alles auf die Nerven geht, dann möchte ich kurz weglaufen. Und das mache ich dann. Danach habe ich meine Familie wieder lieb. Aber wenn ich mir vorstelle, dass Uwe am Frühstückstisch sitzt und sagt: ›Na, Schatz, hast du dir den Frust weggevögelt?‹ Uh, nee.«

Karla schüttelt den Kopf. Dann zwinkert sie mir zu. »Und du? Ist bei dir alles fein?«

»Ach ja …«, beginne ich hilflos.

Dann fange ich plötzlich an zu weinen. Es fließt einfach so aus mir heraus. Ich kann es nicht stoppen. Ich schluchze und schniefe. Es scheint kein Ende zu geben. Meine Freundinnen schauen mich erschrocken an. Dann nehmen sie mich in den Arm. Ich rieche die säuerliche Milch auf Valeries Schulter und spüre den weichen Flaum von Nofretetes Haaren.

Eva streichelt mir über den Kopf. »Was ist denn mit dir? Bist du unglücklich verliebt?«

Jetzt muss ich unter Tränen lachen. Evas Gradlinigkeit und ihre Fähigkeit, alles Komplizierte zu vereinfachen, tun einfach gut.

»Weißt du was? Vielleicht bin ich das tatsächlich. Ich weiß es nicht. Ich weiß grade gar nichts mehr. Wenn ich früher am Verzweifeln war, habe ich nach Mami-Blogs gesucht und dort Geschichten von überforderten Müttern gelesen. Dann ging es mir besser. Ich dachte: Zum Glück ist es bei mir nicht so schlimm. Aber jetzt ist mein eigenes Leben der erbärmlichste Mami-Blog aller Zeiten.«

Eva nickt mitfühlend.

Valerie sagt aufmunternd: »Na ja. Die gute Nachricht ist: Das geht allen so.«

»Ja«, schniefe ich. »Und die schlechte Nachricht ist: Wenn es allen so geht, gibt es keine Lösung. Am schlimmsten ist es, dass ich mich nicht mal mehr daran hochziehen kann, dass ich immerhin noch mehr auf die Reihe kriege als Kuschelmaus83. Dieses Vergleichen macht einen ja auch nur fertig. Wir geben alle unser Bestes, und bei jedem ist die Grenze eben woanders. Ich möchte mir eine dicke Scheibe von Valerie abschneiden.«

»Gerne!« Valerie kichert. »Am liebsten hier an den Oberschenkeln.«

Ich schnäuze mir die Nase.

»Was meinst du denn damit?«, fragt Eva.

»Na, Valerie ist ehrlich zu sich selbst. Dein Mann ist selbstständig und zieht ein immer größeres Unternehmen hoch. Und er kauft ein und fährt mit den Kindern weg.«

»Ja«, sagt Valerie. »Das ist super, das stimmt. Ich habe ihm aber von Anfang an gesagt, dass ich das nicht kann, ich bin da nicht der Typ dafür, da werde ich unglücklich. Er schafft das, das bewundere ich. Ich muss eben ganz viel liegen, lesen, malen. Sonst bin ich nicht glücklich. Und dann ist es meine Familie auch nicht.«

»Genau. Und ich bin genervt. Weil das eigentlich auch mein Grundzustand ist. Liegen, lesen, kreativ sein. Aber Michael braucht auch so viele Sachen, um glücklich zu sein: Musik hören, auf dem Sofa liegen, schlafen, grillen. Und wer macht dann den ganzen Rest? Alles, was keiner so richtig gerne macht? Oder kennt ihr jemanden, der sagt: Ich entspanne am besten, wenn ich nach der Arbeit einkaufen gehe, ein bisschen putze und Wäsche wasche? Und zwar täglich. Haha. Nein? Ich auch nicht.«

Ich nehme einen großen Schluck aus meinem Weinglas. »Warum können wir nicht alle ein bisschen netter zu uns selbst sein? Ein bisschen für uns selbst sorgen, das muss doch möglich sein. Warum tritt sich diese Aufgabenverteilung so fest? Plötzlich sehe nur noch ich, dass das Klo geputzt werden muss und die Milch alle ist. Und selbst wenn ich Michael aus der Ferne ganz enorm liebe, wenn ich eure Beziehungsdurcheinander so höre, stolpere ich beim Nachhausekommen garantiert über irgendeinen Lustkiller. Umgekippte Milch, voller Mülleimer, zerknäulter Wäschekorb, hungriges Kind ... Ich sage, dass ich Michael noch liebe, aber stimmt das überhaupt? Oder rede ich mir das nur ein, weil alles andere noch mehr Stress bedeuten würde?«

»Das ist ein ganz wichtiger Punkt«, sagt Marie streng. »Du musst mal ein bisschen ehrlich zu dir sein. Wenn du dich fragst, ob deine Beziehung noch das Richtige für dich ist, dann probier doch mal was anderes aus. Finde raus, was du willst. Auch wenn das womöglich Stress bedeutet. Mit Michael.«

Entgeistert starre ich Marie an. »Wie bitte? Warum denn was anderes? Ich habe mit Polygamie und all dem gar nichts am Hut.«

»Genau. Du versteckst dich hinter einer total veralteten Einstellung. Irgendwann fällt dir diese Lebenslüge auf die Füße. Eigentlich wärst du ein perfektes Postergirl für die AfD mit deinem 50er-Jahre-Fetisch, so schön heile Familie, Vater, Mutter, Kinder. Wie es sich gehört. Bloß nicht abweichen.«

»Jetzt bin ich wirklich beleidigt. Das nimmst du sofort zurück, das ist echt nicht mehr witzig.« Ich bin kurz davor, meine Tasche zu nehmen und zu gehen. Was fällt denen denn ein? Bin ich ein komisches Relikt? Ein unzeitgemäßes Modell? »Bin ich die Einzige weit und breit, die seit dem Jawort – und auch schon davor – nur noch mit einem Mann geschlafen hat?«

Marie legt den Kopf schief. Eva kichert.

»Meine Güte, oder meinetwegen mit einer Frau. Mit dem Partner halt, jetzt zieh mal den Finger aus dem Po.«

»Die AfD nehm ich zurück«, sagt Marie versöhnlich. »Aber weißt du, die Menschen kämpfen so lange um das Recht, so sein zu dürfen, wie sie sind, da nervt so eine konservative Haltung, wie du sie hast, ganz schön.«

Eva schaltet sich ein. »Da kann sie aber vielleicht auch gar nichts dafür«, sagt sie. »Hast du vielleicht einfach kein Interesse an Sex? Egal ob mit Mann oder Frau?«

»Hä? Was soll das denn jetzt? Ich habe mich durchaus ausgetobt …« Ich breche ab und horche meinen Worten nach. »Habe mich ausgetobt. Komisch. Das klingt, als wäre es vorbei. Ist es aber nicht. Ich tobe immer noch. Wir toben. Manchmal. Nicht so oft wie wir eigentlich wollten. Der Alltag kommt uns dazwischen. Aber grundsätzlich habe ich Lust – auf meinen Mann. Und nicht auf andere. Damit bin ich … was denn eigentlich?«

Ich habe mich durchaus mit dem Thema Sex und Beziehungen auseinandergesetzt. Ich habe versucht, offen für alles zu sein, und dann mitgekriegt, dass alle meine Freunde am Wochenende ohne mich in den Kitkat-Club gegangen sind. Warum? Bin ich damals schon rübergekommen wie eine Mutter aus der Dr.-Oetker-Werbung? Ich hatte eben nie eine unerfüllte Sehnsucht, das Gefühl, in einer Nische der Nacht nach einer geheimen Erfüllung suchen zu müssen. Oder doch?

Wieso werde ich hier gedisst? Ich habe die unterschiedlichen Lebenskonzepte meiner Freundinnen nie moralisch bewertet. Wieso muss jetzt ausgerechnet ich – das Standard-Basismodell sozusagen – mich rechtfertigen?

Marie sieht mich immer noch abwartend an.

Ich hole Luft und zähle an den Fingern ab. »Was gibt es denn da alles? Altmodisch, neumodisch, sexuell, asexuell, autosexuell, omnisexuell, demisexuell, romantisch, monogam, polygam, Bonobo.«

Eva prustet los. »Bonobo! Sehr gut! Das nehm ich!«

»Muss ich genau wissen, als was ich mich definiere, und mir dieses Label dann auf einen Jutebeutel drucken oder in die entsprechende Facebook-Gruppe eintreten? Mir reicht es eigentlich, dass ich mich selbst bei mir einigermaßen auskenne. Ich bin eben eher simpel gebaut. Darüber bin ich ganz froh, ich weiß nicht, ob ich stark genug gewesen wäre, in der Pubertät, die ja schon doof genug ist, auch noch eine Identität zu finden, zu akzeptieren und zu leben, die außerhalb der Norm liegt. Ich bin auf einem Dorf groß geworden. In den 90ern. Ich bin froh, dass ich da lebendig und psychisch halbwegs unbeschadet rausgekommen bin! Ich habe mich so gemütlich eingerichtet in meiner heterosexuellen Monogamie, muss ich mich jetzt noch mal neu definieren?«

»Aber vielleicht zwingen dich doch unbewusst alte Denkschulen dazu, so zu sein, wie du bist?«, fragt Marie. »Du müsstest dich vielleicht doch mal ordentlich befreien? Damit du mal wieder strahlst.«

»Ja«, sagt Eva aufmunternd. »Du musst einfach mal raus aus deinem Hamsterrad. Was Schönes für dich tun.«

Ich lächle müde. »Tu ich doch grade.«

»Das reicht nicht. Öfter. Regelmäßig. Und ohne schlechtes Gewissen.«

Ich hebe mein Glas. »Krieg ich einen Moscow Mule?«

Marie nickt.

Valerie wiegt zweifelnd den Kopf. »Alkohol ist keine Lösung.«

Ich ziehe die Nase hoch. »Doch. Manchmal schon. Warte, bis du abgestillt hast.«

Happiness is a choice

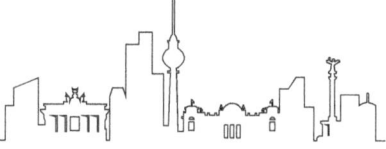

Am nächsten Morgen habe ich einen Brummschädel. Mit zusammengekniffenen Augen schmiere ich Brote für die Kinder.

»Mama«, ruft Robin-Legolas aufgebracht. »Ich will Leberwurst mit Gurke. Nicht mit Melone.«

Ich schaue auf die seltsamen Kreationen vor mir. Hmm, interessant. Das würde ich nachmittags aber vielleicht gerne essen. Ich packe das Leberwurst-Melonen-Brot beiseite und konzentriere mich.

»Du, Michael«, sage ich. »Morgen habe ich ein Casting.«

»Ach toll, das freut mich aber«, antwortet Michael. »Für was denn?« Er zieht einen unsichtbaren Revolver und zielt auf mich.

»Na ja, es ist nur Werbung. Ehrlich gesagt sogar nur online, aber trotzdem. Endlich mal wieder eine Anfrage.«

»Na klar«, sagt Michael. »Das ist doch super. Ich drück dir die Daumen.«

»Danke. Pass auf, das ist morgen Mittag in Potsdam. Ich würde vorher gern schnell zum Friseur, ich hab Uschi schon gefragt, die nimmt mich als Erste dran. Das heißt, ich würde mich morgens früh auf den Weg machen und du müsstest die Kinder in die Kita bringen.«

»Na klar, überhaupt kein Problem. Das mach ich.«

»Und die Vesperboxen machen.«

»Ja. Auch das. Mach dir mal keine Sorgen.«

»Ach, und ich habe versprochen, für die Waldparty unseren Getränkespender und die Hängematte auszuleihen, die müsstest du bitte mitnehmen.«

»Klar, mach ich. Was denn für 'ne Waldparty?«, fragt Michael.

»Die machen Picknick im Wald mit Kräuterlimonade, dafür brauchen sie den Getränkespender. Und dann machen sie halt Waldspiele, hängen 'ne Hängematte auf und so …«

»Ach, das ist ja schön«, sagt Michael. »Das wusste ich gar nicht.«

»Ich hab dir die Mail weitergeleitet. Obwohl – du bist auch selbst im Verteiler, oder?«, frage ich spitz.

»Jaja, stimmt. Hatte ich übersehen. Es war einfach tierisch viel zu tun letzte Woche.« Er seufzt dramatisch.

Ich nicke nur.

Am nächsten Morgen wecke ich die Familie mit Küssen und Kaffee. Robin-Legolas, unser Frühaufsteher, drückt mich und ruft »Toi toi toi, Cowboy!«, Andrea und Michael brummeln nur etwas Unverständliches.

Während ich beim Friseur sitze, gehe ich noch mal den Text durch. Es ist wirklich ein ziemlich blöder Werbespot, aber ich bin froh, dass ich überhaupt mal wieder ein Casting habe. Während die Haarkur einwirkt, raune ich meinem Spiegelbild zu: »Mit Thinnio hab ich in drei Monaten super easy abgenommen, und es hat richtig Spaß gemacht! Wenn ich jetzt ausgehe, haben die anderen Mädels keine Chance mehr gegen mich. Probier's einfach aus! Lade dir jetzt die App herunter und schau den Pfunden beim Purzeln zu!« Dann ein superhappy Lachen, als hätte noch nie auch nur ein trüber Gedanke mein Gehirn bevölkert, ach was, als hätte ich gar kein Gehirn, da ist man ja gleich noch zwei Kilo leichter! Hahahihihaha! Übler Scheiß, aber was soll man machen, Geld ist Geld, und es ist ja nur online. Eigentlich auch cool, dass sie mich dafür in Betracht ziehen, denke ich und sauge die Wangen nach innen. Ich bin ja nicht so ultradünn, eher normal, was in der Fernsehlandschaft dann fast schon üppig bedeutet. Aber warum nicht? Nur der Text ist echt schlimm. Wer hat sich den Mist denn ausgedacht? Die anderen Mädels haben keine Chance! Weil ich jetzt die Dünnste bin! Hurra! So sieht die Welt doch heute nicht mehr aus? Definieren sich Frauen immer noch über ihr Gewicht? Na ja, der Spot wird vermutlich an die richtige Zielgruppe gesendet, die immer noch denkt, Frauen sollten eher hübsch als klug sein, um den Kampf um den nächsten Bachelor gewinnen zu können. Oder dabei wenigstens so zu nerven, dass sie danach ins Dschungelcamp eingeladen werden.

Uschi föhnt meine Haare. Super sehe ich aus! Na gut, ein bisschen müde, aber die Tränensäcke verschwinden sicher auf dem Weg. In der S-Bahn murmle ich noch mal den Text vor mich hin. Irgendwie will der nicht in meinen Kopf. Dabei lerne ich total schnell und auch gern auswendig. Ich habe immer einen Gedichtband auf dem Klo liegen und suche mir ab und zu ein neues Gedicht zum Auswendiglernen.

» ... Haben die anderen Mädels keine Chance mehr gegen mich. Lade dir jetzt ...« Mein Smartphone brummt. Ich wühle in meiner Handtasche. Oh, nein, mein Lektor. Geh ich da jetzt ran oder nicht? Ene, mene, ach, vielleicht sind es ja gute Nachrichten. »Hallo?«

»Ja, hallo. Du, ich mach mich gleich auf den Weg zum Teammeeting. Wo sind denn die neuen Texte? Die solltest du mir bis neun Uhr schicken. Hast du meine Mail nicht gelesen?«

»Ach, verflixt! Ja, doch, hab ich.«

Das stimmt fast. Ich hatte angefangen, die Mail zu lesen, als Robin-Legolas mir das Smartphone aus der Hand gerissen hat, weil er seinem Kumpel Heinrich-Herodes ganz dringend das Foto mit dem Papagei drauf zeigen wollte. Und dann ist es in den Sand gefallen, und ich habe es ausgemacht.

»Mist, ich schick sie dir gleich rüber. Ich hab meinen Laptop dabei und gleich WLAN.«

»Okay.«

Ich klappe meinen Laptop auf. Gut, dass ich den eingepackt habe. Schließlich dauert die Fahrt nach Potsdam ja eine Weile, da kann ich prima nebenbei arbeiten. Das wollte ich eigentlich erst auf dem Rückweg machen, aber diesen blödsinnigen Text merk ich mir jetzt auch nicht mehr. Ich öffne mein Schreibprogramm. Ach, bei dem einen Kapitel wollte ich noch was ändern, ehe ich es abschicke, ich habe mir eine Notiz gemacht. Was heißt das nur? *Diektsprewchme.* Da wollte ich ganz schnell was schreiben und habe heftig danebengegriffen. Jetzt fällt es mir ein: *Diktiert auf ein Sprachmemo.* Ich hab mir die Änderungsgedanken ins Handy gesprochen. In dem Moment wird der Bildschirm schwarz. Oh nein! Ich hab ihn gestern nicht aufgeladen. Habe ich das Kabel mitgenommen? Ich wühle in meiner Tasche. Nein. So ein Mist! Was mach ich denn jetzt? Ich kann die Kapitel nicht in einer halben Stunde schicken. Es sei denn, jemand dort hat ein passendes Kabel, das ich mir leihen kann. Das könnte doch durchaus sein, oder? Da frage ich nachher einfach.

Auf dem Flur vor dem Castingbüro sitzen vier Frauen in geblümten Kleidern und Stilettos. Sie sind top gestylt. Und sehr schlank. Ich schaue an mir herunter. *Natürlich* stand in der Figurenbeschreibung. Ich habe meine graue Stretchjeans an, die meinem Po schmeichelt und ein rotes asymmetrisches Shirt. Im Moment habe ich noch die abgelatschten Veja-Sneaker an den Füßen, aber ich habe die High Heels eingepackt. Die habe ich früher dauernd getragen. Ab dem Moment, als ich von zu Hause ausgezogen war, gab es für mich keine anderen Schuhe mehr. Meine Mutter war eine Verfechterin von Birkenstock-Sandalen. Mit Socken drin. Sie kann das tragen, absolut. Aber ich musste natürlich gegen das ergonomisch sinnvolle Schuhwerk meiner Jugend rebellieren. Außerdem fand ich mich immer zu klein, also High Heels. Ich hab die Hacken auch im Urlaub am Strand, beim Wandern und beim Radfahren getragen. Erst als ich mit dem Joggen anfing, habe ich mir Turnschuhe gekauft. Aber die hätte ich niemals einfach so angezogen. Nach dem Abi hatte ich ja auch mal überlegt, Medizin zu studieren, um Ärztin zu werden. Aber alle, die im Krankenhaus arbeiten, rennen in wirklich hässlichen flachen Gesundheitsschuhen rum, darauf hatte ich keine Lust. Und ich wollte auf keinen Fall zu denen gehören, die irgendwann sagen: »Ich kann mir gar nicht mehr vorstellen, Absätze zu tragen!« Deswegen habe ich nicht Medizin studiert. Nur deswegen.

Es gibt Leute, die finden hochhackige Schuhe sexistisch, ein Instrument der Unterdrückung. Ja klar. Sind sie auch. Aber genau wie als Schuhbekleidung sind sie darin nicht besonders effektiv. Da gibt es bessere Methoden. Ungleiche Bezahlung, die gläserne Decke, Abtreibungspolitik oder das gute alte Mansplaining, um nur ein paar zu nennen. Sorry, aber ich fühle mich in High Heels nicht unterdrückt, sondern wie ein Boss. Eine Bossin. Die meisten Männer sind viel zu wehleidig und grobmotorisch für solche Schuhe, alles, was unbequemer ist als ein Joggingschuh, bereitet ihnen unerträgliche Schmerzen, und sie würden sich reihenweise die Knöchel brechen beim Versuch, würdevoll auf Zwölf-Zentimeter-Absätzen zu gehen. Das können nur Frauen. Na gut, und Drag Queens. »These boots are gonna walk all over you«, hat Nancy Sinatra gesungen. Und sie meinte damit keine Rückenmassage.

Aber in der Schwangerschaft wurden meine Füße dicker – wie der Rest. Und da habe ich dann doch flache Schuhe angezogen. Das musste ich erst wieder lernen, ich kam mir anfangs ganz seltsam plattfüßig vor. Dauernd bin ich gestolpert in den flachen Schuhen. Mittlerweile habe ich ein paar echt schöne Turnschuhe, und irgendwie habe ich mich dran gewöhnt. Ich habe mir eingeredet, dass ich Kind und Einkäufe und Wickeltasche und all den Kram damit besser transportieren und auf dem Spielplatz schneller zur Rutsche sprinten könnte. Aber jetzt sind die Kinder groß genug, dass ich wieder in High Heels rumlaufen kann. Das will ich. Das muss ich wieder lernen. Herausforderungen der Mutterschaft, über die niemand spricht.

Aber egal, heute muss ich ja keinen Marathon laufen, sondern nur einmal hin und einmal her, im Kreis drehen, auf dem Kreuzchen stehen bleiben und meinen Text sagen. Soll ich mich noch ein bisschen mehr schminken? Vielleicht sind die anderen Frauen ja auch wegen einer anderen Rolle da. Verflixt, wo sind denn meine Schuhe? Das gibt's doch nicht. Ich habe sie eingepackt, das weiß ich ganz genau. Oh nein! Ich habe sie rausgenommen, als ich meinen Laptop in der S-Bahn rausgeholt habe. Und ich habe vergessen, sie wieder einzupacken. So ein Mist. Das ist die verdammte Stilldemenz, ich sag es euch, da kann man drauf hängen bleiben. Plötzlich denkt man nur noch als Mutter und nicht mehr als Frau. Also, Mütter sind auch Frauen, aber … ihr wisst schon. Ob mir eine der Frauen hier ihre High

Heels leihen würde? Ich versuche gerade zu erkennen, wer von denen womöglich meine Schuhgröße haben könnte, als die Casterin auf mich zukommt.

»Hallo, bist du die Birthe?«

»Nein, Bärbel. Hallo, danke für die Einladung. Ich habe grade nur gemerkt, dass ich meine hohen Schuhe in der S-Bahn vergessen habe, vielleicht kann ich mir ja welche leihen.«

»Ach so. Mensch, entschuldige, ich dachte, du bist unsere neue Praktikantin.«

Sie lacht laut und schrill und ich kichere nervös mit. Das ist ja toll. Sie hat keine Ahnung, wer ich bin, und hält mich offenbar noch nicht mal für eine Schauspielerin.

»Dann füll doch bitte den Zettel da aus, ja? Den bringst du mit rein.« Sie mustert mich noch einmal von oben bis unten.

»Ja, mach ich. Und nach Schuhen gucke ich dann ...«

»Ach, lass doch, das ist doch süß so«, sagt sie leichthin und wendet sich der Gazelle an der Wand zu. »So, dann nehm ich dich mal mit rein, ja?«

Die Frau schwebt auf Zwölf-Zentimeter-Absätzen an mir vorbei. Die leihe ich mir nachher aus. Aber zuerst sehe ich nach, ob ich meinen Laptop aufladen kann. Ich linse durch die angelehnte Tür eines Büros. »Hallo? Entschuldigung.«

Die Tür wird ruckartig aufgerissen und ich schaue in ein mürrisches Gesicht. »Ja? Bist du die neue Praktikantin? Dann geh mal ...«

»Nein, nein«, sage ich schnell. »Ich bin zum Casting hier. Ich wollte nur fragen, ob ich meinen Laptop hier aufladen kann.«

»Draußen sind Steckdosen«, kommt es brummig zurück.

»Ich bräuchte aber ein Kabel ...«

»Was?«

»Ein Kabel für den Lap…«

Da bemerke ich, dass der Mann nicht mehr mit mir spricht, sondern in einen Telefonhörer. »Was? Nee, die nicht, die Fresse kann ich nicht mehr sehen«, knurrt er und knallt mir die Tür vor der Nase zu.

Gut. Dann halt nicht. Dann hole ich mir nachher mein Kabel und setze mich mit dem Rechner in die Stabi. Ohrstöpsel rein, dann kann mich niemand stören, Handy darf man da sowieso nicht. Super. Jetzt konzentriere ich mich erst mal auf meine glückliche Ausstrahlung. Ich bin ja so glücklich über diese tolle Abnehmapp, die anderen sind viel dicker als ich, juhu!

»Bärbel? Kommst du rein?«

Oh. Jetzt? Ich hab mir noch keine hohen Schuhe besorgt. Egal. Sieht »süß« aus, hat sie gesagt. Das ist doch prima. Damit können Frauen sich identifizieren. Und außerdem können die Caster sich das ja auch denken, wie ich in hohen Schuhen aussehe. Nämlich viel besser. Das Casting läuft okay, was soll auch groß schiefgehen bei so ein paar grenzdebilen Sätzen. Nach zwei Takes sind sie schon zufrieden.

»Toll, danke. Wir haben alles, was wir brauchen. Dann melden wir uns, ja?« Die beiden folgen mir nach draußen. »Willst du auch 'nen Cappuccino?«

»Gern«, sage ich – und beiße mir auf die Zunge. Das ging natürlich nicht an mich.

Die Casterin sieht mich grinsend an und verschwindet mit ihrem Kollegen in der Kaffeeküche. Ich schalte mein Handy wieder ein, das gleich losbrummt. Vier Anrufe auf der Mailbox. Ich höre sie ab.

»Ja, hier ist Mara von der Kita. Ihr hattet versprochen, uns den Getränkespender und die Hängematte zu leihen. Es wäre echt super, wenn du die möglichst schnell noch rüberbringen könntest.«

Oh nein. Michael hat das Zeug nicht mitgenommen. Ich drücke seine Nummer. Nach dreimal Tuten schaltet sich der Anrufbeantworter ein. Ich schnaube: »Michael, bitte bring die Sachen in die Kita!«, und lege auf. Da höre ich die beiden Caster in der Kaffeeküche sprechen.

»Hat sie ganz nett gemacht. Und mal ein bisschen natürlicher gestylt als die anderen.«

Reden die über mich? Ich beuge mich über mein Handy, um beschäftigt auszusehen, und lausche weiter.

»Ja, aber die Schuhe gingen ja leider gar nicht! Was für Galoschen. Wie ein Trampel, sorry.«

Ey! Blöde Kuh. »Ist doch süß«, hat sie zu mir gesagt.

»Na ja, die ist ja eh zu alt. Die Fotos von ihrer Agentur sind bestimmt schon fünf Jahre her.«

»Ja. Und es geht ja um Abnehmen, also, da müsste sie schon richtig skinny sein und nicht nur so lala.« Die beiden lachen.

Mir krampft sich der Magen zusammen. Vor Scham, Wut – und weil ich seit gestern nichts gegessen habe. Wenn ihr wüsstet, wie skinny ich mich fühle, ihr Arschgeigen.

»Und findest du nicht, dass das Lachen zu aufgesetzt war? Ich hab ihr das nicht abgekauft. So richtig happy ist die nicht.«

Danke. Jetzt hab ich genug gehört. Ich schnappe mir meinen Rucksack und sprinte zur Tür. Denen jetzt noch mal zu begegnen würde ich echt nicht aushalten. Was bilden die sich eigentlich ein! Ich ärgere mich, dass ich mich über die Idioten überhaupt ärgere. Eigentlich sollte es mir egal sein, was die zu sagen haben, mit ihrer popligen, frauenfeindlichen Dreckswerbung. Aber es war das erste Casting seit sechs Monaten. Das macht das Ganze noch trauriger. Jetzt fang ich auch noch an zu heulen. Nix da. Scheiß drauf, runterschlucken, Krönchen richten, weiter geht's. Draußen atme ich erst mal tief ein und stelle mir vor, wie sich eine goldene Schutzhaut um meinen Körper legt. Das hätte ich VOR dem Casting machen sollen. Aber ein bisschen hilft es auch hinterher. Dann nehme ich mein Handy, um die restlichen Nachrichten abzuhören.

»Hallo, hier ist noch mal Mara. Du, der Ole würde schnell bei euch vorbeikommen, der ist eh noch in der Gegend, und die Sachen mitnehmen. Ist das okay?«

Ich schaue auf die Uhr. Kurz nach eins. Ich schätze, Ole hat umsonst geklingelt. Ich seufze und drücke auf *Löschen*. Die nächste Nachricht. Von elf Uhr vierundfünfzig.

»Hallo. Hier ist Mara. Aus der Kita. Ihr müsst bitte Robin-Legolas abholen. Er hat sich übergeben. Bitte meldet euch ganz schnell.«

Ach du meine Güte, auch das noch. Und wo ist eigentlich Michael? Während ich im Stechschritt zur S-Bahn laufe, versuche ich wieder, ihn anzurufen. Er geht nicht ran. Was soll das denn? Ich schreibe ihm eine Nachricht. *Robbie kotzt. Kita hat angerufen!*

Als ich fast zu Hause bin, klingelt mein Handy. Michael. »Hey. Na, wie war's?«

»Was?«

»Na, dein Casting«, sagt er fröhlich.

»Mein …? Scheiße. Egal. Hast du die Nachrichten abgehört? Warum gehst du denn nicht ans Telefon?«

»Jetzt sei mal nicht so aggressiv. Ich war in einer Besprechung. Da hab ich das Telefon lautlos gestellt, das stört sonst. Ich bin bei der Arbeit, weißt du.«

»Das weiß ich. War ich auch. Du hast die Hängematte vergessen.«

»Ach, Mist. Das hab ich echt vergessen«, sagt er betroffen. »Blöd. Aber im Wald kann man ja genug anderes spielen. Also dann, bis nachher.«

»Halt!«, brülle ich. »Robin-Legolas hat gekotzt. Du musst ihn abholen.«

»Oh nein, der arme Kleine«, sagt Michael mitleidig. »Hoffentlich hat sich Andrea nicht angesteckt.«

»Von der weiß ich bisher nichts. Also, holst du ihn?«

»Ich?« Michael klingt sehr erstaunt. »Wieso? Wo bist du denn jetzt? Immer noch in Potsdam?«

»Nein, ich bin gleich zu Hause, aber ich muss dann in die Stabi, mein Verleger …«

»Ja, aber wenn Robbie krank ist, geht das eben vor«, unterbricht mich Michael. »Du bist viel schneller dort als ich. Und ich hab hier wirklich noch was fertig zu machen. Warte mal ganz kurz.«

Er hält offensichtlich die Hand vor das Mikrofon und spricht mit jemandem. Ist das ein Lachen?

»Hallo, bist du noch dran?«

»Ja«, sage ich säuerlich.

»Also, ich muss wieder rein. Konferenz. Ich bring nachher Kamillentee mit, ja?«

Und aufgelegt. Ich könnte auch kotzen. Und ich bin wütend auf mich. Wie blöd bin ich denn? Ich hätte sagen sollen, dass ich noch in Potsdam bin und ihn so zwingen, Robin abzuholen.

Es wird euch kaum wundern, dass mein Mann gerade empört aufgeschrien hat. So ist das seiner Ansicht nach NIEMALS passiert.

Er checkt immer regelmäßig sein Handy. Das zumindest glaube ich eigentlich auch, denn er hält es ja nicht lange aus ohne Facebook und so. Schon wieder so eine unverschämte Unterstellung! Na gut, ich schreibe das ja aus der Erinnerung auf, mag sein, dass das nicht wortwörtlich so passiert ist – hätte es aber können. Er ist trotzdem ein sehr guter Vater. Und das schreibe ich freiwillig und ohne Zwang hier hin.

Jedenfalls schnappe ich mir das Lastenrad und strample los. Die Wut gibt mir Power, ich bin enorm schnell. Sehr schwungvoll nehme ich die letzte Kurve. Zu schwungvoll, der Kasten vor mir neigt sich nach links, das rechte Rad hebt vom Boden ab – und zack, liegen das Fahrrad und ich auf der Straße. Aua. Mühsam rapple ich mich auf und wuchte das Rad hoch. Dabei sehe ich, dass meine linke Hand aufgeschürft ist und meine Bluse ein Loch am Ellbogen hat. Toll. Ich humple zur Kita, wo mich Mara mit vorwurfsvoller Miene empfängt.

»Ein bisschen warm ist er auch, wir haben kein Fieber gemessen, weil er sowieso total fertig ist, aber ich glaube, er hat einen Infekt. Nimm bitte Andrea auch direkt mit. Sonst stecken sie hier die anderen an.« Sie zeigt auf die Garderobe.

Robin-Legolas sitzt mit blassem Gesichtchen auf der Bank. Andrea hüpft um ihn herum und zeigt ihm die Kinderrucksäcke, die sie besonders schön findet. Sie wirkt sehr gesund.

Ich streichle Robin-Legolas übers Haar und hebe ihn hoch. »Ich bring dich nach Hause, mein Schatz. Andrea, heb mal bitte die Jacke auf und komm mit.«

»Mama, ich will auch so einen Rucksack mit Einhorn.«

Auf dem Fahrrad grüble ich los. Mist, wenn die Kinder jetzt wirklich einen Infekt haben, kann ich den Rest der Woche vergessen. Außerdem dürfen sie ja eh erst wiederkommen, wenn sie die Kinderärztin gesundgeschrieben hat. Das nervt vielleicht, ein gesundes Kind in so ein vollgehustetes Wartezimmer zu schleppen, damit man belegen kann, dass es gesund ist. Puh. Ich muss meinen Abgabetermin verschieben. Das wird nicht lustig. Aber wenigstens kann ich nebenher endlich die Kinderklamotten aussortieren, das wollte ich ja auch schon ewig machen.

Zu Hause lege ich den blassen Jungen aufs Sofa und decke ihn zu.

Andrea klettert auf die Lehne.

»Lass das bitte, der Robbi braucht Ruhe, so fällst du noch auf ihn drauf.«

»Aber mir ist langweilig. Spielst du mit mir?«

»Gleich, mein Schatz. Geh dir mal die Hände waschen und schau nach, ob dein Tiger schon aufgewacht ist. Als ich vorhin geschaut hab, lag er immer noch in deinem Bett und hat geschlafen. Der will sicher auch mit dir spielen. Du kannst ihm ja Frühstück machen.«

»Jaa.« Andrea stürmt los.

»So, mein Hase. Wie fühlst du dich denn? Ist dir noch schlecht? Oder magst du ein bisschen was essen? Eine Suppe vielleicht?«

Robin-Legolas schüttelt den Kopf. »Kann ich fernsehen, Mama?«, bittet er. »Ich bin ja krank. Und es regnet fast.«

Das stimmt nicht. Die Sonne scheint. Aber ich muss lachen. Wir haben den Kindern gesagt, Fernsehen gibt es nur einmal in der Woche. Und ausnahmsweise, wenn man krank ist und es regnet. »Vielleicht später, mein Schatz. Jetzt könnte ich dir ein Hörspiel anmachen?«

Robin Legolas nickt erschöpft. Er ist tatsächlich krank.

Ich lege ein Hörspiel ein, stelle einen Eimer und eine Teetasse neben das Sofa und rufe dann Michael an. Er geht nach dem dritten Klingeln ran.

»Robin-Legolas ist richtig krank, und ich musste beide Kinder nach Hause holen.«

»Oh Mist, das ist ja doof. Wieso denn beide?«

»Damit Andrea nicht womöglich das Gleiche hat und die anderen ansteckt.«

»Na toll, so holt sie es sich ja bestimmt. Sag ihm gute Besserung.«

»Ja. Kannst du nachher noch einkaufen? Und könntest du morgen bei den Kindern bleiben? Ich hab eine Deadline.«

»Nee, wie soll das gehen? Ich muss ja arbeiten. Aber einkaufen geh ich natürlich. Schickst du mir 'ne Liste, was ich holen soll? Ah, sorry, ich muss rüber ins Meeting.«

Ich koche vor Wut. ICH MUSS AUCH ARBEITEN! Wenn ein Paar Kinder kriegt, ist es so:

Frau: hat eine Familie und einen Beruf – in dieser Reihenfolge. Beruf quasi nebenher. Entschuldigung? Sie verdient doch eh weniger, sie arbeitet ja eigentlich nur zur Selbstverwirklichung, ein kleines Hobby. Süß. Aber nicht ernst zu nehmen.

Mann: hat einen Beruf und eine Familie. Hier ist die Familie die Nebenbeschäftigung, das Goodie, das er in seiner Freizeit manchmal bespielt.

Fragt man Männer, wie sie Familie und Beruf unter einen Hut bringen? Hab ich noch nie gehört. Ist nämlich gar keine Frage, die sich stellt. Frauen, die müssen das hinkriegen. Tja, das ist nun mal der Preis für deine blöde Emanzipation. Was willst du auch selbst Geld verdienen?

Während Mario Adorfs gemütliche Stimme dem dösenden

Robin-Legolas vom glücklichen Löwen erzählt und Andrea in ihrem Zimmer sämtliche Schubladen ausleert, schnappe ich mir meinen Laptop. Vielleicht kann ich wenigstens noch schnell die zwei Kapitel überarbeiten. Aua. Meine Hand tut total weh. Ich begutachte die Schürfung. Am Knöchel zeigt sich eine bläulich-lila Verfärbung. Was, wenn ich mir jetzt noch die Hand gebrochen habe? Es geht einfach nicht.

Niedergeschlagen hole ich mein Handy und rufe meinen Verleger an. »Es tut mir leid, ich schaffe es heute nicht mehr.«

Noch ehe ich all die Gründe aufzählen kann, weshalb – und es sind gute Gründe, das könnt ihr bezeugen, oder? –, motzt er los: »Das geht so nicht. Wirklich. Ich muss mich auf deine Zusagen verlassen können. Was du da machst, ist einfach in höchstem Maße unprofessionell. Wir hatten eine Absprache …«

Ich halte den Hörer irgendwann einfach weg von meinem Ohr bis keine Geräusche mehr rauskommen.

»Es tut mir leid«, sage ich dann schnell. »Ich melde mich, sobald ich kann.«

Ich lege auf.

Beziehung ist Arbeit

Das hört und liest man immer wieder. Ja. Stimmt wahrscheinlich. Aber so wie beim Haushalt, der ja auch Arbeit ist, bleibt der größte Teil der Beziehungsarbeit an den Frauen hängen. Es ist wie auf dem Arbeitsmarkt – wir Frauen kriegen nach wie vor den schlechteren Deal. Wir lesen alle Ratgeber zum Thema Partnerschaft. Wir kaufen uns noch eine Cosmopolitan, weil diesmal »die zehn Geheimnisse einer glücklichen Beziehung« offenbart werden sollen. Und dann? Dann wissen wir, dass wir die Aufgaben gerecht verteilen sollen, dass jeder seinen Freiraum braucht und auch mal schwach sein dürfen muss. Aber wie soll man das denn im echten Leben hinkriegen? Gerechte Verteilung, da fängt es ja schon mal an. Während mein Mann davon überzeugt ist, dass er mindestens so viel für unseren gemeinsamen Haushalt macht wie ich, WEISS ich, dass ich viel mehr mache. Während sein Gefühl sagt, dass er sich jetzt eine Pause verdient hat, sagt meins, er sollte mich jetzt endlich mal entlasten.

Früher habe ich Beziehungen einfach beendet, wenn ich das Gefühl hatte, ich bekomme nicht das, was ich mir wünsche. Irgendwann habe ich dann gelernt, dass man jedem nur vor den Kopf und nicht hineinschauen kann und es ein Missverständnis ist zu glauben, wer dich wirklich liebt, spürt einfach immer genau, was du jetzt gerade brauchst, und verhält sich entsprechend. Also habe ich angefangen, mich und meine Bedürfnisse zu erklären und den anderen dazu aufzufordern, dasselbe zu tun. Um dann bestmögliche Kompromisse zu finden. Das half tatsächlich, meine Beziehungen hielten länger. Jetzt lebe ich mit einem klugen, empathischen und emanzipierten Mann zusammen, wir haben zwei gemeinsame Kinder, sind beide berufstätig und hassen Steuererklärungen. Ich bin kein von Grund auf ordentlicher Mensch, und ich finde Prokrastination unbedingt notwendig, um kreativ sein zu können. Aber plötzlich muss ich vernünftig sein. Wenn ich früher mal einen ganzen Tag lang auf die Kinder meiner Schwester aufgepasst habe, war ich schon nachmittags so erschöpft, dass ich fast auf dem Kinderzimmerboden eingeschlafen wäre – wenn die Kinder mich gelassen hätten. Stattdessen musste ich aufstehen und ihnen Essen machen. Abends dachte ich: »Das hält kein Mensch aus, das ist niemals zu schaffen. Kinder und Haushalt, was für ein Wahnsinn. Und dann arbeitet die auch noch Vollzeit.« Pro forma habe ich noch angeboten, das Chaos in der Wohnung wieder mit aufzuräumen, aber ich war sehr froh, dass mein Angebot nicht angenommen wurde.

Und dann habe ich selbst eine Familie gegründet. Ich habe mich mit ganzer Seele reingeschmissen in diese Rolle, die ich vorher nur für Momente gespielt habe – ob im Fernsehen oder bei meiner Schwester. Und es hat Spaß gemacht, ein schönes Zuhause für die Familie bereitzuhalten und zu pflegen: kleine Höschen zusammenlegen, mit Bauklötzen spielen, Babybrei kochen, Fläschchen putzen, mit Riesentaschen auf den Spielplatz ziehen und wirklich ALLES dabeihaben, was man womöglich brauchen könnte, vom Feuchttuch über die Apfelschnitze bis zu mehreren Ersatzklamotten. Abends dann etwas Gesundes kochen und zusammen um den Tisch sitzen, den Kindern vorlesen und mit ihnen kuscheln. Es war schön. Und ich habe alles geschafft. Auch mit Beruf. Ich war stolz, wie effizient ich kreativ sein konnte. Eine Zeitlang. Dann fühlte ich mich nicht mehr erfüllt und glücklich.

Während ich die Wäsche zusammenlege, halte ich plötzlich inne. Auf einmal fühlt es sich so seltsam an, dass ich Mutter bin. Mutter. Dabei war ich die letzten Jahre fast nichts anderes. Mutter kam immer zuerst. Hach, Kinder sind ja so gut für die Work-Life-Balance. Sonst braucht man so viele Hobbys und Interessen. Kinder sind die ultimative Ausrede. Aber früher habe ich mich doch ganz selbstverständlich über andere Dinge definiert. Könnte ich das wieder? Wenn ich mich beschreibe, was fällt mir als Erstes ein? Ich habe zwei Kinder. Und zu denen fällt mir sehr viel ein. Was macht mich aber sonst noch aus? Meine politische Meinung, mein Bücherregal, mein Lieblingssportler? Mann, ich kenne doch nicht mal mehr die aktuellen Spieler der Fußballnationalmannschaft. Dabei konnte ich früher auch noch die hübschesten aus den anderen Mannschaften nennen – um so meine Freundinnen zum Public Viewing zu kriegen. Ja, Fußball habe ich echt gern geguckt, sogar Bundesliga. Jetzt ist mir das zu anstrengend. Das sind neunzig Minuten, mit der Zeit kann ich Besseres anstellen, im Zweifel schlafen.

Zeitung habe ich gern gelesen. Das dauert aber auch. Und Nachrichten gucken ist so deprimierend, ich heule da andauernd, seit ich Kinder habe. Also bin ich schlecht informiert, oft nur zufällig über Facebook – und das ist ja dann nur das, was meine Filterblase mir zeigen will.

Ausstellungen, Konzerte – alles schön. Und deshalb wohne ich ja auch in Berlin, weil ich das kulturelle Angebot so toll finde. Leider schaffe ich es immer wieder, Ausstellungen zu verpassen, weil ich mir sage: Ach, ist noch vier Wochen, da hab ich noch Zeit – schwups: vorbei.

Lauter kleine Mosaiksteine fallen mir plötzlich ein, aus denen ich mich zusammengesetzt habe, die teilweise sogar geglitzert haben. Sind die unterwegs abgefallen, oder sind sie nur dreckverkrustet? Muss ich einfach die Babykotze abschrubben? Und aufhören, die Kinder und den Haushalt vorzuschieben?

Ich glaube, die Arbeit fängt bei mir selbst an. Ich muss wieder lernen, mich wichtig zu nehmen und gut zu mir zu sein. Und den anderen mehr zutrauen. Michael ist doch ein kluger, liebevoller Mann mit zwei Armen und Augen. Trotzdem denke ich immer: Wenn ich einmal lockerlasse, bricht alles ein. Wenn ich ausfalle, fällt alles zusammen.

Und darauf muss ich es mal ankommen lassen. Ich muss es aushalten, dass die Dinge mal anders laufen, als ich sie machen würde – also einfach nicht perfekt, sondern bestenfalls okay oder vielleicht auch manchmal daneben, aber das gehört nun mal zum Leben. Auweia, schon beim Gedanken daran wird mir mulmig. Ich muss schnell einen überforderten Mami-Blog lesen, vielleicht hilft das!

Andrea kommt angerannt und macht einen Purzelbaum in den gerade von mir zusammengelegten Klamotten. Alles zerwühlt. Ich seufze. Dann lege ich mich selbst mitten rein in den Kleiderhaufen und wühle darin herum.

Andrea kichert entzückt. »Das ist unsere Höhle.«

Da klingelt es. Tolles Timing, wer auch immer das jetzt ist.

»Was?«, blöke ich in die Gegensprechanlage.

»Ich bin es. Ich hoffe, du hast Kaffee.«

Karla.

Ich mache die Tür auf und schalte die Kaffeemaschine ein.

Kurz darauf sitzen wir zwischen den Kleiderbergen auf dem Sofa. Ich habe Robin-Legolas in sein Bett getragen, und Andrea hört sich in ihrem Zimmer ein Hörspiel an und streut dabei Bügelperlen im Zimmer herum.

Karla sieht mich an. »Trennt euch. Entweder jetzt oder nie!« Sie lächelt. Aber dieser Satz ist keine freundliche Aufforderung. Das ist eine Drohung. »Ich hör mir dein Gejammer jedenfalls nicht länger an. Dauernd sagst du mir, wie gut es die anderen haben, die getrennt sind, die Patchworkfamilien haben. Ständig beschwerst du dich, dass du und Michael dauernd streitet, dass alle Hausarbeit an dir hängen bleibt, du dich um alle Kinderbelange kümmern musst und ihr kaum noch Sex habt. Und jetzt auch noch das?«

»Das« ist die Verabredung mit Karla, die ich in dem ganzen Durcheinander des Tages vergessen habe. Karla wartet nicht gern. Und da ich mein Handy ausgeschaltet habe, nachdem mein Verleger mich angeschrien hatte, ist sie schließlich zu mir nach Hause gekommen. Karla hat Matchatörtchen mitgebracht, und ich habe fast perfekte Milchschaumblüten gezaubert.

»Das ist doch kein Zustand. Du musst das jetzt ändern. Sonst bist du irgendwann eine frustrierte Alte, und er lässt dich sitzen. Dann geh lieber du. Und zwar sofort. Jetzt bist du noch ein super Schuss auf dem zweiten Markt.«

Ich schüttle verzweifelt den Kopf. »Ach Karla, ich weiß ja auch nicht mehr weiter. Dauernd begegnen mir Frauen, die sich getrennt haben und denen es seither viel besser zu gehen scheint. Aber will ich das auch?«

»Na, schlimmer kann es ja wohl nicht werden, oder?«, sagt Karla trocken. »Mach es halt einfach.«

Sie hat recht. Ich muss endlich was ändern. Ich mag mich ja

selbst gar nicht mehr. Und Michael? Also, jetzt grade liebe ich ihn nicht besonders, im Moment kann ich ihn eigentlich nicht mal gut leiden. Und heutzutage muss man ja auch nicht zusammenbleiben. Frau hat ja selbst einen Beruf. Ich bin finanziell unabhängig. Und ich habe die Schnauze voll. Meine Mutter hat mir beigebracht, dass ich klug und begabt bin und alles werden kann, was ich will. Ich gehöre nicht zu den Frauen, die glauben, sie müssten halt nett aussehen und sein und sich so einen Mann angeln, der dann für sie sorgt. Ich bin emanzipiert. Ich bin meinen Weg alleine gegangen, durchaus mit Männern an der Seite, aber ich habe meine Entscheidungen selbst getroffen. Und jetzt bin ich plötzlich eine Hausfrau, die dauernd vernünftig sein und immer organisieren muss.

»Karla«, sage ich langsam. »Du hast recht. Ich bin nun mal nur eine Frau und nicht zehn gleichzeitig, auch wenn ich das immer wieder gerne sein wollte. Was man heutzutage alles hinkriegen soll, ist als eine nicht zu schaffen.«

Also, dieser ganze Abschnitt funktioniert einfach nicht, sagt mein Mann. Das mit den zehn Frauen versteht ja keiner, der das Gedicht nicht kennt. Na gut: Zehn Frauen möcht ich sein *ist ein wunderschönes Gedicht von Erich Kästner. Schlagt es mal nach, das lohnt sich. Ich jedenfalls denke oft an das Gedicht. Besonders an diese Zeilen:*

Zehn Frauen möchte ich sein
und immer noch wärs nicht genug.

Allerdings bedeutet es für mich nicht mehr, mit unterschiedlichsten Männern an unterschiedlichsten Orten sein zu wollen. Ich denke eher an: die Karrierefrau, die in ihrem Beruf aufgeht; die Geliebte

mit den wundgeküssten Lippen; die Hausfrau, die die Wohnung
immer zum Zuhause pflegt; die Köchin, die sich raffinierte und
gesunde Gerichte ausdenkt; die Mutter, die sich liebevoll um die
Entwicklung ihrer Kinder kümmert; die Lebenstüchtige, die Steu-
ern, Arzttermine und Reisepassverlängerungen im Blick behält; die
gute Freundin, die immer ein offenes Ohr hat und sich Geburts-
tage merkt; die Partymaus, die bei jedem guten Konzert dabei ist;
die Stilbewusste, die immer gepflegte Fingernägel hat und recht-
zeitig zum Friseur geht; die Träumerin, die durch den Tag plät-
schert; die Kreative, die ihre Ideen gießt und umsetzt ... Wer mit-
gezählt hat, sieht, dass zehn immer noch nicht genug sind, denn
die Liste ist ja noch gar nicht fertig.

Ich zähle es Karla an den Fingern ab und steigere mich immer
mehr in meinen Monolog hinein. »Schau mal, da ist zum einen
der Job. Ich möchte mich selbst verwirklichen, Karriere machen,
Geld verdienen und auch gerne Spaß mit inspirierenden Kollegen haben. Schlimm genug, dass man dabei immer noch dauernd auf irgendwelche Möchtegern-Alphamännchen trifft, die
dann auch noch 20 Prozent mehr verdienen als jede Frau, die
man vielleicht viel lieber als Chefin hätte. Dann der Haushalt –
die Dachgeschoss-Butze muss perfekt durchgestylt und natürlich
immer aufgeräumt und sauber sein. Der Balkon wird biodyna-
misch bepflanzt, um notfalls die Familie als Selbstversorger über
den Winter bringen zu können. Es muss immer selbst gekochtes
Bioessen auf den Tisch, das sowohl Kindern als auch Ehemann
schmeckt und alle dünn und gesund macht. Möglichst vegeta-
risch natürlich, obwohl da alle bei uns meckern. Aber es ist nun
mal in. Und natürlich nachhaltiger. Und wegen dem CO_2-Ab-
druck und all dem ... egal.

Außerdem sind da die Kinder, die müssen in ihren Talenten gefördert werden, ihre Interessen entdecken und ihnen nachgehen. Sie müssen sehr gut in der Schule sein, um später im Berufsleben bestehen zu können. Sie müssen höflich und wohlerzogen sein, aber dabei Lockerheit, Ungezwungenheit, Individualität und Persönlichkeit ausstrahlen. Sportlich, gesund, nicht zu dick und nicht zu dünn sowieso. Und genug Schlaf bekommen. Rate mal, wer sich darum kümmert?«

Andrea kommt angesaust und klettert an mir hoch. »Mama, ich will auch Kuchen.«

»Ach Süße, das ist Erwachsenenkuchen. Matcha ist nichts für Kinder. Warte, ich mach dir ein Honigbrot.«

»Nein. Ich will Kuchen!«, brüllt Andrea.

»Hier«, sagt Karla. »Ich habe einen Lolli. Magst du den?«

»Karla!«, sage ich tadelnd. »So funktioniert Erziehung nicht.«

»Ich will auch einen Lolli«, erschallt Robin-Legolas' Stimme schwach vom Gang.

Dann fängt er an zu würgen. Ich sprinte zu ihm und halte seinen Kopf über meine Kaffeetasse. Zum Glück ist nicht mehr viel drin – in seinem Magen. Dann wische ich seinen Mund ab.

»Armer Schatz, du kriegst erst mal nur Tee. Nachher mach ich dir vielleicht ein bisschen Reis, hm?«

Er nickt erschöpft. »Kann ich noch ein Hörspiel?«, flüstert er.

»Hören«, verbessere ich automatisch. »Klar.«

Ich lege eine CD vom Drachen Kokosnuss ein, schütte die Tasse ins Klo und wasche sie. Dann kehre ich zum Sofa zurück, wo Andrea mittlerweile friedlich auf Karlas Schoß sitzt und an ihrem Lolli lutscht. Karla lächelt mich mitleidig an.

Ich plumpse auf meinen Stuhl. »So, wo war ich stehen geblieben? Kinder. Siehst du ja. Es ist klar, wer den Rechner zuklappt, wenn eins kotzt. Warte mal kurz. Andrea, magst du nicht mit den Bügelperlen weitermachen?«

»Au ja«, sagt Karla. »Ich wünsche mir so einen Schmetterling. Machst du mir einen? Einen blaugrünen.«

Andrea nickt ernsthaft und sprintet in ihr Zimmer.

»Ich mag das nicht vor meiner Tochter sagen«, erkläre ich Karla, und sie nickt zustimmend. »Aber Männerarbeit ist mehr wert. Das ist das Schlimme. Natürlich denken die dann, sie haben ein Recht, sich so zu verhalten. Aber es geht ja noch weiter. Pass auf. Mann und Frau haben sich im Standesamt geschworen, einander treu zu sein. Dafür, dass der Mann seinen natürlichen Instinkt unterdrückt, muss die Frau ihm natürlich was bieten: Sie muss fuckable, dünn und durchtrainiert sein, ständig verfügbar und bei Bedarf offen für sexuelle Experimente, ihren Mann auch mal mit ganz neuen Seiten und pikanten Fantasien überraschen, ohne ihn natürlich unter Druck zu setzen. Und das alles ohne Rücksicht auf ihre Müdigkeit und den Frust darüber, dass er wieder alles stehen gelassen hat.«

Karla grinst. »Ja, davon hast du wirklich schon genug erzählt. Nach dem Motto: ›Schatz, ich putze noch schnell die Küche und singe die Kinder in den Schlaf, während du auf dem Sofa sitzt. Worauf hast du denn dann Lust? Soll ich die Gummihandschuhe anlassen oder lieber die High Heels anziehen?‹«

Ich muss auch lachen. Langsam macht mir die Abrechnung fast Spaß, und ich habe das Gefühl, ich bin auf dem richtigen Weg.

»Na, und dann ist da noch der Druck von außen. Ich muss ja meine Leistungen auf all diesen Gebieten ständig vor Kollegen und vor Verwandten nachweisen und dabei auch noch beste Laune ausstrahlen. Ich muss erfüllt und glücklich sein! Immer!

Wozu sonst der ganze Stress? Das hieße ja, ich wäre gescheitert, erfolglos und nicht gut genug in den genannten Punkten!«

»So ist es«, feuert Karla mich an. »Zehn Köpfe und zwanzig Hände, das ist wohl das Mindeste, was du brauchst, um allen Ansprüchen gerecht zu werden.«

Ich nicke. »Ja. Diesen Scheißansprüchen, die von der Gesellschaft nur erfunden wurden, um uns Frauen das Leben schwer zu machen! Klar darfst du einen Beruf haben, aber Selbstgebackenes sollte deshalb nicht zu kurz kommen! Toll, dass du intelligent bist, aber lies trotzdem zum achtundfünfzigsten Mal *Käpten Knitterbart* vor. Schön, dass du zu deinem Körper stehst und dich akzeptierst, wie du bist, aber musst du echt so kurz nach der Schwangerschaft schon wieder im Bikini rumlaufen? Hört ihr all die Rufe: Die Kinder brauchen ihre Mutter! Eine Ehe will gepflegt werden! Lass dich nicht abhängen im Job! Kümmere dich auch um dich selbst! Das bisschen Haushalt …«

»Also, jetzt ist aber echt genug!«, unterbricht mich Karla. »Ich habe es verstanden. Und wer ist schuld an all dem? Der Mann!«

»Genau! Der Mann ist an allem schuld! Er ist ein unemanzipierter Pascha, der sich zu Hause bedienen lässt und erwartet, dass die Frau voll arbeitet und anständig verdient und gleichzeitig das ganze anstrengende und undankbare (Mikro-)Management zu Hause ganz alleine macht. Wenn er sich mal um die Kinder kümmert oder die Spülmaschine ausräumt, ist das eine Ausnahme, dafür erwartet er jedes Mal ausdrückliches Lob. Zusätzlich strahlt er ständig die Erwartung an sie aus oder formuliert sie sogar, dass sie sich auch noch um ihn und seine Bedürfnisse zu kümmern hat. Das kann keine Frau schaffen.«

»Habt ihr denn darüber mal sachlich geredet?«, fragt Karla.

»Geredet ja. Dauernd. Sachlich? Eher nicht. Ich habe ja vorgeschlagen, dass wir eine Paartherapie machen, aber als ich Michael zwei zur Auswahl vorgelegt habe, fand er die Vorstellung albern, und als er dann mal damit einverstanden war, wurde meine Oma krank und ich wollte zu ihr fahren … irgendwie kam immer was dazwischen.«

Ich blicke mich um. Auf dem Sofa liegen zerknüllte Decken und Taschentücher, daneben am Boden zertretene Salzstangen und Teelachen. Dazu Bilderbücher und unsere Jacken, die ich noch nicht in die Garderobe gepackt habe.

Wir schleichen zum Kinderzimmer. Andrea hat sämtliche Kuscheltiere inmitten der vertrauten Bügelperlen in einen großen Kreis gesetzt und alles aus dem Kaufladen vor ihnen aufgebaut. »Picknick«, sagt sie. Jetzt klebt sie dem Tiger ihren Lolli ans Maul.

»Schau dir das an, Karla. Es sieht wieder aus, als hätte eine Bombe eingeschlagen.«

Karla nickt. »Tja. Und wer soll das Ganze wieder in Ordnung bringen? Aufräumen, putzen, Zwieback kaufen? Du, oder?«

Ich? Ja. Wenn ich das nicht durchbreche. Ich atme tief ein und straffe die Schultern. Mein Entschluss steht. Das hört jetzt auf. Genau jetzt. Ich werde wieder fröhlich und energetisch und ein bisschen durchgeknallt sein. Hurra. Nachher spreche ich mit Michael. Und vorher muss ich noch mal nach Mietverträgen googeln.

Komm, wir trennen uns

Es ist fast halb acht, als Michael die Wohnungstür aufschließt. Von seinem Ohr baumelt der Kopfhörer, und er telefoniert offensichtlich noch.

»Genau. Hammersound einfach. Warte, ich schick dir gleich mal das Video, das ich meine. Ich hatte so Gänsehaut. Echt. Ich hätte fast im Büro angefangen zu weinen.«

Er grinst mir lässig zu, während er den Fahrradhelm abnimmt. Und ihn auf die Kücheninsel legt. Ich deute mit schmalen Augen darauf und schüttle den Kopf, er verdreht die Augen nach oben und nimmt den Helm wieder hoch.

Während er ihn in die Garderobe legt, lacht er laut. »Echt? Das ist ja abgefahren. Ja, musst du mir unbedingt zeigen. Komm doch rüber. Hm? Ach so, ja klar, ich komm. Aber erst so in 'ner Stunde, ja? Soll ich Bier mitbringen?«

Schwungvoll dreht er sich um und zieht den Stöpsel aus dem Ohr. »So, da bin ich. Helm ist ordnungsgemäß abgelegt. Wie geht es denn unserem Patienten?«

»Der schläft. Andrea wollte ich jetzt gerade was vorlesen, Zähne sind geputzt.«

»Ach, prima. Soll ich ihr vorlesen?«

»Gern«, sage ich. »Hast du den Zwieback gekauft?«

Michael haut sich gegen die Stirn. »Mensch. Hab ich total vergessen! Da war auf einmal noch so viel zu tun, grade als ich gehen wollte, und dann rief Timmi an und ich hab es echt vergessen. Mist. Soll ich gleich noch mal los?«

Ich schüttle den Kopf. »Mach ich. Lies du deiner Tochter vor.«

Ich stapfe die Treppe hinunter. Ich muss jetzt kurz raus, weg von Michael. Sonst würde ich ihn direkt anschreien. Und das will ich nicht vor den Kindern. Atmen. Atmen. Unter dem gestreiften Schirm der kleinen Pizzeria sehe ich ein Paar, das sich zuprostet. Die Gläser klingen melodisch aneinander, der Wein schimmert rot im Schein der Kerze auf dem Tisch und der langsam untergehenden Sonne. Wie schön das aussieht, denke ich wehmütig. Ich höre leises Lachen. Das kommt mir bekannt vor. Ich sehe noch mal hin und erkenne Anita. Schnell gehe ich weiter.

Auf dem Rückweg lasse ich mir ein wenig Zeit und gehe nicht am kleinen Italiener vorbei. Ich freue mich aber für Anita. Sie sah sehr entspannt aus. Weil sie ja jetzt getrennt ist und ihr Mann deswegen endlich seinen Teil der gemeinsamen Arbeit übernimmt. Dieser Gedanke lässt meinen Puls wieder hochfahren. Kriegt man die Unterstützung von seinem Partner echt erst dann, wenn er nicht mehr der Partner ist? Was für eine Respektlosigkeit. Als ich die Tür aufschließe, schnaube ich schon wieder vor Wut.

Michael sieht mich erstaunt an. »Warum schnaufst du denn so? Ist der Fahrstuhl kaputt?«

»Hmpf«, mache ich. »Schläft Andrea?«

»Ich glaube schon. Wieso?«

»Nein, ich schlafe nicht. Ich kann nicht allein einschlafen«, höre ich da. Andrea kommt unter dem Sofa hervor.

»Puh«, sagt Michael. »Kannst du sie ins Bett bringen? Ich muss jetzt erst mal was essen.«

Innerlich bebend gehe ich mit Andrea ins Kinderzimmer zurück, decke sie zu und fange an zu singen. Heute darf ich auf keinen Fall einschlafen, denke ich. Aber tatsächlich fängt die Kleine schon bei der zweiten Strophe friedlich zu schnarchen an. Glück gehabt. Ich gehe zurück ins Wohnzimmer, wo Michael mit seinem Smartphone neben dem Teller am Tisch sitzt.

»Du, ich geh nachher noch zu Timmi rüber, wenn das okay ist. Er wollte erst herkommen, aber Tanja macht Stress, weil sie sich schon wieder nicht gut fühlt oder so, und jetzt kann er nicht weg, falls der Kleine aufwacht. Der schläft wohl sehr unruhig zurzeit, und Tanja soll mal eine Nacht durchpennen können.«

Ich nicke. »Ja, das soll sie. Jede Frau sollte das. Und soll ich dir mal was sagen? Ich bin sauer!«

Michael schaut mich verblüfft an. »Warum das denn?«

»Mann!« Jetzt brülle ich schon. Ich hatte mir so fest vorgenommen, ruhig und besonnen und sachlich mit ihm zu sprechen. Egal. »Mann! Da hab ich EINMAL was Wichtiges zu tun, und du lässt mich so hängen!«

»Wie jetzt, wegen der Diätwerbung? So wichtig war dir die?« Michael zuckt bedröppelt die Schultern. Mal wieder. Der hat doch keine Ahnung, was ich meine.

»Ach, scheiß auf die Werbung. Trotzdem ist es nun mal *meine* Arbeit, und die ist gefälligst auch wichtig. Und zwar genauso wichtig wie deine. Ich sollte heute zwei überarbeitete Kapitel abgeben, mein Lektor ist stinksauer.«

Michael schließt kurz die Augen. Ich kann die Denkblase über seinem Kopf lesen: Meine Güte, muss sie wieder so überreagieren?

Dann sagt er in diesem beruhigenden Onkelton, der mich per se schon aggressiv macht, weil er so überheblich und herablassend daherkommt: »Ach komm. Das mit dem Lektor wird sich schon wieder einrenken, der ist es doch bestimmt gewohnt, dass Autoren ständig zu spät abgeben.«

Anmerkung des Mannes: Es ist aber auch wirklich schwer, vernünftig mit mir zu reden. Vielleicht kann ich einfach mal zuhören, wenn er versucht, ruhig und besonnen zu bleiben. Onkelton ist echt verletzend!

»Pff«, mache ich. »Mag sein. Aber darum geht es gerade nicht. Du nimmst meine Arbeit nicht ernst.«

»Doch. Natürlich. Ich find es super, dass du arbeitest.«

Boah. Ist das denn die Möglichkeit?

»Ach, findest du das? Wie schön. Wenn es allerdings darum geht, dass unser gemeinsames Kind kotzt, ist deine Arbeit plötzlich wichtiger.«

»Also hör mal, das stimmt doch gar nicht. Aber du bist eben Freiberuflerin und kannst es dir einteilen. Ich kann nicht einfach so weg, ich bin fest angestellt, ich muss eine gewisse Stundenanzahl dort ableisten, so albern es vielleicht auch ist.«

»Ich glaub, ich spinne! Es ist doch tausendmal einfacher und sinnvoller, wenn du dich krankmeldest. Schließlich geht der Konzern daran nicht zugrunde, und im Ernstfall bearbeitet dein Projekt einfach jemand anders. Meine Sachen macht niemand anders für mich. Ich muss das allein fertig kriegen, egal wie viel oder wie wenig Zeit ich habe.«

»Ja. Das ist der Preis der Selbstständigkeit. Dafür hast du mehr Freiheiten. Ich würde tausendmal lieber hier bei den Kindern sein, das kannst du mir glauben.«

»Mann, du checkst das nicht«, schreie ich. »Das kotzt mich vielleicht an.«

»Hey. Schrei mich nicht an«, sagt Michael streng. »Das kann ich nicht leiden, das weißt du.«

»Dann lass ich das ab jetzt. Und zwar komplett. Weißt du was? So will ich das nicht mehr. Vielleicht sollten wir uns trennen.«

Michaels Augenbrauen ziehen sich irritiert zusammen und ich lausche erschrocken meinen eigenen Worten nach, die mir einfach so aus dem Mund gepurzelt sind.

»Wieso sollten wir das tun?«, fragt Michael.

Ich starre auf den Herd, als wären meine Worte dort hingefallen.

»Ich glaube, das ist besser für uns. Und für die Kinder. Wir streiten doch nur noch, sind unzufrieden und müde und schlecht gelaunt. Und außerdem wolltest du ja nicht mit mir zur Paartherapie gehen.«

»Weil ich keine Lust habe, wildfremden Menschen zu erzählen, dass wir darüber streiten, wer den Parmesan auf dem Tisch liegen lässt.«

»Ja. Der ist aber ja nur ein Symbol.«

Tatsächlich glaube ich, dass Paartherapeuten nur solche Probleme erzählt kriegen. Vermutlich arbeitet die Parmesanindustrie sogar mit den Therapeuten zusammen. Es ist doch so – je heftiger gestritten wird, umso banaler sind die Themen: Klopapier, Milch, die Überweisung an die Musikschule.

Ich sehe Michael freundlich an. »Weißt du, ich sage das jetzt schon so lange, dass es so nicht geht und dass sich was ändern muss.«

»Ja, und da stimme ich dir ja auch total zu.«

Ich schüttle den Kopf. »Aber es wird ja trotzdem nicht besser. Ich glaube, wir wollen beide einfach etwas Unterschiedliches. Ich zum Beispiel will mal wieder schlafen.«

»Ich doch auch. Mit dir.«

Ich muss ein bisschen lachen. So halb irre.

Aber Michael sieht mich ernst an. »Du bist dauernd müde und gestresst. Und meckerst rum. Es ist anstrengend geworden, und du bist nicht mehr so, wie ich dich kennengelernt habe.«

Hey. Moment. Das ist doch meine Trennung. Ich erzähle ihm, dass ich unzufrieden bin, nicht er mir!

»Ich bin müde und gestresst, weil ich zu viele Rollen ausfüllen muss. Alles bleibt an mir hängen.«

»Na, jetzt bleib mal sachlich. In der Therapie müsstest du sagen: Ich habe das Gefühl, dass ...«

»Ach toll, genau. Deswegen brauchen wir ja auch keine Therapie. Weil du das sowieso schon kannst und vorher alles besser weißt.« Ich bin wütend. Das läuft anders, als ich es mir vorgestellt habe.

Michael sieht mich an. Dann zuckt er die Schultern. »Vielleicht hast du ja recht. Wenn es für dich nicht mehr geht. Ich tue, was ich kann. Aber es ist ja sowieso alles falsch oder ungenügend.«

»Das stimmt doch gar nicht. Ich bedanke mich dauernd bei dir, wenn du etwas machst. Aber was ich alles mache, ist selbstverständlich. Von allen Seiten fühle ich Ansprüche auf mich einprasseln, keinem werde ich richtig gerecht, es ist, als ob man versucht, sich mit einer Babydecke zuzudecken. Sind die Schultern warm, frieren die Füße, deckt man die zu, ist der Hals kalt ... es scheint keine Lösung zu geben.«

»Sehr poetisch«, sagt Michael ironisch. »Es tut mir sehr leid, dass du in unserer Familie frierst. Ich muss nun mal den ganzen Tag im Büro sein. Ich würde auch lieber mit den Kindern auf den Spielplatz gehen und was Schönes kochen.«

»Ja genau, weil so mein Leben aussieht: auf dem Spielplatz chillen, Eis essen, schöne Rezepte ausprobieren. In Wahrheit stopfe ich einen Vollzeitjob in ein paar Stunden, um nebenher noch Putzfrau und Kindermädchen zu sein.«

»Also, ich kann tagsüber leider nichts in der Wohnung machen, das siehst du ja wohl ein. Aber am Wochenende mache ich doch alles.«

»Wie bitte? Das soll wohl ein Witz sein.«

»Ich kann ja eine Strichliste anfangen«, sagt er.

Ja, witzig. Daran hab ich oft gedacht, wenn ich wieder Klos geputzt, Wäsche gewaschen, zusammengelegt, eingeräumt, gekocht, weggeräumt, eingekauft, Kinder versorgt, Blumen gegossen habe. Solche Listen wären mir manchmal sehr recht, denn dann könnte ich mal zeigen, was ich mir eigentlich an Bonuspunkten erspielt habe. Aber darum sollte es nicht gehen. Ich weiß, dass ich mehr schaffe. Auch wenn ich weiß, dass das wieder überheblich ist und den anderen entmündigt, aber in der Realität stellt es sich nun mal so dar. Es ist ja gut, dass ich so viel kann. Würde ich nur das Gleiche schaffen wie er, wären wir nämlich am Arsch.

»Ich habe das schon gut durchdacht«, sage ich beruhigend. »Damit das Ganze für die Kinder nicht traumatisch wird. Und ich hab eine tolle Lösung gefunden. Meine Ferienwohnung wird ab nächsten Monat wieder frei, und ich habe sie aus der Airbnb-Liste gelöscht.«

»Aha.« Michael schaut mich irritiert an. »Und warum das?«

»Das ist ideal. Wir nehmen die Wohnung jetzt erst mal.«

Plötzlich erscheint mir alles so einfach und logisch. Dabei wird mir klar, dass ich mich schon eine ganze Weile ernsthaft mit dem Gedanken an Trennung auseinandersetze. Diesem Trend scheint man nicht zu entkommen. Immerhin haben wir wirklich Glück, weil ich eben eine Wohnung hier im Haus besitze, nur zwei Stockwerke tiefer. So fällt die Suche nach einer teuren Zweitwohnung weg. Meine Eltern haben sie uns zur Geburt von Robin-Legolas gekauft. Eingetragen ist sie aber auf meinen Namen, da waren meine Eltern zum Glück sehr umsichtig und nicht so romantisch verblendet wie ich.

»Gut, die Einnahmen sind dann natürlich nicht mehr so hoch, als wenn man sie wöchentlich an Touristen vermieten kann«, erkläre ich Michael. »Dafür fällt die ständige Reinigung weg. Ich schick dir mal Lolas Nummer, dann kannst du selbst mit ihr ausmachen, ob und wie oft sie bei dir zum Putzen kommen soll.«

Michael schaut mich ungläubig an. »Was denn für Einnahmen?«

»Na ja, du ziehst ja in meine Wohnung ein, oder? Ich hab hier einen Standardmietvertrag ausgedruckt. Ist ganz normal. Die Staffelmiete ist ganz niedrig …«

»Sag mal, geht's noch?«, brüllt Michael plötzlich. »Und was zahlst du mir für unsere gemeinsame Wohnung, in der du wohnst?«

»Da bezahle ich weiter Zinsen ab. Die werden von meinem Konto abgebucht, wenn du dich erinnerst. Das müssen wir mal genau ausrechnen, dazu hab ich jetzt grad echt keinen Nerv.«

»Aber um mir einen Staffelmietvertrag für deine verkackte Ferienwohnung zu schreiben, schon?«

»Psst! Die Kinder schlafen. Und die ist sehr schön.«

»Ach, jetzt ist sie auf einmal sehr schön? Sonst beschwerst du dich immer, dass das Feng-Shui nicht gut ist, weil Laminat drin ist und so.«

»Das habe ich ein Mal gesagt, weil ich bei diesem blöden Seminar von Manuela über ›das Chi um uns herum‹ war. Und ich habe es nicht wirklich ernst gemeint. Aber wir können uns ja auch abwechseln. Das unten wird die Eltern-Single-Wohnung und oben die Kinderwohnung. Und wir tauschen wöchentlich.«

Ich finde meinen Vorschlag genial. Vernünftig, pragmatisch, zugewandt. Michael nicht so.

»Weißt du was?«, sage ich versöhnlich. »Jetzt ist ja sowieso die Kita fast eine ganze Woche lang zu, dann fahre ich mit den Kindern zu meinen Eltern, und du kannst dich in Ruhe damit auseinandersetzen.«

Trennung ist in

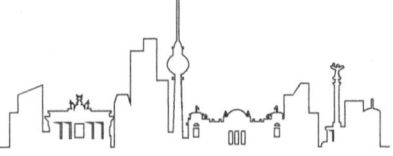

So, Leute. Jetzt habe ich es also tatsächlich getan. Ich bin ein bisschen durcheinander. Aber auch euphorisch, wie nach einem Marathonlauf. Also, ich stelle mir vor, dass man sich danach vielleicht ähnlich fühlt. Ich bin nie mitgelaufen. Das machen ältere Menschen, glaube ich, die in der Midlife-Crisis sind. So weit bin ich noch nicht. Aber irgendwie fühle ich mich jetzt erwachsener. Ich habe einen weiteren wichtigen Schritt gemacht. So läuft das also.

Ganz ehrlich, ich bin nicht wirklich überrascht. Denn ich bin nicht alleine in meiner Filterblase. Ich weiß ja nicht, wo ihr wohnt, aber wo auch immer ihr gerade steckt und lest, bei uns im Szenebezirk, da, wo die coolen Frauen wohnen, heißt es jetzt: Trennung is the shit! Das macht jetzt jeder! Beziehung ist over, da hat Manuela absolut recht. Man muss einfach mit der Zeit gehen.

In den 90er-Jahren war der Prenzlberg berühmt für krasse Undergroundpartys in Dienstagsbars, in den 0er-Jahren haben wir hier das Kinderkriegen erfunden und Bioessen in den Kitas eingeführt. Jetzt ist das letzte Dachgeschoss ausgebaut, die letzte Ossi-Eckkneipe rausgentrifiziert, und uns wird langsam langweilig. Aber Berlin ist ja nie fertig, nie am Ziel, nie angekommen. Deswegen bringt der neue Trend endlich wieder Leben in den Kiez. Und in die Herzen.

Bei den ersten Trennungen, die ich miterlebt habe, war ich noch erschüttert. Karen und Moritz. »Oh nein, ausgerechnet ihr?! Ihr wart immer eines meiner Lieblingspaare.« Die beiden waren seit über zehn Jahren ein Paar und die ersten im Freundeskreis, die Kinder gekriegt haben. Zwei. Ein Mädchen und ein Junge. Krösa-Madita und Wilhelm. Die sind jetzt neun und sechs. Moritz lebt mit seiner neuen Partnerin und deren drei Kindern an der Grenze zum Wedding, Karen ist in der gemeinsamen Wohnung geblieben, damit die Kinder weiter auf ihre gewohnte Kita und Schule gehen können. Und obwohl ich länger mit Moritz befreundet war, galt meine Solidarität doch eher Karen, schließlich hatte er sie verlassen. Wegen einer Frau im gleichen Alter mit drei Kindern. Begreift man das? Sieht so die moderne Midlife-Crisis aus? Konnte der keine Jüngere aufreißen? Oder zieht sich dieser Milf-Trend aus der Pornografie jetzt auch noch ins echte Leben? Na, dann zieht euch warm an, ihr Möchtegernmodels auf der Suche nach 'nem Sugardaddy. Oder lernt doch einen Beruf.

Als Nächstes trennten sich Paula und Thomas. Diesmal wollte sie nicht mehr, hieß es, aber einen neuen Kerl gab es anscheinend nicht. Als ich meiner Mutter vom neuen hippen Trend in meinem Freundeskreis erzählte, meinte sie nur trocken: »Denen fällt vor lauter Faulheit nix Dümmeres ein. Daran sind wir 68er aber ausnahmsweise mal nicht schuld, schließlich haben wir trotz der sexuellen Revolution geheiratet und gemeinsam Kinder großgezogen.« Und auch ich machte mich insgeheim lustig.

Hey, was soll man machen? Die Fünf-Zimmer-Altbauwohnung ist fertig eingerichtet, der Kredit zu zwölfeinhalb Prozent abbezahlt, die Kinder im dreisprachigen Waldorf-Gymnasium eingeschult … und jetzt? Das kann doch nicht alles gewesen sein?

Da muss es doch noch mehr geben im Leben, oder? Zum Beispiel diesen neuen Personal Trainer bei diesem Ökostrom-Pilates, der ist so lustig – und hat ein Sixpack, da kommt man schon ins Träumen … Wohin man schaut, es wird sich getrennt! Da muss also was dran sein. Ich kam mir ja schon ganz langweilig vor mit meiner glücklichen Ehe, meinem monogamen Sexleben und unseren zwei Kindern – wie soll ich denn da mitreden? Soll das wirklich mein Leben gewesen sein? Bin ich wirklich glücklich oder nur bequem? Dieser Frage musst du dich stellen und sie ehrlich beantworten. Die logische Konsequenz für mich: Trennung.

Wartet es ab, dieser Trend wird bald ganz Deutschland erfassen. Der Prenzlauer Berg war ja schon immer der Vorreiter bei allem, bei altmodischen Kindernamen, selbst gemachter Biolimo, Mietsteigerung … Jetzt eben auch beim Trennen. Im Fachjargon nennt man das »Uncoupling«, das bedeutet »Entpaarung«. Man kann sogar Kurse buchen, um das karmamäßig zu optimieren. Ich glaube, Gwyneth Paltrow hat das auch so gemacht.

Wer in einer festen Beziehung ist, womöglich sogar Familie hat, muss jetzt nicht erschrecken. Ihr müsst ja nicht sofort mitmachen. Ich erklär euch hier im Buch ja eigentlich alles, was ihr dazu wissen müsst. So könnt ihr euch innerlich schon mal drauf vorbereiten und seid dann ganz vorne mit dabei, wenn die Uncoupling-Welle durch Deutschland rauscht!

Außerdem ist Trennung ja nichts Schlimmes. Das macht sogar richtig Spaß. Zumindest krieg ich den Eindruck, wenn ich mir die Insta-Feeds von meinen frisch getrennten Freundinnen anschaue. Was für stimmungsvolle Bilder. Alle sind so betont entspannt und glücklich, die Haare glänzend und frisch frisiert, die Klamotten stylish und sauber, gern ein Glas Crémant in der Hand und ein verführerisches Duckface für die Kamera.

Toll. Absolut erstrebenswert. Mein Profilbild ist seit Ewigkeiten ein Kopffüßler-Familienporträt von Robin-Legolas. Außerdem schlafen Frauen besser allein. Das ist ja auch erwiesen, zumindest stand das in irgendeinem Artikel, aus dem hervorging, dass die Lebenserwartung von verheirateten Frauen sinkt. Und bei Männern wächst.

Und dann die ganzen neuen Möglichkeiten, die sich einem als freie Singlefrau eröffnen. Abends beim Italiener ein Glas Wein trinken, ohne nach fünf Minuten darüber zu streiten, wer jetzt schon wieder versäumt hat, sich um die Kitaschließtage Gedanken zu machen. Es ist eben eine Lifestyle-Entscheidung. Wenn der ganze Stress wegfällt, den die endlosen Streitereien machen, krieg ich weniger Stirnrunzelfalten und graue Haare und muss nicht zum Friseur oder zur Kosmetikerin – und kann dafür eine zweite Wohnung finanzieren. Man muss das einfach ganz pragmatisch sehen. Beides geht eben nicht. Entweder ist man ein Liebespaar oder Eltern. Wir sind nun mal Eltern, das können wir nicht ändern. Und wollen es ja auch nicht.

Vielleicht sind Trennungen nur eine vorübergehende Modeerscheinung. Vielleicht sind sie aber auch die Zukunft der Liebe. Mal sehen.

Da ist der Wurm drin

Ich schnappe mir also Andrea und Robin-Legolas und fahre zu meinen Eltern aufs Land. Schöne Landschaft und gutes Essen sollen mich und die Kinder von dem Stress der letzten Wochen ablenken. Wunderbar. Ich treffe sogar ein paar alte Schulfreundinnen, die ich per Facebook über mein Kommen informiert habe. Und was soll ich euch sagen? Auch auf dem Land ist man vor Trennung heutzutage nicht mehr gefeit. Da ist es aber noch komplizierter mit den Häusern und den Schwiegereltern nebenan ... Dann doch lieber Single in Berlin.

Aber für einen Erholungsurlaub ist es genau das Richtige. Wir essen, schlafen, gehen spazieren und bekommen rosige Wangen. Die Kinder schleichen sich nach dem Aufstehen zur Oma hinunter und lassen mich schlafen.

Nach vier Tagen sagt meine Mutter aber plötzlich: »Du, ich muss mal mit dir reden. Also, in Andreas Windel, da wuselt es.«

»Wie bitte?«

»Die Kleine hat Würmer. Und die kann sie nicht hier gekriegt haben, die haben eine Inkubationszeit von 14 Tagen, so lange seid ihr noch nicht da. Und hier ist es auch sauber, ich habe ja alles geputzt, ehe ihr kamt. Jetzt sieht's natürlich aus, aber ich komm ja kaum rum mit euch allen hier.«

»Mama, warte mal«, unterbreche ich ihren Redefluss. »Andrea hat Würmer?«

»Ja, sag ich doch. Du, das wird mir ehrlich jetzt ein bisschen viel. Ich habe euch gern da, aber jetzt jeden Tag das ganze Haus abkochen, das wird nichts. Fahrt ihr mal lieber heim. Da hast du ja auch deinen Kinderarzt und so. Sag Michael, er soll zu Hause schon mal alles desinfizieren.«

Mir wird ganz kalt und kribbelig. Würmer. Ausgerechnet. Bisher sind wir von allen ekligen Sachen verschont geblieben, die so durch die Kitas geistern. Staunend und mit Grusel habe ich immer die Aushänge gelesen: *Mund- und Fußkrankheit* (ich glaube, bei Tieren nennt man das dann Maul- und Klauenseuche), *Läuse, Rotavirus, Borkenflechte, Scharlach.*

Ein Wurmschild habe ich noch nie gesehen. Dabei hat die Kleine sich das garantiert dort geholt. Wo denn sonst? Pfui, was sind das denn für Eltern, die da nicht Bescheid sagen und die anderen warnen?

Während ich mich in Gedanken noch aufrege, hat meine Mutter die Kinder schon ins Auto verfrachtet.

»Was ist denn jetzt los? Schiebst du uns direkt ab, weil die Kleine ein paar Würmchen hat?«

»Wir fahren zur Apotheke.«

»Oh, okay.«

Meine Mutter hat bereits das gängige Wurmmittel gegoogelt und mit ihrem Smartphone ein Foto und eine Videoaufnahme von Andreas Windelinhalt gemacht. Sie hält es dem Apotheker vor die Nase.

»Hier sehen Sie, da bewegt es sich. Das hat die Kleine aus Berlin mitgebracht. Die gehen da ja schon ganz früh in den Kindergarten, schon mit eins.«

Der Apotheker windet sich. Ich stehe peinlich berührt daneben. So was. Ich komm mir ganz asozial vor, eine verkommene

Berliner Schlampenmutter, die ihre Kinder in der Kita verwahrlosen lässt.

»Ja, also eigentlich brauchen Sie dafür ein Rezept«, sagt der Apotheker. »Aber heute ist ja Samstag, Sie müssten also ins Krankenhaus. Aber in die Kinderklinik. Da fahren Sie von hier aus mindestens eine Stunde. Und dann müssen Sie warten.« Er seufzt. »Das ist halt das Land. Ärztemangel.«

Ich bin entsetzt. »Oh Gott, können Sie uns nicht helfen? Ich schicke Ihnen das Rezept dann zu. Ich weiß gar nicht, was ich sonst machen soll. Wir fahren morgen wieder nach Berlin, und dann kümmere ich mich um alles, aber ich kann doch das Kind nicht noch zwei Tage voller Würmer lassen.«

Er sieht mich mitfühlend an. »Wissen Sie, ich bin ja selbst Vater. Ich weiß, wie schwer das ist. Und bei uns ist es so, dass die Kinder meistens irgendwas haben, wenn sie bei mir sind. Dann muss ich sie auskurieren, ehe ich sie wieder bei der Mama abliefere.«

Oh. Ein getrennter Apotheker-Vater. Muss ich mal meiner Schulfreundin erzählen, die gerade Einfamilienhaus, Kinder und Häschen auseinanderklamüsert. Ich mache mir im Kopf eine Notiz und schenke ihm dann mein strahlendstes Lächeln.

»Bei uns ist es ähnlich. Aber da ist der Vater schuld.« Ich versuche ein verschwörerisches Lachen. Meine Mutter knufft mich entsetzt in die Seite.

Der Apotheker schaut etwas verwirrt. Dann kramt er in seinen Schränken herum und kommt mit einer Packung wieder. »Ich geb Ihnen jetzt das Mittel, das krieg ich schon hin. Hat der Junge auch welche?«

»Nein«, meldet sich meine Mutter resolut. »Da habe ich genau geguckt. Nichts.«

Leider kommt mir nicht in den Sinn, dass er sich trotzdem schon angesteckt haben könnte und wir das Mittel vielleicht brauchen könnten. Ich bin froh, dass ich wenigstens ein ordentliches Kind habe. Noch in der Apotheke flöße ich Andrea die erste Dosis Wurmsaft ein. Dann schreibe ich Michael eine Nachricht, dass wir am nächsten Abend wiederkommen und er in der Zwischenzeit alles reinigen soll. Die Tickets hat meine Mutter schon gebucht. Mit dem Smartphone.

Am Flughafen umarmt sie mich vorsichtig. »Schön war's trotzdem mit euch. Passt gut auf euch auf, kommt gut an. Und vergiss nicht, du musst jeden Tag die Bettwäsche auskochen.«

Ich nicke erschöpft und ziehe die Kinder zur Wartehalle.

»Mama«, jammert Robin-Legolas plötzlich. »Mein Popo juckt. Aua.«

Ich heule auf. Bitte nicht. Entschlossen stapfen wir zur Toilette. Ich beiße die Zähne zusammen und schaue nach. Uaah! Tatsächlich. Schnell flöße ich ihm einen Schluck aus der Wurmpulle ein. So ein Mist. Wieso hab ich mir nicht gleich mehr von dem Zeug geben lassen? Mir ist auch schon ganz kribbelig.

»Das sind nur die Nerven«, versuche ich mich zu beruhigen.

Am nächsten Tag schleppe ich die Kinder zum Arzt. Meine Mutter hat mir den Wurmfilm aufs Handy geschickt. Die Kinderärztin nickt freundlich, als ich ihr die Misere erkläre und mich dabei wieder fürchterlich geniere.

»Das kommt ganz häufig vor.«

»Wirklich?«, staune ich. »Mitten in der Großstadt?«

Frau Klotz kichert. »Ja, gerade. Allerdings nur im Prenzlauer Berg und Kreuzberg. Da haben praktisch alle Würmer. Das kommt von dem ganzen Biozeug. Das muss man eben richtig gut waschen, sonst ...«

Ich schüttle mich. »Uh, wie eklig.«

Frau Klotz zuckt die Schultern. »Sie müssen auf jeden Fall in der Kita Bescheid sagen, damit sich das nicht ausbreitet. Und am besten machen Sie und Ihr Mann auch gleich eine Kur. Dafür kann ich Ihnen leider kein Rezept geben, das müssten Sie sich bei Ihrem Hausarzt holen.«

Ich nicke erschöpft. Ich habe keinen Hausarzt. Ich bin gesund. Was soll's. Kann sich ja auch Michael drum kümmern.

Zu Hause toben die Kinder herum.

»Andrea. Zieh sofort deine Hose wieder an! Du darfst auf keinen Fall mit nackigem Po auf dem Sofa rumklettern. Robin-Legolas, wasch dir die Hände. Lasst die Kuscheltiere da liegen, die kommen jetzt in die Waschmaschine.«

Mit Desinfektionsspray bewaffnet umkreise ich die Kinder und mache panisch alles sauber, was sie berühren. Nach zwei Tagen falle ich erschöpft ins Bett. Mein Körper ist so müde, aber mein Kopf kreiselt weiter. Habe ich noch irgendwas vergessen? In der Kita anrufen und Bescheid sagen, dass sie die Wurmverbreiter stoppen. Jetzt wird unseretwegen ein neues Schild aufgehängt werden. Die Bettwäsche ist noch in der Maschine, die sollte ich in den Trockner stecken, damit ich morgen gleich wieder frisch beziehen kann. Michael hat den Mietvertrag noch nicht unterschrieben, aber dafür unsere elektrische Zahnbürste mitgenommen, die genau genommen mir gehört, auch wenn er sie gekauft hat. Denn die, die ich gekauft habe, ist kaputt gegangen, weil er sie immer mit unter die Dusche genommen hat, und da soll ja kein Wasser reinlaufen. Aber jetzt bin ich müde … Im Wegduseln bemerke ich ein unangenehmes Gefühl. Es juckt. Es juckt total. Ich untersuche mich und die Kloinhalte seit Tagen genauestens, aber bisher war nichts zu entdecken. Das sind bestimmt wieder nur die Nerven. Die Steuer muss ich noch fertig machen, das mach ich morgen früh gleich als Erstes. Himmel, das juckt aber auch. Jetzt kann ich nicht mehr liegen bleiben. Ich springe auf und stelle den Kinderhocker vor den hell beleuchteten Badspiegel. Und schreie. Igitt. Igittigittigitt. Sie sind da. Jetzt hab ich sie auch. Heulend rolle ich mich auf dem Badevorleger zusammen. So eine Gemeinheit. Warum ich? Genau. Warum eigentlich nur ich? Schnaubend greife ich nach dem Telefon und rufe Michael an. Nach endlosem Klingeln hebt er ab, im Hintergrund ist Musik.

»Hast du die Rezepte für die Erwachsenen-Wurmkur endlich geholt? Wir müssen die auch machen«, brülle ich, ohne Hallo zu sagen, in den Hörer.

»Äh, was? Ach, du bist das. Nee, du, das hab ich nicht. Ich hab nachgegoogelt, und es ist sehr unwahrscheinlich, dass man das als Erwachsener auch kriegt.«

»Aber nicht unmöglich. Grade, wenn das Immunsystem unten ist und man sehr gestresst ist«, heule ich. »Ich hab dir gesagt, du sollst dich darum kümmern, verdammt.«

»Entschuldige, ich fand es jetzt nicht so dringend. Das können wir ja immer noch machen, falls es bei uns ausbricht ... Bärbel. Sag bloß, du hast auch Würmer?«

Kichert der? Der kichert, oder? Das ist ja wohl die Höhe.

»Mich juckt es überall, andauernd. Vielleicht ist das psychosomatisch, weil ich mich seit Tagen mit diesen Viechern befasse und dauernd Kinderpopos kontrolliere, aber ich will dieses Mittel haben. Ich will einfach nicht ...«

Ich breche ab. Noch weniger als Würmer haben möchte ich irgendjemandem davon erzählen. Dabei ist es ja klar, bei all dem Stress, den ich habe, dass da mein Immunsystem nicht stark genug ist. Und ich bin auch nicht schmuddelig, es ist praktisch unmöglich, die Dinger nicht abzubekommen, wenn man mit zwei infizierten Kindern zusammenlebt.

»Besorg das Zeug einfach. Ich will auf Nummer sicher gehen, okay?«

Damit lege ich auf. Im Schrank suche ich nach den Medikamenten von Andrea und Robin-Legolas. Die kann ich doch auch nehmen. Dann sage ich morgen der Kinderärztin, dass mir eine Flasche runtergefallen ist, und kriege ein neues Rezept. Michael macht das doch sowieso nicht. Ich schraube die Flasche auf und kippe mir den gesamten Inhalt in den Rachen.

»So. Nehmt das, ihr ekligen Biester!«

Dann betrachte ich mich im Spiegel. Hab ich eigentlich abgenommen? Manche Leute lassen sich doch angeblich extra Würmer einpflanzen, um schlank zu werden. Hmm. Sieht irgendwie nicht danach aus. Vielleicht hätte ich das Mittel doch nicht so übereilt einnehmen sollen? Ich schüttele mich. Nee. Dann lieber dick als das.

Ächzend beziehe ich mein Bett neu, räume die Kinderlaken in den Trockner und mein Bettzeug in die Maschine und falle dann um wie ein gefällter Baum.

Das Piepen der Waschmaschine weckt mich zwei Stunden später. Die Lampen brennen noch. Als ich aufstehe, um die Maschine und das Licht auszuschalten, wird mir plötzlich ganz komisch. Womöglich hab ich mir diesen Magen-Darm-Virus eingefangen, der gerade rumgeht. Der Gang zur Waschmaschine scheint sich auszudehnen, die Wände weichen vor mir zurück, und das Piepen der Maschine ballt sich in meinen Ohren zu einem dumpfen Wummern. Meine Knie werden weich. Ich schalte die Waschmaschine aus, aber das Piepen bleibt in meinen Ohren. »Ab ins Bett«, sage ich mir, ziehe die Jeans aus und die Schlafanzughose an. Dabei wird mir wieder schwindelig, meine Brust ist eng, ich bekomme keine Luft. Oh nein! Ich kriege einen Herzinfarkt. Genau so fühlt sich das doch an, oder? Und meine Kinder liegen in ihren Bettchen und schlafen. Ich kann die doch jetzt nicht im Stich lassen. Mit letzter Kraft greife ich nach meinem Handy und rufe Michael an. Verschlafen meldet er sich.

»Komm rüber«, keuche ich. »Mir geht es nicht gut.«

Ich muss schlimm klingen, denn innerhalb von Sekunden steht Michael neben meinem Bett und sieht mich besorgt an. »Was ist los?«

»Fenster auf«, flüstere ich. »Ich kriege keine Luft.«

Sofort reißt er alle Fenster weit auf. Ich versuche, ruhig zu atmen, aber der Druck auf meiner Brust wird immer schlimmer.

»Soll ich einen Notarzt rufen?«, fragt Michael ängstlich.

Ich nicke. »Ja. Es tut mir leid, aber ich glaube, ich kriege einen Herzinfarkt.«

Michael wählt die Nummer und erklärt, was los ist. Dann tigert er vor meinem Bett auf und ab und tupft meine Stirn mit einem Waschlappen ab. Kurz darauf klingelt es, und zwei Notärzte poltern mit allerhand Taschen herein. Der eine ist offenbar der Chef, er kommt kurz zu mir und schaut mich an, dann gibt er dem Jüngeren Anweisungen. Der klebt mir Saugnäpfe auf die Brust und wickelt eine Blutdruckmanschette um meinen Arm. Der Chef steht mit verschränkten Armen daneben und fragt nach meinen Symptomen. Ich versuche, ihm sachlich zu erklären, dass ich nicht zur Hysterie neige und deshalb leider sicher bin, dass ich gerade einen Herzinfarkt bekomme.

Der Rettungsarzt nickt freundlich und erklärt mir in schnodderigem Berlinerisch: »Jut, so weit ist erst mal alles in Ordnung.«

»Mein Herz?«

»Allet okay, soweit wir sehen. Die Werte sind top.«

»Und jetzt?«, frage ich ängstlich.

Er grinst schief. Dabei kriegt er ein Grübchen auf der linken Wange. Ein bisschen wie George Clooney. Huch, jetzt krieg ich schon Emergency-Room-Fantasien.

»Na, wir können Se jetzt mitnehmen oder hierlassen.«

»Was ist besser?«, will ich wissen.

Er schüttelt den Kopf. »Det müssen schon Sie entscheiden. Wir nehmen Se gerne mit, wa, aber ick kann Ihnen sagen, dass Se dann wahrscheinlich 'ne ganze Weile auf dem Gang rumliegen, weil Se nicht akut jefährdet sind. Aber denn werden alle Tests jemacht.«

Ich kann mich nicht entscheiden. Ich will absolute Klarheit, dass ich nicht sterben muss, sondern total gesund bin, aber ich will auch schlafen und nicht stundenlang in einem Krankenhausgang hocken.

»Was würden Sie mir denn raten? Oder was würden Sie Ihrer Frau sagen?«, bohre ich nach.

Der Rettungsarzt legt den Kopf schief. »Also, ick sag mal so. Det Sie sich keene Sorgen machen brauchen, sehen Se eigentlich daran, det ick immer noch hier inner Tür steh und den Azubi die ganze Arbeet machen lasse. Sonst säh dit anders aus. Da würd ick längst auf Ihnen draufknien.«

Huch. Das klingt ja fast frivol. Ich muss ein wenig kichern. Kann man in so einer Situation flirten? Ein Blick auf Michael zeigt mir, dass er das nicht witzig findet. Er starrt finster abwechselnd mich und den Arzt an.

Dann räuspert er sich. »Woher kam dann die Atemnot und der Schwindel?«, fragt er.

»Sie ham hyperventiliert«, antwortet der Arzt an mich gewandt.

»Nein«, widerspreche ich. »Ich habe ganz ruhig geatmet.«

»Hmm, ja, det ham Se vermutlich nicht so gemerkt, det macht die Panik.«

Michael räuspert sich wieder. »Also eine Panikattacke? Kann das vom Stress kommen?«

Er stellt sich neben den Arzt und murmelt vertraulich: »Sie hat Würmer – von den Kindern. Und außerdem sind wir in Trennung, das macht ihr vermutlich auch zu schaffen …«

Der Arzt nickt ihm zu. Das macht mich wütend. Das ist MEIN Rettungsarzt, warum erzählt Michael ihm von meinen Würmern? Das hat hier überhaupt nichts verloren.

»Ja, so was kann der Auslöser sein. Also, wat machen wir nu? Kommen Se mit, oder bleiben Se da?« Er lächelt wieder und sein Grübchen blitzt mich an.

Ich lächle tapfer zurück. »Ich bleibe hier. Vielen Dank, dass Sie gekommen sind. Tut mir leid für die Umstände.«

»Aber gerne«, sagt er mit einer leichten Verbeugung und schiebt seinen Azubi Richtung Tür. »Dafür sind wir da, wa. So rum isses mir immer lieber, da sprinte ich gerne in den fünften Stock hoch.«

Michael geht mit den beiden raus, und ich betaste meine Brust. Dann schnappe ich mir mein Handy und google Panikattacke. Aha. Als Auslöser werden posttraumatische Belastungsstörungen und Burn-out genannt. Das kann ich nachvollziehen. Puh. Ich sterbe nicht. Das erleichtert mich. Ich muss nur den Stress in den Griff kriegen.

Michael kommt zurück und sieht mich mit einer Mischung aus Erleichterung, Besorgnis und Irritation an. »Wie geht's dir jetzt?«

»Okay«, sage ich. »Ich bin müde.«

Er nickt. »Dann schlaf mal. Ich leg mich aufs Sofa im Wohnzimmer, okay?«

»Ja, danke. Und danke, dass du den Notarzt geholt hast.«

»Kein Problem. Ich hab mich echt erschreckt. Brauchst du noch was?«

Ich schüttle den Kopf und ziehe die Decke ans Kinn.

»Ach doch«, murmle ich im Wegdämmern. »Kannst du die Wäsche in den Trockner packen?«

Am nächsten Morgen fühle ich mich gut. Ausgeschlafen. Als ich in die Küche komme, sitzt Michael mit den Kindern am Tisch und löffelt Müsli.

Er lächelt mich an. »Und? Wie geht's?«

»Gut, danke. Ich musste mal schlafen.«

Dankbar nehme ich den Kaffee mit vorbildlicher Milchschaumblume entgegen. Das kann er einfach, das muss man ihm lassen, denke ich. Und er hat die Kinder an mir vorbeigelotst, um mich schlafen zu lassen. Das ist das letzte Mal am Muttertag passiert.

Michael sieht mich prüfend an. »Und? Was machen wir jetzt?«

Ich hole Luft. »Na ja, Panikattacken kommen von Stress. Also muss ich den reduzieren. Am besten teilen wir mal ganz genau ein, wer was macht. An welchen Tagen du die Kinder in die Kita bringst, wann du abholst und wann ich, wer den Kindern Essen macht und wer welches Wochenende frei hat.«

Michael atmet hörbar ein und aus. »Okeee«, sagt er langsam.

»Dann machen wir das. Wenn ich die Kinder abholen soll, muss ich allerdings sehr früh ins Büro.«

»Ja«, sage ich trocken. »So, dass du um vier an der Kita sein kannst.«

Michael wirft mir einen bösen Blick zu. Ich lächle ihn an.

Bioschmuddel-
hipster-
mütter

Die erste Woche, die ich allein mit den Kindern verbringe, gefällt mir. Das Alleinsein tut mir sehr gut. Ich kann mir meine Zeit selbst einteilen und schaffe viel mehr. Wenn ich die Kinder abhole, habe ich schon was zu essen vorbereitet, das ich nach dem Spielplatz nur warmmachen muss. Dann spielen wir ein bisschen – und um acht liegen die beiden in ihren Betten und schlafen. Okay, meistens liegen sie im großen Bett im Elternschlafzimmer. Aber ich genieße das. Ein Kind rechts, eines links. Ich singe, bis ich Andreas gleichmäßige Atemzüge höre, dann flüstern Robin-Legolas und ich noch ein wenig miteinander, bis er mich wegschiebt und sagt: »Jetzt wird es mir zu warm, und ich hätte gern mehr Platz.«

Dann liegt der Abend vor mir. Die Küche ist schon aufgeräumt. Ich könnte einen Film gucken. Oder einfach lesen. Ich lese oft lieber ein Buch, als mich mit Menschen zu unterhalten. Menschen kommen bei mir so an dritter Stelle. Bücher, Essen, Menschen. Und auch nur sehr ausgewählte. Aber Lesen ist natürlich total unkommunikativ, anders als beim Filmgucken, wo man sich über das Geschehen austauschen kann. Zweimal schaue ich unterirdisches Prekariatsprogramm, grauenhaft peinliche Dating-Wettkämpfe und Kochevents. Das reicht dann wieder für ein halbes Jahr. Dreimal wache ich schon vor dem Weckerklingeln auf, schiebe die Kinderfüßchen beiseite und mache zwanzig Minuten Yoga. Ich habe alles so dermaßen im Griff, bin so strukturiert und organisiert. Und freundlich, zugewandt und gut gelaunt. Bald sagt auch zu mir jemand: »Warst du im Urlaub?«

Heute aber nicht. Ächzend dirigiere ich meinen Einkaufswagen in Richtung Kasse. Ich habe einen Wocheneinkauf gemacht. Aber ohne Einkaufszettel. Das ist fatal, denn so packe ich lauter Sachen ein, die ich plötzlich sinnvoll finde, und habe jetzt genug, um eine mehrwöchige Belagerung ausgewogen ernährt zu überleben. Auch gut, denke ich. Dann habe ich immer was da, was schnell geht. Tortellini, Pizzaböden, sehr viele Nudeln, Nasi Goreng, Spinat. Ich muss mir mal so einen Wochenplan machen wie Eva. Da schreib ich am Sonntag für jeden Tag rein, was ich koche. Fertig. Herrlich organisiert, so wird mein Leben jetzt.

Ich schaufle die Ökofertiggerichte auf das Kassenband, auf dem sich Berge von Gemüse und Obst auf den Tüten von der Fleischtheke voranschieben. Die Frau vor mir räumt mit einer Hand die durchgepiepste Ware in ihren Wagen. Ich betrachte sie von hinten. Die Haare sind feucht, vermutlich frisch gewaschen, sehen aber strähnig und fettig aus und stecken im Kragen ihrer Bluse. Die war teuer, sitzt aber unvorteilhaft. Ich sag mal so: Das Haarstyling passt genau dazu.

Ich höre leises Schmatzen und ein Schauder durchfährt mich. Ich hasse Kaugeräusche, da stellen sich meine Nackenhaare hoch. Jetzt sehe ich auch, warum sie nur eine Hand zum Einräumen benutzt: In der anderen hält sie einen Pfirsich, von dem sie schmatzend abbeißt. Ich werde aggressiv. Meine Kinderärztin fällt mir ein, die mir die Geschichte vom runtergefallenen Wurmsaft zwinkernd abgekauft hat. *Alles voller Würmer im Prenzlauer Berg. Das kommt von dem Biozeug, das nicht ordentlich gewaschen wird.*

Und hier sieht man es in aller Deutlichkeit. Ich schnaube. Das ist jetzt der Gipfel an Hipstertum, ja? Man wohnt zwar mitten in der Großstadt, aber man ist ja so naturverbunden. Fährt mit feucht-strähnigem Haar und 500-Euro-Gummistiefeln im SUV zum Biomarkt und holt sich schmutzstarrendes Gemüse und Obst. Dazu Entrecote vom Brandenburger Wagyu-Rind. Und während sie ihren 300-Euro-Tageseinkauf einpackt, frisst sie schon mal genüsslich einen frisch gefallenen Biopfirsich. Den sie vorher natürlich nicht gewaschen hat. Und vermehrt so ihre Würmer. Und verteilt sie im Bezirk. Ich bin so sauer auf diese blöde Tante vor mir.

»Das gibt Würmer«, sage ich laut. »Wenn Sie ihn nicht gewaschen haben.«

Die Frau dreht sich zu mir um. Ein kleiner Schrei entfährt mir. Da steht sie, die Galionsfigur der Wurmverbreiter, die Mutter der Bio-Prenzl-Mütter: Manuela.

»Bidde?«, fragt sie überrascht.

»Da kriegst du ruckzuck Würmer, Manuela«, wiederhole ich. »Das weißt du schon, oder?«

Jetzt hat sie mich erkannt und lächelt strahlend. »Hey, schön dich zu sehen! Wie geht's?«

Sie will mich umarmen, aber ich weiche ihr aus. »Geht so. Warum wäschst du das Obst nicht, bevor du es isst?«

»Ach komm, des isch doch wie selbst gepflückt«, gurrt Manuela und wedelt mit ihrem Pfirsich vor meinem Gesicht herum.

Ich weiche zurück. »Nee, ist es nicht. Hat jemand anderes gepflückt. Und viele andere Pfirsiche auch. Stundenlang. Und ich kann mir nicht vorstellen, dass neben jedem fünften Baum ein Klohäuschen mit Seife und fließendem Wasser stand.«

Manuela erstarrt. Ich kann sehen, wie ihr das Pfirsichstück im Mund dicker wird. Schließlich würgt sie es hinunter.

»Ha komm, so schlimm wird es schon net sein, oder?«, fragt sie ängstlich.

Ich zucke die Achseln. »Also, ich lege keinen Wert auf Parasiten, deswegen wasche ich die Sachen immer, bevor wir sie essen. Aber so ein paar Würmer sollen ja gar nicht so schlecht sein fürs Immunsystem.«

Manuela starrt mich fassungslos an. Ich sehe, wie die Gänsehaut an ihren Armen wächst. Die wird es jetzt den ganzen Tag kribbeln, und ihre Kinder wird sie auch akribisch untersuchen, denke ich. Gut so. Habe ich die Welt wieder ein wenig sicherer gemacht.

»Du, also du. Du kannst einem ja Angst machen«, keucht Manuela. »Ich glaub, da brauch ich erst mal einen Schnaps. Willsch auch einen?«

Sie holt tatsächlich einen kleinen silbernen Flachmann aus ihrer Handtasche und nimmt einen großen Schluck. Ich betrachte sie mit offenem Mund. Diese Frau ist wirklich ein Phänomen.

»Nein danke. Ich trinke nur heimlich«, sage ich freundlich.

Manuela versteht meine Ironie nicht. Wie so oft. Sie knufft mir kumpelhaft in die Seite und meint: »Ich meistens au. Aber des isch ja quasi medizinisch, gell.«

Darauf fällt mir nichts mehr ein.

»Ich muss los, Manuela. Ich treffe eine Freundin. Tschüss.«

Die moderne Prinzessin

»Bah, ich kotze!«, begrüßt mich meine Freundin Karla. Die Kellnerin, die grade mit meinem Cappuccino an den Tisch kommt, zuckt erschrocken zusammen, stellt schnell die Tasse ab und wieselt davon.

»Ich freu mich auch, dich zu sehen. Warst du beim Friseur?«

Karla schüttelt ihre blonden Haare, die heute seltsam starr von ihrem Kopf abstehen. »Ja, bei diesem neuen Laden, Karmacut, da macht man so 'nen Dutt und schneidet dann mit 'ner Rasierklinge rein. Erstaunlich, was dabei rauskommt, die Haare werden so, wie sie wollen, weißt du. Aber dann kam Ina dazu und hat mich so aufgeregt, dass ich gehen musste, bevor sie das Zwiebel-Honig-Wasser rauswaschen konnten.«

Ich schnuppere vorsichtig an ihrem Schopf. Uh. Die Zwiebel kommt deutlich durch. »Aha. Und jetzt ist dir schlecht von dem Geruch?«

»Was? Nee. Von dem, was Ina erzählt hat. Die heiratet jetzt.«

Ich bin baff. Ina, das ewig junge Partygirl, die sich nie festlegen wollte, heiratet. Vor acht Wochen habe ich sie das letzte Mal gesehen, auf einem Sommerfest. Sie sah gut aus, wie immer, winkte mir lachend über einem Glas Hugo zu.

»Ach, diesen Dunkelhaarigen, mit dem sie da unterwegs war, wie hieß der noch? Karsten?«

»Nee, Peter. Erinnerst du dich, dieser Immobilientyp mit dem S-Fehler.«

Ich bin überrascht. Peter taucht immer wieder im gemeinsamen Freundeskreis auf. Mit wem er wirklich näher zu tun hat, weiß ich gar nicht, mehr als zwei Sätze übers Wetter oder irgendeine flache Mietpreis-Flachserei habe ich mit ihm nie zustande gebracht. Dann entsteht immer diese unangenehme Lücke, bei der dein Gegenüber erwartungsvoll guckt und dir absolut nichts einfällt, was du mit diesem Menschen noch besprechen könntest. So scheint Peter immer von einem zum anderen zu wandern und irgendwie trotzdem eine gute Zeit dabei zu haben. Ina und er müssen sich also auch seit mehreren Jahren »kennen«. Und plötzlich hat es geknallt. Interessant.

Karla schäumt immer noch. Sie zwingt eine verklebte Haarsträhne hinter ihr linkes Ohr und nimmt einen Schluck von meinem Cappuccino.

»Ina ist in ihrer Modelagentur einen Karteikasten weitergerutscht, sie meint, jetzt komme sie langsam ins Brigitte-Alter, da habe sie gemerkt, dass die Uhr tickt, und beschlossen, den Sack zuzumachen.«

»Arbeitet sie denn nicht weiter als Aufnahmeleiterin?«

»Doch, aber sie will ja auch Kinder. Und danach kommt sie in den Job nicht mehr richtig rein, sagt sie. Stimmt ja auch. Teilzeit beim Filmdreh geht schlecht. Und beim Modeln ist sie dann auch erst mal raus. Ich sag dir, die ist der Prototyp der modernen Prinzessin.«

Ich muss grinsen. Karla macht einfach die besten Labels auf Leute. Moderne Prinzessin.

»Was heißt das denn?«, frage ich nach. Zu gerne möchte ich einen von Karlas Welterklärungsmonologen hören.

Und schon holt sie Luft. »Die moderne Prinzessin. Kennt praktisch jeder eine. Sie ist meistens hübsch und durchaus klug. Vielleicht hat sie neben dem Studieren gemodelt, um sich was dazuzuverdienen, aber dann hat sie sich für einen richtigen Job entschieden, gerne im weitesten Sinne kreativ. Manche modeln auch noch weiter. Meistens hat sie eher Männer-Freunde, die alle eigentlich in sie verliebt sind, was sie scheinbar nicht bemerkt. Mit Ende dreißig hört sie plötzlich die biologische Uhr ticken. Jetzt sucht sie ernsthaft nach dem Prinzen, einen Typen, der Geld verdient, Immobilien und Aktien besitzt und ein großes Auto hat. Blöderweise sind zu der Zeit im Freundeskreis schon die meisten verheiratet und haben Kinder, weshalb sie ja immer noch die begehrte Partyelfe war. Jetzt sind halt noch hauptsächlich aufgeblasene Arschlöcher oder Klemmis übrig, aber sie hat schnell eine Liste mit den akzeptabelsten Bachelors im Kopf, die sie teilweise auch schon irgendwann mal angetestet hat. Einer kriegt den Zuschlag und freut sich wie ein Schneekönig, dass er die Tolle gekriegt hat. Dass sie kurz vor dem Verfallsdatum ist, merkt er nicht. Männer leben im Jetzt, das ist schön. Und praktisch.«

»Verfallsdatum ist echt frauenfeindlich, Karla«, werfe ich ein. So lustig ihre Ausführung auch ist, das finde ich jetzt echt zu viel. »Dieser Mist, dass Männer reifen und Frauen welken, wird uns ja ohnehin schon von allen Seiten reingedrückt, da müssen wir Frauen jetzt nicht noch mitmachen.«

Karla nickt. »Jaha, stimmt schon. Aber ich muss jetzt mal drastisch sein. Zur Veranschaulichung. Du weißt ja, was ich meine.«

Weiß ich das? Ich bin mir nicht mehr so sicher. Karla hat einen echt verkniffenen Zug um den Mund, der mir nicht gefällt. Soll ich ihr sagen, dass sie davon Merkel-Falten kriegt? Lieber nicht.

Karla beißt von meinem Croissant ab und fährt ungerührt fort. »Sie fahren zusammen in Urlaub, machen verrückte tolle Pärchensachen und dabei wird sie möglichst schnell schwanger. Plötzlich kann sie sich das voll gut vorstellen mit Kindern, obwohl sie vorher immer die Augen verdreht hat.«

»Karla! Das ist wieder unfair. Das ändert sich doch wirklich, von neeliebernicht zu achirgendwannmal zu eigentlichwillichjetzt.«

Karla zieht eine Augenbraue hoch. »Zensier mich nicht dauernd. Also, Kinder sind dran. Mindestens eins, vielleicht auch zwei schnell hintereinander, denn die biologische Uhr tickt, und man muss ja auch wieder einen guten Body kriegen danach. Damit der Prinz dableibt. Den kriegt man am besten mit viel Yoga.«

»Den Prinzen?« Ich kichere. »Wohl eher den zauseligen Yogi, der nach Räucherstäbchen und Tofu riecht.«

»Den Body«, tadelt mich Karla. »Yoga ist jetzt das Ding. Bikram, Hatha, Kundalini und wie sie alle heißen. Eigentlich hat sie ja gern gearbeitet, aber in Teilzeit kriegt sie keinen spannenden Job mehr, und irgendwo an der Kasse sitzen passt nicht zum Prinzessinnen-Ego. Es muss schon was hermachen. Außerdem verbringt sie gern Zeit mit ihren Kindern. Also richtet sie sich ein. Sie dekoriert das Schloss, Verzeihung, die Dachgeschosswohnung oder das Einfamilienhaus mit tollen DIY-Basteleien. Und sie macht Yoga. Sehr viel Yoga. Das macht voll glücklich. Das soll man auch sehen. Schließlich sieht sie selbst kaum noch jemanden aus ihrem alten Leben. Bar-Hopping, Kinotouren, spontane Partys – alles vorbei. Außerdem bekommt ihr der Alkohol nicht mehr, das macht Tränensäcke. Yoga nicht. Und es gibt im Yogaland noch mehr Prinzessinnen, mit denen man sich zusammentun kann. Jetzt werden Frauenfreundschaften wichtig. Da findet man ganz schnell jemanden über eine Facebookgruppe oder beim Yogaretreat in Brandenburg. Mit den Yogafreundinnen macht man jetzt alles zusammen. Man kann sich gegenseitig fotografieren, beim anmutigen Sonnengruß oder ausgelassenen Hüpfen über einen Feldweg. Und dann teilt man das auf Instagram und Facebook und macht ganz viele Hashtags dazu. Es ist wunderbar und ein tolles Gehirnjogging obendrein, sich ganz viele zusammengesetzte Glückswörter mit Yoga auszudenken.«

»Das stimmt«, werfe ich ein. Erstaunlicherweise habe auch ich mittlerweile viele Bekannte, die dauernd Yogazeug verhashtaggen. Jetzt macht mir der Prinzessinnenmonolog Spaß. Ich will auch mitmachen. »Coffee und Yoga geht auch gut zusammen. Dann ist man echt wirklich wahr ein totales #happygirlyogalifecoffeesunlight.«

Karla grinst. »Und in der #balanceoflife. Weil man #enjoylife wirklich lebt.«

»Genau. #livethemoment. Check it out on #instayoga, #yogagirl.«

Karla nickt zufrieden. Sie trinkt meinen Cappuccino aus. Dann wuschelt sie sich durch die Haare. Das heißt, sie versucht es, bleibt aber mit den Fingern in den Zwiebelsträhnen stecken. Ich winke der Bedienung, die uns aus sicherem Abstand beobachtet, und deute auf die Tasse.

»Aber wieso regt dich das so auf? Ist doch schön, wenn es ihr und den anderen Prinzessinnen gut geht.«

Karla schnaubt. »Weil's 'ne Lüge ist. Das ganze System ist beschissen und zwingt uns Frauen, immer rückschrittlicher zu werden. Wenn du Kinder willst, ist es wirtschaftlich besser zu heiraten und 'nen guten Ehevertrag abzuschließen – oder eben keinen –, als sich auf den Arbeitsmarkt zu verlassen. Dann musst du dir einreden, dass du es voll super findest, Haushalt und Kinder zu übernehmen und dabei möglichst gut auszusehen. Oder du wirst arm, abgearbeitet und ausgelaugt.«

Ich schaue Karla schockiert an. »Meinst du? Echt?«

»Na, guck dich doch mal an. Du siehst auch schon ganz schön fertig aus.«

Bäm. Das hat gesessen. Da opfere ich einen Vormittag, um meine alte Freundin auf einen Kaffee zu treffen, wo ich doch einen vollen Schreibtisch, eine ungewischte Wohnung und einen leeren Kühlschrank habe – und kriege so was zu hören. Unauffällig versuche ich, mein Gesicht im Spiegel an der Wand hinter Karla zu betrachten. Eigentlich finde ich mich ganz okay. Ein bisschen müde vielleicht.

»Es ist halt grad 'ne stressige Phase bei uns. Die ganze Aufteilerei, wer kümmert sich wann und um was, wie machen wir das mit den Wohnungen und so. Und ich hab 'nen Abgabetermin.«

Karla nickt. Plötzlich kommt eine Frau an unseren Tisch. Irgendwie kommt sie mir bekannt vor, ich glaube, eine Moderatorin. Sie legt ein Kärtchen vor mich.

»Hi, wir kennen uns doch. Von Annas Party, glaube ich. Und du bist doch auch oft auf dem Piratenspielplatz, oder? Du, ich mache ein ganz tolles Yogaretreat übernächste Woche auf einem total schönen Bauernhof in Brandenburg. Nur Frauen. Hättet ihr Lust, dabei zu sein? Ist schon 'ne ganz tolle Truppe beisammen, das wird bestimmt voll schön.«

Karla grinst mich breit an und schnappt sich das Kärtchen. »Bist du nicht beim Fernsehen?«

»Ja, aber ich hab auch eine Ausbildung zur Yogalehrerin gemacht. Das tut mir so gut.« Sie lächelt strahlend.

»Es gibt auch Kinderbetreuung. Kannst du mitbuchen. Oder

der Papa muss eben mal ran, und du gönnst dir ein Wochenende für dich. Ich würd mich freuen. Ciao.«

Damit schwebt sie aus dem Café. Ich sehe, wie sie draußen ihre Kärtchen in einen Kinderwagen legt und damit die Straße entlanggeht. Ich drehe die Karte in der Hand.

Taucht ein in die ländliche Natur, fließt mit Claudia jeden Tag durch zwei wohltuende Yogasessions (à 90 Min), kehrt durch Atem-übungen und Meditation zu eurer eigenen, inneren Natur zurück, entdeckt hier mit uns die entspannteste Version von euch selbst wieder und genießt kulinarische, vegetarische Köstlichkeiten aus dem hauseigenen Garten und der Region. In offenen Klassen heißen wir alle Levels willkommen. Begonnen wird mit einer kraftvollen, öffnenden Vinyasa-Flow-Klasse am Vormittag und am Nachmittag klingt der Tag mit einer sanfteren, fließenden Strala-Gentle-Class aus.

»Und?«, fragt Karla. »Gehst du hin?«

»Nee, das klingt mir zu anstrengend.« Ich falte den Flyer zusammen. »Und du?«

Karla grinst. »Auf jeden Fall. Und du kommst mit! Aber erst mal gehen wir aus.«

Schick ohne Filter

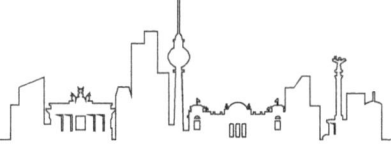

»Ich hab nix anzuziehen!«

Verzweifelt schmeiße ich das Kleid auf den Haufen, der sich vor mir neben dem Schrank aufgetürmt hat.

Karla steht mit einem Glas Sekt an der Wand und grinst. »Geil. Das hab ich schon so lang nicht mehr gehört. Aber was ist denn mit dem da?«

Sie hält ein zweifarbiges Seidenkleid hoch. Ich schlucke. Dieses Kleid ist wirklich schön. Aber …

»Darin seh ich wie ein Teletubby aus. Das Kleid gehört einer dünneren Version von mir, das hab ich mir vor Robbies Geburt gekauft. Jetzt sind meine Schultern plötzlich viel breiter, vielleicht vom vielen Kinderherumtragen, davon kriegt man ein richtiges Trümmerfrauenkreuz. Schau mal, wie unmöglich das aussieht, wenn ich so mache.« Ich schiebe die Arme nach oben und vorne.

»Mach eben nicht so. Warum solltest du überhaupt?«

»Wenn ich jemanden umarme zum Beispiel? Oder beim Tanzen, in einem spontanen Anflug von Lebensfreude, wer weiß? Oh Gott, hast du das grade gesehen? Meine Oberarme wabbeln so. Ich hab Winkfleisch! Und überhaupt, da sieht man meine Knie, und die sind irgendwie knubbelig geworden. Demi Moore hat die straffen lassen, damals hab ich das nicht begriffen, aber jetzt ist es mir klar. Weißt du, wie meine Oberschenkel aussehen, wenn ich den Herabschauenden Hund mache? Wellen statt Muskeln. Und hier an der Hüfte müsste das viel lockerer sitzen.«

Karla schüttelt erstaunt den Kopf. »Knielifting, interessant. Allmählich glaube ich, dass man sich am besten auf den Kopf konzentrieren sollte und den dann auf einen komplett neuen Körper aufschrauben. Sonst wirst du doch nie mehr fertig. Alles eine einzige Baustelle.«

»Das stimmt. Aber das Gesicht musst du dann natürlich bearbeiten.«

»Natürlich.« Karla nickt wissend. »Mach ich übrigens. Gesichtsyoga, kennst du das?«

Will sie mich jetzt verarschen? Nein, sie ist total ernst. Um Himmels willen, was muss man denn noch alles tun? Wann denn überhaupt? Ich komme ja schon kaum dazu, mir die Nägel zu schneiden, geschweige denn zu feilen. Zum Glück habe ich jetzt die Acht-Minuten-Sport-App, damit quäle ich jeden Morgen einen Körperteil von mir. Der schmerzt dann den ganzen Tag und das gibt mir ein gutes Gefühl. Gesichtsyoga, aha.

»Das ist toll«, fährt Karla fort. »Wenn du die Muskeln auf deinem Kopf trainierst, heben sich die Augenbrauen wieder, die Schlupflider gehen weg, die Stirnfalten werden weniger, die Wangen fester. Schau mal, mein Kinn. Fest, oder? Super Kontur.«

Ich studiere eingehend Karlas Gesicht. Sie sieht gut aus. Schön. Das fand ich schon immer.

»Wie alt würdest du mich schätzen? Wenn du mir so auf der Straße begegnest?«

Das ist eine fiese Frage. Ich weiß, dass Karla vierzig ist, und finde, dass sie wie eine wunderschöne, heiße Vierzigjährige aussieht. Aber darf ich das sagen? Schließlich bin ich selbst vierzig, und wenn ich Gleichaltrigen begegne, halte ich sie immer für älter und mich für jünger. Oh nein! Was ist, wenn es denen genauso geht?

»Hmm. Anfang dreißig«, sage ich zögerlich.

Karla strahlt. »Siehst du. Gesichtsyoga. Ich muss mir nur endlich abgewöhnen, auf der Seite zu schlafen, das macht diese Falten im Dekolleté. Aber dafür gibt es jetzt solche Platten, die man sich nachts anlegen kann, damit man sich nicht aus Versehen zusammenrollt.«

»Karla, das ist doch nicht dein Ernst?«

»Doch«, entgegnet sie ungerührt. »Und Halskrausen, damit sich die Halsfalten nicht verstärken. Weißt du, am Hals erkennt man das wahre Alter einer Frau. Egal was sie sonst hat machen lassen, der knittert irgendwann.«

Krass. Ich befühle meinen Hals und schiele auf mein Dekolleté. Vielleicht sollte ich was Hochgeschlossenes anziehen. Karla trägt ein schulterfreies Top mit Rollkragen. Ihre perfekt geformten Oberarme sind leicht gebräunt. Sieht super aus.

»Und wann machst du Gesichtsyoga? Das dauert doch alles.«

Karla nickt. »Ja, am Anfang musst du schon Zeit investieren, um die Übungen richtig zu lernen. Aber dann kannst du das ganz einfach auf dem Weg zum Einkaufen oder ins Büro machen. Im Auto sieht ja keiner deine Grimassen.«

Sie führt mir eine Übung vor, reißt die Augen auf und fletscht dabei die Zähne zu einem starren Grinsen. Sie sieht überrascht aus. Und geisteskrank. Als hätte Chucky, die Mörderpuppe, gerade im Bingo gewonnen.

»Karla. Ich fahre U-Bahn. Oder Fahrrad. Wenn ich dabei so ein Gesicht mache, werden sämtliche Kinder im Prenzlberg Albträume von mir haben.«

Andererseits, wenn sich das durchsetzt? Wäre doch vielleicht ein super Trend. Gesichtsyoga interessiert doch bestimmt nicht nur mich. Man könnte gemeinsam in der U-Bahn eine Yogasession machen. Lustig wäre das auf jeden Fall.

Ich blicke auf das Seidenkleid in meinen Händen. Das hatte ich doch nach Robin-Legolas' Geburt noch mal an. Bei einer Geburtstagsparty von Freunden. Michael hat mich dazu ermuntert. »Zieh das an, darin siehst du total heiß aus.«

Und ich hab's angezogen und mich heiß gefühlt. Und jetzt wird mir heiß vor Scham, wenn ich mir vorstelle, wie ich in Wirklichkeit ausgesehen habe. Ein Trümmerfrauenkreuz-Winkfleisch-Hüftrollen-Knubbelknie-Desaster. Aber Michael fand mich schön so.

»Karla«, sage ich langsam. »Mir wird grade was klar. Es ist komisch. Als ich noch in einer festen Beziehung war, hab ich mich viel dünner gefühlt. Jetzt auf dem Singlemarkt wird der Blick wieder gnadenlos. Als Paar ermuntert man sich eher dazu, sich gehen zu lassen. Oder halt einfach zu genießen.«

Ich erinnere mich an eine typische Szene zwischen Michael und mir:

Ich: »Ach, ich nehm vielleicht lieber einen Salat, ich hab so zugenommen.«

Er: »Überhaupt nicht, du siehst toll aus. Komm, wir nehmen die BBQ-Platte für zwei.«

Ich: »Okay. Und Onion-Rings, ja?«

Karla lacht. »Das klingt ja niedlich.«

Ich schnaube. »Ja. Aber diese kleinen Ringlein liegen jetzt als dicke fette Schwimmringe um meine Hüften. So kann ich mich nicht in die Auslage legen, wer nimmt mich denn da?«

»Vielleicht einer, dem das egal ist?«

»Und was ist das für einer? Ein wabbelbäuchiger Softie, der lieber Netflix guckt, statt durch die angesagtesten Clubs der Stadt zu ziehen. Will ich so einen?«

Karla sieht mich mit hochgezogenen Augenbrauen an.

Ich winde mich etwas. »Ja, okay. Wollte ich schon. Aber Michael war nie wabbelbäuchig, sein Bauch hat sich immer perfekt angefühlt, wenn ich meinen Kopf oder die Füße darauf bettete, um Netflix zu schauen. Und ich habe den Bauch fast nie mehr eingezogen. Mann, der Typ hat mich in zwei Schwangerschaften zum Walfisch mutieren sehen und bei der Geburt der Kinder zugesehen. Wer einen danach immer noch lieben und begehren kann, den schrecken ein paar Onion-Rings nicht. Dafür ist man in einer festen Beziehung. Die grausamen Regeln des freien Marktes gelten dort nicht mehr.«

Karla nickt nachdenklich. »Hmm, stimmt vielleicht. Deswegen suchen wir ja auch alle jemanden, in dessen Augen wir uns gerne spiegeln wollen. Für den unsere Makel nicht sichtbar sind.« Sie seufzt. »Liebe ist der beste Instagram-Filter.«

»Ach Karla«, schimpfe ich. »Social-Media-Poesie hilft mir jetzt wirklich nicht weiter. Ich bin frisch getrennt.«

»Ja«, strahlt sie. »Und das feiern wir heute. Komm, lass das an, das sieht super aus, ich wette, du wirst direkt angebaggert.«

Ich winde mich ein bisschen. Ich bin so aus der Übung, ich weiß gar nicht mehr, wie flirten überhaupt geht.

»Mach dir keine Sorgen«, ermuntert mich Karla. »Ich hab ein paar Typen auf Tinder Bescheid gesagt, wo wir hingehen. Wir werden uns bestimmt nicht langweilen.«

»Tinder? Hast du uns zum Sex verabredet?«

Karla lacht. »Du bist so ein Schaf. Vor lauter Langzeitbeziehung hast du die Digitalisierung auf dem Dating-Markt verpasst.

Du musst dir das auch runterladen. Das macht Spaß. Und man trifft ab und zu wirklich interessante Menschen.«

Ich nicke. »Du hast recht, ich muss mich da wohl mehr öffnen. Außerdem bin ich gespannt, wen man da alles entdecken kann.«

»So ist's recht«, sagt Karla. »Aber jetzt erst mal ab nach draußen. Jetzt wird geflirtet. Das verlernt man nicht. Versprochen.«

Single in Berlin

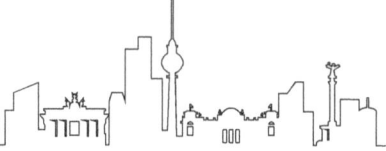

Deswegen lebe ich in Berlin, denke ich, als ich mich durch die Menschenmenge an die Bar zurückkämpfe. Hier kann man an jedem Tag in der Woche ausgehen, um jede Uhrzeit, und findet immer einen coolen Ort.

Karla ist verschwunden. Mein Glas, auf das sie aufpassen sollte, steht verwaist auf dem Tresen. Ich schiebe mich auf den Barhocker und sehe mich um. Da entdecke ich sie auf der kleinen Tanzfläche, sie zwinkert mir über eine breite Schulter fröhlich zu. Ich zwinkere zurück. Dann schiebe ich das Glas weg. Das darf ich jetzt ja nicht mehr trinken. Wer weiß, wer da in der Zwischenzeit dran war und irgendwelche Vergewaltigungstropfen reingekippt hat. Schade. War noch mehr als halb voll. Der Barkeeper hat mich bemerkt und kommt zu mir. Ich gebe ihm das Glas.

»Ich nehm einen neuen Gin Tonic.«

»Okay.«

Schwungvoll macht er sich an die Arbeit. Dabei fallen mir die Ringe an seinen Händen auf. Und die Hände. Die sind attraktiv. Der Rest geht so. Bei Tageslicht würde es mich vermutlich schaudern. Aber es ist ja Nacht. Und ich muss mich im Flirten üben. Also: »Was steht denn da drauf?«

»Auf den Ringen? Ach, das sind die Verschlussringe vom Monkey Gin. Ist so was Lateinisches. Pluribus irgendwas, ich hab's ehrlich gesagt vergessen.«

»Ah, e pluribus unum – aus vielen eines«, sage ich. Und beiße mir gleich darauf auf die Lippen. Mit meinem großen Latinum angeben, sehr sexy.

Er aber nickt erfreut und dankbar. »Ja, genau, das war's. Ich trag das halt, weil ich Barkeeper bin, weißte. Sieht gut aus, und der Spruch ist auch gut. Und jetzt weiß ich ihn wieder, danke.« Er zwinkert mir zu.

Ich lächle geschmeichelt zurück und streiche mir die Haare hinters Ohr. »Arbeitest du immer hier?«, frage ich.

Entweder hat er mich nicht verstanden, oder er findet die Frage abtörnend, jedenfalls nickt er nur freundlich und wendet sich dann einer dunkelblonden Frau zu, die ein kleines Stück weiter an der Bar lehnt. Er zeigt ihr seine Ringe und gestikuliert herum. Sie lächelt interessiert. Aha. Jetzt erzählt er schnell den lateinischen Spruch weiter, ehe er ihn wieder vergisst. Na schön, immerhin funktioniert es für ihn.

Ich greife nach meinem Glas, da schiebt sich ein Arm an mir vorbei und eine andere Hand schließt sich darum.

»Halt«, rufe ich und halte das Glas und die Hand fest. Dann drehe ich mich um. Hinter mir steht ein ziemlich attraktiver Mann, der spöttisch eine Augenbraue hochgezogen hat.

»Halt? Wolltest du erst noch was reinträufeln?«, fragt er.

»Nee, austrinken. Das ist meiner«, sage ich lahm.

Er sieht mich irritiert an. »Nein.«

Ich bin so verdattert, dass ich ihm das Glas überlasse.

Er nimmt einen großen Schluck und verzieht dann das Gesicht. »Oder doch. Ich hatte Wodka. Wo ist denn der dann?«

In dem Moment sehe ich, wie Karla einen Meter weiter an die Bar kommt. Sie nimmt einen Pappdeckel von einem Glas und trinkt einen großen Schluck. Oh. Ich sitze auf dem falschen

Platz. Und habe ein fremdes Getränk weggegeben. Peinlich. Ich zucke die Schultern und mache große, ahnungslose Augen.

Er grinst und gibt mir mein Glas zurück. »Na ja, egal.«

Er greift um meine Hüfte, vielleicht um seine Jacke vom Haken an der Bar zu nehmen, und fummelt dabei irgendwie an meinem Po rum. Das macht der doch absichtlich!

Ich schlage um mich. »Sag mal, geht's noch?«

»Du sitzt auf meinem Jackett.«

»Dann sag das doch einfach.«

Ich will aufstehen, dabei verhakt sich mein Absatz und ich verliere das Gleichgewicht. Immerhin lande ich relativ weich auf dem Mistkerl, den ich mit umgerissen habe. Er hält mich immer noch an der Taille fest und sieht mich fassungslos an. Seine Augen sind fast schwarz. Ich weiß nicht, warum, aber auf einmal küsse ich ihn. Einfach so. Auf dem Boden zwischen den ganzen dreckigen Schuhen.

War das ein sexueller Übergriff? Schon. Aber er hat angefangen. Ich rapple mich auf. Soll ich ihn jetzt einfach ohrfeigen?

»Sorry, das war nicht so gemeint«, sage ich schließlich und reiche ihm sein Jackett. Die Seitentasche ist eingerissen, da hatte sich mein Absatz drin verhakt. Er betrachtet mich und den Riss halb säuerlich, halb amüsiert. Schließlich grinst er und winkt dem Barkeeper. Wir lehnen uns nebeneinander an die Bar und stoßen an. Eine Weile sagen wir nichts, und ich überlege, ob ich jetzt einfach gehen kann. Aber das finde ich unhöflich, nachdem ich seine Jacke und seinen Drink ruiniert habe. Ich beschließe, noch ein wenig höfliche Konversation zu machen.

»Und, was machst du so?«

»Ich bin Anwalt.«

»Ah so.«

Ich sollte jetzt wenigstens »interessant« sagen, aber leider finde ich das nicht. Ich habe mich immer gefragt, was das für Menschen sind, die Jura studieren, aber die Antwort wollte ich eigentlich gar nicht wissen. Jurastudenten, das waren doch immer diese Typen, die in Barborjacken rumlaufen, oder, wenn sie mal crazy drauf sind, in Poloshirts mit hochgeklapptem Kragen. Da steht also so ein Jurist. Er ist Anfang vierzig, schätze ich, trägt ein Hemd, das bis fast oben zugeknöpft ist, und Manschettenknöpfe aus Perlmutt. Seine Locken kringeln sich aus dem Seitenscheitel raus, in die er sie am Morgen wohl reingezwungen hat, und das sieht tatsächlich ganz sexy aus.

Jetzt grinst er. »Scheidungen.«

»Na, da hast du dich wohl zur richtigen Zeit am richtigen Ort niedergelassen«, witzle ich.

Er nickt zufrieden. »Das kannst du laut sagen. Was hier abgeht, ist echt nicht mehr feierlich. Wir haben jetzt sogar eine Kinderspielecke gebaut, weil die Kinder so oft mitgeschleppt werden. Und die müssen sich ja die Streitereien der Eltern nicht unbedingt anhören. Das kommt echt gut, seitdem haben wir noch mehr Zulauf.«

Eine Kinderspielecke beim Scheidungsanwalt. Der Gedanke ist trostlos.

»Und warum trennen sich so viele?«, frage ich schließlich.

Er kneift die Augen zusammen und überlegt kurz. »Weil sie sich auf die Nerven gehen. Und sie denken, dass sie noch was Besseres finden können oder schon gefunden haben.«

Aha. Früher hat man sich getrennt, weil man unglücklich war, heute trennt man sich, weil man glücklicher sein könnte. Sind Beziehungen das neueste Luxusproblem? Statt Vitaminmangel oder zu wenig Achtsamkeit oder zu viel Gluten haben wir jetzt zu viel Beziehung. Beziehungs-Detox ist angesagt. Das Blöde bei Beziehungen ist ja, dass da immer ein Partner mit drinhängt, der die eigenen Optimierungsmaßnahmen nicht unterstützt oder womöglich boykottiert. Ein anderer Mensch mit seinen ganz eigenen Wahrnehmungen, Wünschen und Vorstellungen. Das ist natürlich anstrengend. Und da liegt der Schluss nahe, dass man sich jemanden sucht, der die gleichen Ansichten hat, was Frauen, Familie und das ganze Gedöns betrifft (nämlich nicht die!).

Meinst du wirklich, jetzt weiß jeder, dass Gerhard Schröder damals als Kanzler das Bundesministerium für Familie, Senioren, Frauen und Jugend als »Familie und Gedöns« abgetan hat und du solche Ansichten ablehnst? Fragt mein Mann. Ich teile seine Sorge nicht, aber bitte.

Der Anwalt lehnt sich zurück und knackt mit den Fingern. Das geht mir durch Mark und Bein, und ich kann ihn schlagartig nicht mehr ausstehen.

»Und? Selbst auch schon geschieden?«, frage ich spitz.

Er schüttelt den Kopf. »Nein. Ich fall nicht mehr auf die Frauen rein. Wenn die im Brutmodus sind, sind sie ganz lieb und so – aber spätestens, wenn die Kinder zwei sind, fallen die Masken.«

»Das klingt sehr plausibel. Lass mich raten: Du vertrittst hauptsächlich Männer, oder?«

»Ausschließlich. Ich frag mich, was die Frauen gebissen hat. Das ist wie so 'n Herpes.«

»Wie bitte? Die Frauen? Ich glaube, zur Scheidung gehören genauso zwei wie zur Hochzeit.«

»Ja, aber was dann kommt, ist halt einfach mies. Sorry, aber die Frauen in deiner Generation …« Er hält kurz inne und mustert mich eindringlich. Ich sauge instinktiv die Wangen nach innen und entspanne meine Stirn – und ärgere mich sofort darüber. »Die Frauen heutzutage jedenfalls, die sind so dermaßen egoistisch und dabei noch so selbstgefällig. Die walzen die Männer einfach nieder.«

Das finde ich eine steile These, gelinde gesagt. Aber interessant. Audiator et altera pars, wie mein Lateinlehrer immer sagte. Und da ich's ja heute mit Lateinzitaten habe, werde ich mir das genauer erläutern lassen. (Denn das heißt übersetzt »Man muss auch die andere Seite anhören« – Klugscheißerei over.)

»Euch ist von euren Müttern eingetrichtert worden, dass ihr nicht nur alles kriegen und schaffen könnt, sondern dass euch das alles zusteht: Familie, Karriere, Geld, durchgestylte Wohnung, Selbstverwirklichung, Entspannung und ewige Glückseligkeit! Und dass Männer eh nur Schweine sind, die euch Frauen seit Generationen unterdrücken und ausnutzen und sich jetzt endlich mal hinten anstellen sollen. Über Männer darf ungestraft immer und überall gemotzt werden. Männer sind immer schuld, vor allem wenn es bei euch nicht läuft, wenn ihr mit eurem Leben und euren überzogenen Ansprüchen nicht mehr klarkommt. Frauen heutzutage benehmen sich, als wären sie ewig fünfzehn. Werdet doch mal erwachsen! Ihr macht es euch echt einfach.«

»Oho. Wir machen es uns einfach? Das wär schön, aber eigentlich machen es umgekehrt alle anderen uns nicht einfach. Und zwar nichts. Nirgends. Wie lange steht im Grundgesetz schon, dass Männer und Frauen gleich sind?«

Ich hoffe, er weiß die Antwort. Ich nämlich nicht. In dem Moment. Jetzt, wo ich euch davon erzähle schon, ich hab's gegoogelt. Es ist interessant, denn zum ersten Mal taucht die Forderung 1948 auf, 1957 wird das Gleichberechtigungsgesetz erlassen und 1977 erst wird der Passus gestrichen, der die verheiratete Frau trotz Gleichberechtigung dem Mann unterordnet. Bis dahin hatte sie selbstverständlich den Haushalt zu führen und durfte nur erwerbstätig sein, soweit das mit ihren Pflichten als Hausfrau und Mutter vereinbar war. Kein Wunder, dass unsere Mütter ausgerastet sind. Sie haben ja zum Teil mit dafür protestiert, dass da endlich was passiert. Und wir Mädchen haben immer wieder gesagt bekommen, dass wir genau das Gleiche können und dürfen wie die Männer und trotzdem unsere Mütter nach der Arbeit durch die Küche wirbeln sehen. Und genau so leben wir immer noch.

Jetzt lassen wir den Anwalt aber mal plädieren. Und?

Er zuckt die Schultern und verzieht den Mund. »Ich weiß, Gender Pay Gap, verarmte Alleinerziehende, gläserne Decke, bla, bla. Alles nicht okay so, das ist ja selbstverständlich. Aber man muss auch mal unsere Seite sehen. Also, so wie ich das als Junge mitgekriegt habe, durften alle schönen Sachen immer die Frauen machen: kochen, spielen, schöne Sachen anziehen. Wir Männer haben doch in Wirklichkeit immer die Drecksarbeit gemacht und den schlechteren Deal gekriegt. Wie heißt es so schön? Frauen und Kinder zuerst. Ich musste noch zur Bundeswehr.«

»Echt? Du Armer. In meiner Generation durften die Männer schon verweigern und Zivildienst leisten.«

Er schnaubt abfällig. »Jetzt ernsthaft, dieses Ernährenmüssen ist schon auch scheiße. Kaum macht man ein Kind, hängt die Frau dir am Rockzipfel. Ab jetzt darfst du nicht mehr schlappmachen, weil du ja für alle sorgen musst. Die Frau nimmt Babyurlaub und jammert, und du musst das finanzieren und wirst zum Dank angemault, weil sie nicht mehr genug Zeit für Yoga hat. Das ist so pervers. Ich kenne haufenweise Männer, die liebend gern mit den Frauen getauscht hätten. Und du glaubst nicht, wie oft ich Fälle sehe, in denen Frauen, die um jeden Preis ein Kind haben wollen, bevor ihre biologische Uhr abläuft, ahnungslosen Männern das Kind bei einem One-Night-Stand untergejubelt haben und hinterher nur die Hand aufhalten. Und das Gesetz gibt denen recht, Väter haben überhaupt nix zu melden. Das ist mal 'ne Ungleichheit, über die nie gesprochen wird.«

Ah, der Mythos vom ausgebufften, kindstollen Sukkubus, dieser weibliche Dämon aus der griechischen Mythologie, der ahnungslose Männer im Schlaf heimsucht. Habe ich noch nie in freier Wildbahn aus einem echten Mund gehört.

»Und warum tauschen deine bedauernswerten Männer nicht, wenn sie so wild aufs Windelwechseln sind?«, frage ich. »Die meisten Männer nehmen doch nur zwei Monate Väterzeit, und das auch nur, damit es vierzehn statt zwölf Monate Geld gibt – und in der Zeit wollen sie dann am liebsten in Urlaub fahren, die Frau kommt also mit und kümmert sich wieder um das Kind, anstatt sich um ihre Karriere kümmern zu dürfen.«

»Die machen das nicht, weil die Frauen nicht genug verdienen«, sagt er. »Die haben meistens von vornherein den schlechter bezahlten Job und können damit keine Familie ernähren. Und dann werfen sie ihrem Mann vor, dass sie für ihn und die Familie auf ihre Karriere verzichten mussten. Haha.«

»Ey, lustig finde ich das nicht.«

»Ich auch nicht«, sagt er trocken. »Weil die armen Typen dann auch noch vorgeworfen kriegen, dass sie sich zu wenig um das Kind und den Haushalt kümmern. Wann denn? Nachts? Echt, als Mann musst du einfach ALLES schaffen, sonst bist du nicht liebenswert und wirst gnadenlos bestraft.«

»Das ist ja interessant, ich erlebe das genau umgekehrt – als Frau musst du alles schaffen: Mutter, Hausfrau, Geliebte, Karriere … Und meckern ist nicht erlaubt, sonst ist man anstrengend. Du darfst schon arbeiten, schließlich erlaubt das das Grundgesetz ja jetzt – aber eigentlich gilt immer noch: ›soweit dies mit ihren Pflichten in Ehe und Familie vereinbar ist‹.«

Er lacht auf. »Ja. Den ganzen Scheiß hör ich dann auch immer vor Gericht. Als ob sich niemand vorher überlegen könnte, wie so ein Familienleben wohl funktioniert. Ernsthaft, ich glaube, das Familienmodell ist einfach over. Das mit den Kindern muss wieder geregelt werden wie im Sozialismus. Kinderhaus, fertig. Eltern froh, jeder macht sein Ding, Kinder entspannt, keine Streitereien.«

»Das kannst du jetzt auch nur gut finden, weil du selbst keine Kinder hast«, schreie ich. Jetzt rege ich mich wirklich auf. »Natürlich wollen Mütter UND Väter ihre Kinder großziehen heutzutage. Die Väterzeit gibt es ja erst seit zehn Jahren, in der Zeit hat sich schon einiges getan. Ich bin sicher, dass mehr Väter das machen würden, wenn die Bedingungen andere wären. Und die müssen sich eben für alle ändern – gleiche Bezahlung, mehr Betreuung, flexible Arbeitszeiten … Das ist doch alles nichts Neues.«

»Nee«, stimmt er mir zu. »Das kommt aber noch lange nicht. Und weißt du auch, warum? Ihr habt euch in eurer Opferrolle eingerichtet. Die ist bequem. Die Männer sind immer schuld. Und müssen am Ende sowieso zahlen. Und …« Er zwinkert mir zu und ich zucke unwillkürlich zurück. » … das ist auch besser so. Zumindest für mich. Ich will ja nicht plötzlich arbeitslos werden. Schließlich will ich ja auch mal eine Familie ernähren können.«

Ich drehe mich um und winke dem Barkeeper mit den Gin-Ringen. Ich glaube, jetzt betrinke ich mich.

Karla kommt mit geröteten Wangen zu mir. »Ich nehme das Gleiche«, ruft sie dem Barkeeper zu. »Puh, das war nix. Der sah ja ganz gut aus und hat auch super getanzt, aber dann wurde er irgendwie creepy. Hat gefragt, ob ich mitkommen will, die Admiralsbrücke anpinkeln.«

»Uh, wie kommt man denn auf so was?«

»Da gibt es wohl ein Singleportal auf Facebook, da stehen solche Veranstaltungen drin. Er hat mich nach meiner Nummer gefragt und sein Handy rausgeholt – da ruft er plötzlich: ›Mensch, das habe ich ja total vergessen, das ist ja heute!‹ Gruselig.« Sie hält mir ihr Smartphone hin. »Schau mal, hier ist die Seite. Morgen ist Tattoo-Single-Ü30-Party.«

»Das klingt grauenhaft«, sage ich. »Komm, lass uns lieber nach Hause gehen. Ich muss morgen früh raus und Frühstück für die Kinder machen.«

Und jetzt?
Na, Yoga!

Dann ist das Wochenende da. Samstag. Und Michael steht vor der Tür. Ich küsse die Kinder und nehme meine Tasche. Die Wohnung unten ist still. Der Boden in der Küche knirscht ein wenig. Klar, hier haben wir ja keine Putzfrau. Kurz überlege ich, ob ich schnell sauber mache, und entscheide mich sofort dagegen. Stattdessen reiße ich überall die Fenster auf, sodass die warme Luft hereinströmt. Das Bett im Schlafzimmer ist gemacht, aber nicht frisch bezogen. Hm. Ich hab das in unserem ehemaligen gemeinsamen Schlafzimmer heute Morgen gemacht. Meine Bettwäsche dreht jetzt ihre Runden in der Waschmaschine oben. Ach, egal. Ich fahre ja sowieso nach Brandenburg raus. Zum Frauen-Yoga-Wochenende. Da klingelt es auch schon. Ich schließe die Fenster und schnappe meine Tasche.

Im Treppenhaus lausche ich kurz nach oben, höre aber nichts. »Wird schon alles gut gehen, der Kühlschrank ist voll, das Wetter ist prima«, sage ich mir und gehe los.

Karla und Marie winken mir aus Karlas schickem Mini zu. Ich schiebe mich und meine Tasche auf den Rücksitz.

Marie reicht mir einen Becher. »Hier. Goldener Kaffee. Mit Kurkuma. So gesund.«

»Danke. Schmeckt das so schlimm wie Matcha Latte?«

»Ich dachte, das magst du. Hast du eine Zeitlang dauernd getrunken.«

»Ja, aber nur aus Selbstkasteiung. Weil es doch so gesund ist und jede das macht. Um mal weniger Kaffee zu trinken. Weil das schlecht ist für die Zähne und den Teint und so. Aber jetzt will ich mir doch auch mal wieder was Gutes tun, was keine Qual ist.«

Karla grinst. »Kannst es beruhigt trinken. Schmeckt, obwohl es gesund ist.«

Wir halten vor einem großen Bauernhof. Einige Autos stehen schon da, ein paar Frauengrüppchen begrüßen sich gerade. Eine Frau mit einem goldenen Stern auf dem Kopf gibt uns ein Kärtchen mit einer Butterblume drauf. »Das ist euer Zimmer.«

Auf dem Weg kommen wir an einer offenen Tür vorbei, aus der ausgelassenes Lachen kommt. Vier Frauen sitzen sich auf zwei Betten gegenüber.

»Hallo. Mögt ihr auch einen Schluck?«, ruft eine und hält eine Magnum-Flasche hoch. Karla greift zu, aber ich schüttle den Kopf.

»Ich will mal ein Wochenende keinen Alkohol trinken, sondern ganz gesund und achtsam sein«, sage ich.

Nachdem wir unser gemeinsames Zimmer bezogen haben, gehen wir zur ehemaligen Scheune. Im Eingangsbereich stehen schon viele Frauen, teils alleine, teils in Gruppen. Ein paar haben Säuglinge dabei. Claudia und eine weitere Frau in einem weiten roten Leinenkleid stehen neben einer kleinen Bar.

»Sieht nach Bowle aus«, flüstert Karla und deutet auf die Krüge, in denen Beeren und Minze schwimmen.

Claudia streicht mit einem Holzklöppel an eine goldene Klangschale und ein heller Ton ertönt. Die Gespräche verstummen.

»Schön, dass ihr da seid«, sagt Claudia lächelnd. »Angelique und ich freuen uns sehr. Zur Begrüßung möchten wir euch alle zu einem Glas einladen. Danach treffen wir uns zur ersten Meditation mit Sonnengruß im großen Gruppenraum.«

Die beiden beginnen die Gläser zu füllen und herumzureichen.

»Schöne Bowle«, sagt Marie, als Claudia ihr ein Glas gibt. »Da möchte ich gerne das Rezept haben.«

Claudia stutzt. »Das ist Umkehrosmosewasser mit Beeren und Zitronenmelisse aus dem Garten«, sagt sie dann laut in die Runde.

Karla schnuppert an ihrem Glas. »Uh, ich hab die letzten Tage doch schon gedetoxt. Ich dachte, so ein Frauenwochenende beginnt mit Prosecco?«, ruft sie fröhlich. »Hier, ich habe welchen dabei. Wer mag?«

Die anderen Frauen kichern zustimmend und scharen sich um Karla. Ich schüttle den Kopf und zwinkere ihr zu. Das Wasser schmeckt leicht nach Zitrone, von der Osmose schmecke ich nichts. Neben mir schlürft eine kleine, rundliche Frau mit tollen kupferroten Locken mit geschlossenen Augen an ihrem Glas. Ich beobachte sie fasziniert, bis das Glas leer ist und sie die Augen aufreißt.

»Ah, das belebt so«, sagt sie befriedigt und sieht mich durchdringend an. »Jetzt nehme ich auch einen Prosecco.«

Sie sagt »Prosetscho«. Ist das ironisch gemeint?

Karla geht mit ihren Flaschen herum.

»Nein danke. Ich trinke keinen Alkohol«, sagt eine Frau leise. Alle drehen sich um. Sie ist etwa in meinem Alter. Groß, schlank, blondes glattes Haar. Sehr gepflegt. Erinnert mich ein bisschen an die schickste Mutter im Kiez, Meike, die strahlt auch so was Perfektes aus.

»Ach komm, ein Schlückchen für den Einstieg«, sagt Karla und will ihr ein Glas in die Hand drücken.

»Nein, wirklich nicht, danke.«

»Okay, wie du willst«, sagt Karla und zuckt die Schultern.

»Alkoholikerin«, höre ich die Kupferrote flüstern.

Die Frau lächelt verlegen, wird rot und geht ins Nebenzimmer.

Claudia klatscht in die Hände. »So, ihr Lieben, dann fangen wir mal an.«

Wir nehmen uns jede eine Yogamatte und folgen ihr nach nebenan. Dort ist ein großes, helles Yogastudio. Hohe Fenster, helles Holz, fließende Stoffe. Dezenter Geruch nach Zitrone und Hölzern und leise Meditationsmusik. Die Yogastunde ist tatsächlich sehr angenehm, die Stimmung ist gelöst und freundlich, die Sonne scheint durch die großen Fenster. Ich entspanne mich. Ich beschließe, auch die Meditation mitzumachen. Eigentlich kann ich dem nicht so viel abgewinnen, aber ich möchte mich ja auch mal einlassen. Leider klappt es wieder nicht. Ich werde nicht ruhiger, sondern beginne im Gegenteil unruhig auf meinen Sitzbeinhöckern herumzurutschen, die ich eigentlich in einen imaginären Sandboden bohren soll. Schließlich gebe ich auf und schleiche mich nach draußen. Ich nehme mir noch ein Glas von dem gesunden Wasser und gehe in den Garten. Da war doch so ein kleiner Seerosenteich, an den setze ich mich jetzt mal gemütlich, denke ich und biege schwungvoll um die Ecke. Dabei stolpere ich über eine unebene Bodenfliese und verliere das Gleichgewicht. Ich stolpere wirklich oft, deswegen bin ich geübt. Ich schaffe es, das Glas nicht fallen zu lassen und nur ganz wenig zu verschütten.

Allerdings entfährt mir ein kleiner Schrei, und das schreckt die Gestalt auf, die auf der Bank am Teich sitzt. Die Blonde, die keinen Prosecco wollte. Ich überlege, ob ich einfach kehrtmachen und so tun kann, als hätte ich sie nicht bemerkt, aber da winkt sie schon.

»Ah, entschuldige. Sollst du mich reinholen?«, fragt sie und wischt sich die Augen ab. Dabei schafft sie es, die leichten Schlieren der Wimperntusche exakt wegzukriegen. Ich bin ganz fasziniert.

»Äh, nein«, stammle ich dann. »Ich bin nur raus, weil ich mit Meditation nicht so viel anfangen kann. Wenn ich dich störe …«

Ich mache Anstalten, mich umzudrehen, aber sie winkt mich zu sich.

»Das war deine Freundin, die den Prosecco mitgebracht hat, oder?«, fragt sie, als ich mich neben sie setze. »Das hat mich irgendwie aus der Bahn geworfen, wie ihr dann über mich getuschelt habt. Beim Yoga kommt ja so viel hoch, was man sonst runterdrückt.«

»Ach, ich will auch keinen Alkohol trinken, das kann doch jeder machen, wie er möchte.«

»Hmm«, macht sie vage. »Ich weiß nicht. Um zu beweisen, dass du kein Alkoholiker bist, musst du eigentlich saufen. Nur die, die stillen, dürfen verzichten.«

»Meinst du? Ich empfinde das nicht so.«

»Doch. Dieser Blick, wenn du Nein sagst. Als hätte ich gesagt: ›Pfui, ich verachte euch.‹ Dabei stimmt das nicht. Die können alle machen, was sie mögen. Aber ich möchte auch machen, was ich will, und dafür nicht verachtet werden.«

Schweigend sitzen wir nebeneinander und schauen auf den Teich.

Ich denke über die Situation vorhin nach. »Alkoholikerin«,

hat eine Frau sofort geflüstert. In England ist Binge-Drinking bei Frauen zu einer Art Emanzipationsbewegung geworden: Seht, wir können genauso saufen und auf die Straße kotzen wie die Männer. Und ich kenne das Gefühl: Boah, ich möchte jetzt was trinken. Um runterzukommen. Um in Stimmung zu kommen. Zum Anregen, zum Abregen, um mutiger zu sein, um Probleme verschwinden zu lassen, die leider nur kurz verschwimmen und trotzdem bleiben … Deswegen ist es mir wichtig, damit bewusst umzugehen. Außerdem braucht mein Körper mittlerweile so lange, das Gift abzubauen. Das Schlimme ist, dass ich nicht gut Maß halten kann. Ich gehöre leider nicht zu den Menschen, die sich abends ein halbes Glas Wein und ein Stück Schokolade gönnen können. Ich kann es entweder komplett lassen – oder ich esse die ganze Tafel auf und gieße mir dabei immer wieder nach. Plötzlich bin ich betrunken und erkläre irgendeinem armen Opfer zum siebten Mal die Lösung sämtlicher Probleme auf der Welt, wobei ich bei jeder Wiederholung lauter und eindringlicher werde. Am nächsten Morgen habe ich einen Brummschädel und einen moralischen Kater, weil ich mich für mein Geplapper schäme.

Die Frau neben mir ist in ihre eigenen Gedanken versunken. Plötzlich seufzen wir zur selben Zeit auf. Wir sehen uns an und grinsen.

»Lass dich nicht runterziehen«, sage ich. »Wir sollten hier nett zueinander sein, finde ich.«

»Da hast du recht. Ich habe mich jetzt schon so lange auf dieses Wochenende gefreut. Das ist das erste Mal seit Monaten, dass ich etwas nur für mich mache. Seit …« Sie verstummt. Dann holt sie tief Luft. »Seit meiner Panikattacke.« Sie sieht mich unsicher an.

Ich nicke ihr zu. »Kenne ich. Ich hatte auch eine.«

»Wirklich? Bei mir ist es jetzt acht Monate her, ich hatte Burnout und diese Attacken und kam einfach nicht auf die Beine. Und mein Mann hat die ganze Zeit gemeckert, dass ich mich langsam zusammenreißen müsse. Irgendwann habe ich kapiert, dass er selbst gerade unzufrieden mit seinem Leben ist, vor allem beruflich, und er das total auf mir abgeladen hat. Da habe ich eine Therapie angefangen, um mich besser abgrenzen zu können. Jetzt wird es langsam besser.«

»Das freut mich. Ich will auch wieder regelmäßig zum Yoga gehen, das tut schon gut, wenn man einen festen Termin hat, bei dem man sich nur um sich kümmert. Und alle Probleme, Trennung, Kinder, Job, für zwei Stunden draußen bleiben müssen.«

»Ach, du bist getrennt?«, fragt sie und sieht mich aufmerksam an. »Und, geht es dir besser seitdem?«

»Hm, es ist alles noch ziemlich frisch. Einiges gefällt mir – zum Beispiel, dass ich ein ganzes Wochenende tun kann, was ich möchte, aber insgesamt muss ich mich daran noch gewöhnen. Ich hoffe vor allem, dass es für die Kinder okay ist.«

»Immerhin streitet ihr jetzt nicht mehr vor ihnen, oder?«, sagt sie und nickt nachdenklich. »Ich habe ehrlich gesagt auch schon darüber nachgedacht, aber ich fühle mich einfach nicht stark genug. Jetzt habe ich mir das Yogawochenende erkämpft, das ist auch schon ein wichtiger Schritt.«

»Auf jeden Fall. Komm, wir genießen das jetzt!«

Bei der Scheune treffen wir auf die anderen Frauen, die uns freundlich begrüßen. Gemeinsam gehen wir in einen gemütlichen Speisesaal mit mehreren kleinen Tischen. Eine winzige Asiatin in Kochschürze steht hinter einer Art Büfett und schwingt einen Kochlöffel. Sie gibt japanisches Curry aus, außerdem kann man sich verschiedene Salate zusammenstellen. Es herrscht eine gelöste Stimmung.

Ich schaue mich um. Lauter Frauen zwischen fünfundzwanzig und fünfzig. Kinderlose und Mütter, alleinerziehende, solche, die neu verpartnert sind, und welche, die noch zusammen sind … Wer ist am glücklichsten? Kann ich hier eine, die EINE Lösung herausfiltern? Mit meinem Teller in der Hand wandere ich herum, bis ich Marie entdecke. Sie winkt mir zu und deutet auf den freien Platz neben sich. Ich nicke den anderen zu, die in eine eifrige Diskussion vertieft sind.

»Wie, bei denen kriselt es auch?«

»Na, wenn ich es dir sage. Die streiten so viel, also das dauert nicht mehr lange.«

»Und gehört ihnen die Wohnung, oder sind die da zur Miete?«

»Zur Miete, soweit ich weiß. Deswegen sage ich doch, ruf Paula mal an, ich bin sicher, die wird frei.«

»Das wäre ja super, die ist von der Lage wirklich perfekt.«

Fasziniert höre ich dem Dialog zu, als sich eine Dritte einmischt. »Ich finde es ehrlich gesagt zynisch, wie ihr hier auf das Scheitern einer Beziehung spekuliert, um an eine Wohnung ranzukommen.«

Die beiden wenden sich zu ihr. »Mag sein, aber das ist nun mal die Realität. Es ist ja leider nicht so, dass jede Familie in einer großen Wohnung mit zwei Eingängen lebt und man einfach immer eine Zwischentür zumachen kann, wenn einer gerade nicht dazugehört. Da muss man schauen, wo man bleibt.«

»Ich meine ja nur«, sagt die Frau und streicht sich über den Bauch. Jetzt sehe ich, dass sie schwanger ist.

»Ach, du kriegst ein Kind, wie schön«, sage ich.

Sie nickt. »War nicht so geplant, aber ich freue mich. Wir sind gerade erst zusammengezogen, also er zu mir.«

»Ach, dann braucht ihr jetzt eine größere Wohnung, oder?«, fragt die Frau, die von der Ehekrise berichtet hat.

»Na, schön wäre es schon«, sagt die Schwangere zögernd. »Aber es ist schwierig, eine zu finden.«

»Aber du bist doch in einer perfekten Position«, ruft die andere. »Du kannst doch einen Wohnungstausch anbieten.« Sie wendet sich an die Frau neben sich. »Die brauchen eine größere Wohnung und ihr eine kleinere.«

»Wir brauchen beides. Leider.«

»Ach, stimmt. Mist. Weißt du was? Jetzt habe ich eine Idee: Warum triffst du dich nicht mal mit Otto? Der würde total gut zu dir passen. Und seine Wohnung ist riesig, da passt du mit den Kindern locker rein. Dann könnte Per in die Wohnung hier von … wie heißt du noch mal?«

»Nele. Hier sind ganz schön viele getrennt, scheint mir.«

»Ja, aber lass dich davon nicht entmutigen«, sagt die Wohnungssuchende aufmunternd. »Vielleicht packt ihr es ja. Pass auf, das Schwierigste sind die ersten zwei Jahre, da trennen sich viele. Und dann kommt noch mal ein Schwung, wenn man die Kinder durch die Grundschule gebracht hat, so ab acht. Oder eher zwölf.«

»Genau«, pflichtet ihr die andere bei. »Wenn ihr die Phasen packt, dann klappt das auch weiter bei euch.«

»Ich drück jedenfalls die Daumen«, sagt Karla und steht auf. »Wollen wir uns Nachtisch holen?«

Es ist ein schönes Wochenende. Es tut gut. Ich schäme mich ein bisschen, dass ich mich anfangs so darüber lustig gemacht habe. Es entsteht eine richtig freundschaftliche, solidarische Atmosphäre unter uns. Es tut gut, sich mit anderen über das Leben zu unterhalten. Nicht nur mit den Freundinnen, die einem vertraut sind. Wenn man sich erst mal traut, etwas zuzugeben, was im eigenen Leben nicht perfekt läuft, was einen überfordert, was man vergeigt hat oder wovor man Angst hat, öffnen sich plötzlich die anderen um einen herum und erzählen, dass sie genau die gleichen Ängste, Selbstzweifel und Schuldgefühle haben. Und von ihren Lösungsversuchen.

Worüber ich am Sonntagabend aber besonders froh bin, sind unsere zwei Wohnungen im gleichen Haus. Ich habe nämlich so große Sehnsucht nach den Kindern, dass ich direkt nach oben gehe.

»Ich muss kurz mit den Kindern kuscheln«, erkläre ich Michael. Und er nickt.

Toller Arsch

Das denke ich, als ich mit dem Lastenrad den Gehweg entlangrumple und abbremsen muss. Vor mir geht eine Mutter mit ihrem etwa achtjährigen Sohn. Er ist nur noch eineinhalb Köpfe kleiner als sie, und die beiden lachen kumpelig miteinander. Die Frau hat einen dunkelblonden, etwas unordentlichen Pferdeschwanz und trägt ein schwarzes T-Shirt, das in einer dunkelblauen Jeans steckt. Und diese Jeans umgibt einen echt super Hintern. Es ist ganz angenehm, in Schrittgeschwindigkeit hinter diesem Hintern herzufahren. Schön proportioniert und genau die richtige Größe. Irgendwie freut mich das. Mich freut es, wenn ich schöne Mütter sehe. Unangestrengt schöne Mütter. Jemand, der in Jeans, Shirt und Pferdeschwanz rumläuft und dabei ganz unaufdringlich einen tollen Arsch hat. Langsam bin ich ganz gerührt, von dem wippenden weiblich-kumpeligen Hintern vor mir und vor allem von meiner großzügigen, liebevollen Betrachtung desselben. Was hab ich für ein großes Herz. Wenn alle so wären wie ich, dann gäbe es endlich Solidarität unter Frauen. Jawohl! Ich kann mich an einer schönen oder klugen oder witzigen Geschlechtsgenossin erfreuen, ohne mich von ihr bedroht zu fühlen. Sie kann sogar schön *und* klug *und* witzig sein, und ich bin nicht neidisch, sondern inspiriert. Na gut, wenn sie dann auch noch eine glückliche Familienmutter mit perfektem Haushalt und Karriere ist, wird es schwer … Ach, obwohl. Warum eigentlich? Ich werde immer sanftmütiger, wohlwollender und weltfriedensfördernder, während ich im Schneckentempo hinter den beiden herstrample. Da bemerkt sie mein Rad mit einem Seitenblick und zieht ihren Sohn beiseite. Das ist nett. Spontan beschließe ich, jetzt auch einfach nett zu sein. Während ich ausschere, um die beiden zu überholen, rufe ich freundlich: »Dein Hintern sieht super aus in der Jeans.«

Der Pferdeschwanz wippt zur Seite, und ich erstarre. Und möchte den Satz in meinen Mund zurückstopfen und runterschlucken. Meike. Ausgerechnet. Die supertolle, alles hinkriegende Wundermeike. Die Königin unter den modernen Prinzessinnen. Drei Kinder, vier und acht und zwölf, die Väter hat nie jemand gesehen, sie müssen aber unheimlich viel Kohle haben, denn Meike und ihre Brut sind immer in edles Designerzeug gewandet und sitzen oft bei diesem wirklich hochpreisigen Japaner, der Kinder in seinem Restaurant eigentlich gar nicht duldet. Meike arbeitet ständig an irgendwelchen unfassbar tollen Projekten – ein Film, eine Sonnenbrillenkollektion für Afrika, Innenausstattung für ein Wellnesshotel in Mailand, ist aber gleichzeitig auch auf jedem Event und macht Bildungsurlaube mit ihren Kindern. Gönn ich ihr natürlich alles. Oder vielmehr gönnte. Denn jetzt kommt's: Meike trifft sich neuerdings mit Michael.

Vor ein paar Tagen rief mich meine Freundin Karla an. Es war acht Uhr abends.

»Du, ich bin hier grade in der Tapas-Bar an der Ecke. Und weißt du, wer am Nebentisch sitzt? Michael, mit Meike.«

Ich war wie vom Donner gerührt. »Was mach ich denn jetzt? Ach, ich weiß. Ich komme gleich top gestylt und wie zufällig in diesen Laden geschwebt und treffe mich dort mit George Clooney.«

Ein toller Plan, fand auch Karla. »Ruf schnell deine Babysitterin an!«

Aber Andrea hatte gerade den Sauger vom Fläschchen eingedrückt und ich musste das nasse Bett frisch beziehen, während Robin-Legolas mir maulend erklärte, dass er jetzt aber auch noch mal aufstehen würde, denn schließlich sei er älter und dürfe immer nach Andrea ins Bett gehen. Ich selbst war ziemlich ungeduscht und hatte einen großen Pickel am Kinn. Mein Plan war zum Scheitern verurteilt.

»Karla, ich bin grade zu schlecht vorbereitet. Außerdem hab ich George Clooneys Nummer nicht. Aber kannst du bitte unauffällig ein bisschen spionieren und mir alles erzählen?«

Natürlich habe ich die ganze Nacht kein Auge zugetan. Bandelte Michael jetzt mit Meike an? So kurz nach unserer Trennung? Ich fing an, Vergleiche anzustellen, bei denen ich permanent den Kürzeren zog. Meike war auch Mutter, sogar von drei Kindern, aber sie war dünner, reicher, besser gelaunt, schicker angezogen, hatte interessantere Freunde, war nie müde, kümmerte sich mühelos allein um die Kinder und den Haushalt. Ich war picklig, übermüdet, und mein Mantel hatte seit vier Monaten einen Kotzefleck, weil ich immer vergaß, ihn zur Reinigung zu bringen.

All das schießt mir durch den Kopf, während ich wie paralysiert in Meikes fröhliches Gesicht schaue. Ganz automatisch wandert meine Hand Richtung Brust, wo immer noch dieser Fleck ist. Ich zerre an meinem Schal.

Meike lächelt herzlich. »Ach, Mensch, das ist aber total lieb von dir, dass du das sagst! Das macht mir gleich richtig gute Laune! Ich habe nämlich einen grauenhaft anstrengenden Termin vor mir und grade so Minderwertigkeitskomplexe, da tut so ein spontanes Kompliment grade von einer Frau total gut. Das hat mir wirklich Kraft gegeben eben. Das müssen Frauen echt viel mehr untereinander machen.«

Ich nicke mechanisch, während meine Wangenmuskeln unter meinem erstarrten Lächeln zu schmerzen beginnen. Pfff. Ich hab überhaupt keine Lust, eine Frau wegen ihrer Minderwertigkeitskomplexe zu bemitleiden, deren Arsch in einer Hose so aussieht, nur weil Heidi Klum ihr vielleicht kein Foto geben würde.

Meike mustert mich. Ich zerre wieder an meinem Schal und versenke mein Kinn darin.

»Und wie geht's dir? Du siehst auch gut aus. Toller Schal, der Farbton passt zu deinen Augen.«

Uff. Auf dieses Kompliment hätte ich verzichten können. Falsch und eindeutig gelogen. Seit wann bitte passt Türkis besonders gut zu braunen Augen?

»Doch, doch, das sieht toll aus«, wiederholt Meike, und ich merke, dass ich aus Versehen laut gedacht habe.

»Es ist bewundernswert, wie du das wegsteckst mit der Trennung. Michael ist ja noch ganz fertig.«

Ich werde hellhörig. Vielleicht kann ich sie jetzt unauffällig aushorchen. Und dabei noch so tun, als würde Michael mir immer noch alles erzählen. »Hat er das erzählt neulich? Bei eurem Treffen?«

Meikes Augen verengen sich. »Bei welchem?«

Bäm. Dumme Kuh, jetzt will sie mir Angst machen und tut so, als hätten sie sich schon öfter getroffen. Und es funktioniert. Ich glaube ihr. In meinem Hals wächst ein Kloß, den ich nicht runterschlucken kann. Also trete ich in die Pedale und hebe die Hand.

»Ach so, in der Tapas-Bar! Ja, er wollte erst gar nicht mitkommen, weil er meinte, er kann grade noch nicht so richtig unter Leute.«

Ich bremse ab und höre doch weiter zu.

»Aber wie er da so auf der Straße stand mit diesen Asia-Nudelsuppentüten in der Hand, da tat er mir doch leid. Wir waren schließlich mal Kollegen.«

Ach ja, stimmt. Auch dort hatte Meike mal gearbeitet. Wo auch nicht.

»Und du hattest 'nen Babysitter? Wie praktisch.«

Meike lacht. »Ja, den hatte ich mir gegönnt. Weil ich seit ewigen Zeiten mal wieder ausgehen wollte.«

Sie blickt sich kurz um, dann senkt sie die Stimme. »Ich hatte eigentlich ein Tinderdate mit einem Orthopäden. Und der Arsch hat zehn Minuten vorher abgesagt! Ich war so frustriert. Da war es wirklich schön, Michael zu treffen. Ich glaube, das hat uns beiden ganz gut getan. Das war ja auch ganz freundschaftlich, da bist du doch nicht böse, oder?«

Ahhh. Ich kotze. Was mach ich denn jetzt? Ich will sie hassen, und sie sagt so nachvollziehbare Sachen. Mist.

»Gut, gut, gut«, murmle ich. »Na, ist doch schön, dass es euch gutgetan hat. Es muss ja nicht jedem scheiße gehen, da hat ja auch keiner was davon!«

Nach und nach ist meine Stimme immer lauter geworden. Meike schaut mich betroffen an.

»Ach, Mensch, du Arme. Dir geht's nicht wirklich gut, oder? Ach, so ein Mist aber auch! Wollen wir zusammen einen Kaffee trinken?«

Ich nicke und schüttle dann den Kopf. »Danke, ich muss die Kinder holen und dann …«

Meike nickt. »Ja, ich bring jetzt auch Theo zum Karate, und

dann hab ich einen Termin mit meinem Bankberater. Aber morgen vielleicht? Mittagessen bei Sasaya? Ich lad dich ein.« Sie zögert. »Wenn mein Bankberater mitspielt.«

Ich muss lachen. Ich hab tatsächlich Lust, mit ihr essen zu gehen. Mir ist leichter ums Herz. Der Wind scheint jetzt von hinten zu kommen.

»Du hast die richtige Jeans an für deine Verhandlung. Ich drück dir die Daumen. Bis morgen vielleicht.«

»Ja, ich freu mich.«

Ich winke den beiden zu und setze mich in Bewegung.

Meike ruft mir hinterher: »Ach, heute Abend kommt Michael zum Nudelessen rüber. Soll ich ihm was ausrichten?«

Der Satz trifft mich wie ein Schlag auf den Kopf. Ich tue so, als hätte ich nichts gehört, und biege um die Ecke.

Nett
because I can

Obwohl ich es nicht gut finde, dass Michael zum Nudelessen zu ihr geht, hat die Begegnung mit Meike mir gutgetan. Es war schön, dass wir so freundlich miteinander gesprochen haben. Die Freundlichkeit schwingt in mir nach. Wenn jemand nett zu einem ist – und das auch noch in einem ganz unvermuteten Zusammenhang oder wo man es nicht erwartet hat, zum Beispiel in Berlin –, dann euphorisiert das richtig, die Mundwinkel gehen hoch und man kriegt Lust, auch jemanden mit Nettsein zu überraschen. Ich beschließe, heute einfach gnadenlos nett zu sein. Zu jedem, der mir begegnet. Und wenn er 'ne Fresse zieht, was wahrscheinlich ist, dann erst recht. Nehmt das. Nett because I can!

Warum scheint es gerade uns Frauen so schwerzufallen, nett zu anderen Frauen zu sein? Warum fühlen wir uns immer eher bedroht statt inspiriert, wenn wir einer Frau begegnen, die schön ist, gepflegt, klug, witzig, erfolgreich? Je länger ich darüber nachdenke, desto wütender werde ich. Auf Märchen. Ja, ich glaube, es liegt an den Märchen. Da sind Frauen immer Prinzessinnen, und sie haben nichts weiter zu tun, als zu warten. Darauf, geraubt zu werden, verzaubert zu werden, gerettet zu werden – und als Finale: vom Prinzen oder König ausgewählt zu werden. Und wer wird ausgewählt? Immer die Jüngste, die dann auch noch die Schönste und Sanftmütigste ist. Das heißt, seitdem wir vorgelesen bekommen, kriegen wir vermittelt: Sei sanftmütig, schön und jung, dann nimmt dich der Prinz. Die anderen kriegen, wenn sie Glück haben, noch die Brüder ab. Aber grundsätzlich ist der Wettbewerb knallhart wie bei Germanys next Topmodel: Nur eine kann gewinnen. Es gibt Prinzen und Zwerge. Und wer will einen Zwerg? Das sind keine Hipster, trotz der Bärte. Haben wir dadurch verinnerlicht, uns von tollen Frauen bedroht zu fühlen? Weil es sofort ein Ranking gibt, bei dem nur einer gewinnen kann? Ich habe die richtig coolen Frauen manchmal spontan abgelehnt, weil die Männer sie toll fanden. Zum Beispiel Juli Zeh. Wollte ich nie lesen. Weil alle, die sie mir empfohlen haben, so verliebt in sie waren. »Hübsche, intelligente Frau. Die würde ich gerne mal kennenlernen«, sagte Michael zum Beispiel vor Jahren und legt mir ein Buch hin: *Nullzeit.* Gut, dann würde ich es eben probieren. Aber innerlich stampfte ich auf und nahm mir vor, es kein bisschen zu mögen. Abends im Bett habe ich das Buch zur Hand genommen. Morgens um drei habe ich es zugeklappt und gesagt: »Okay, ja! Ich bin auch verliebt in sie. Sie ist toll.« Dann kam Lisa Bassenge. Mein Mann: »Kennst du die? Die ist super.« Ich denke: Ach, das ist doch diese total hübsche Lockige … und dann singt die auch noch toll. Aber meine Hemmschwelle war schon tiefer. Nur ein Song, und ich war auch verliebt. Es macht Spaß, tolle Frauen einfach toll zu finden. Und ich bin stolz auf meine schönen, klugen, einzigartigen Schwestern und Freundinnen.

Wir sind ja nicht weniger schön, wenn jemand anders auch schön ist, wir sind sowieso einzigartig, was soll das Vergleichen? Tun wir aber immer. Vielleicht sollten wir ehrlicher miteinander sein, die anderen auch hinter die Fassade schauen lassen. Oder nicht nur die Fassade anschauen, sondern ein genauso komplexes Gebilde dahinter vermuten, wie es bei uns ist.

In meiner Generation waren die Mütter dabei, sich zu emanzipieren. Sie gingen arbeiten – und schmissen trotzdem nebenbei den Haushalt. Sie haben uns beigebracht, dass wir Mädchen genauso viel wert sind wie Jungs, dass wir alles schaffen können und alles werden, was wir nur wollen. Und dass es nicht das höchste aller Ziele ist, vom Prinzen ausgewählt zu werden. Im Gegenteil. Die sollten erst mal nachfragen, ehe sie einfach losküssen. So sind wir in die Welt gezogen und haben sie uns genommen. Getanzt, studiert, Praktika gemacht, allein verreist. Und plötzlich hat man eine Familie und merkt, dass man viel mehr Teller balanciert, als man Hände hat. Wir haben einen Beruf ergriffen, der uns fordert und im besten Fall erfüllt, wir haben einen Partner, den wir lieben und mit dem wir gerne Zeit verbringen, und wir haben Kinder, die wir lieben und die wir bestmöglich großziehen wollen. Emanzipation und Märchen, alles fällt uns irgendwie auf die Füße.

Wir sind im Hamsterrad, und wenn wir einmal vor Erschöpfung innehalten, wissen wir nicht, wie ist uns eigentlich geht. Jeder fühlt sich überfordert und hat das Gefühl, zu kurz zu kommen. Und die anderen um einen herum scheinen alles zu schaffen. Frauen neiden einander das dann und bitchen übereinander ab. Solidarität fehlt, jede leidet heimlich und tut nach außen so, als sei alles prima. Angstattacken oder Alkoholismus bleiben unterm Teppich. Frauen, die schön und erfolgreich sind, werden als Bedrohung empfunden, nicht als Inspiration. »Ich brauche Hilfe.« Wer sagt so was einfach? Stattdessen bietet man an, sämtliche Kinder der Nachbarschaft mit ins Planschbecken zu nehmen.

Meike sah gerade so aus, als wäre ihr Leben ein einziges Blumenpflücken. Dabei hat sie einen schwierigen Termin bei der

Bank vor sich, womöglich hat sie Geldprobleme und Sorgen deswegen. Sie zieht allein drei Kinder groß und hat kaum Zeit, jemanden kennenzulernen. Ich hätte mich an ihrer Stelle auch mit Michael zum Nudelessen verabredet, anstatt die Onlineangebote zu durchforsten. Gut finde ich es trotzdem nicht, hab ich das schon gesagt? Warum eigentlich? Weil ich Angst habe, dass er sie besser finden könnte als mich? Dinge in ihr sieht, die er bei mir nicht mehr gesehen hat – weil ich sie unter all dem Stress begraben habe?

Heute bin ich nett. Und besonders zu Frauen. Ich nenne niemanden mehr Bioschmuddelhipstermutter. Und auch nicht moderne Prinzessin. Was weiß denn ich, warum diese Frau grade so wirkt? Wenn wir einander nicht immer gleich Boshaftigkeit und Ignoranz unterstellen, werden auch Gespräche freundlicher, der ganze Umgang miteinander. Der Blutdruck geht runter, man ist entspannter. Ich fange gleich damit an.

Himmel und Erde

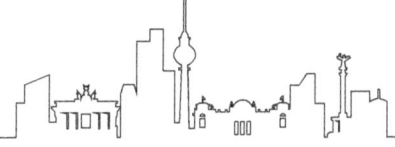

Montagmorgen. Ich blicke mich um. Der Frühstückstisch ist abgeräumt, die Spülmaschine eingeräumt. Die Krümel sind weggewischt. Ich bin bereits geduscht und angezogen. Und es ist … 8:19 Uhr. Unglaublich! Der Tag breitet sich vor mir aus wie ein glitzerndes Meer voller Möglichkeiten. Ich kann arbeiten. Entspannen. Mich zum Mittagessen verabreden. Und das alles, ohne auf die Uhr zu sehen, denn Michael holt die Kinder ja aus der Kita ab. Ich habe mich noch immer nicht daran gewöhnt. Ich lausche. Irgendwie klingt die Stille anders als sonst. Also, was mach ich jetzt? Ich kann mich endlich wieder selbst verwirklichen. Zuallererst setze ich mich aber an den Rechner. Schließlich muss ich ja arbeiten, auch wenn ich mehr Zeit habe. Ich muss ein paar Mails schreiben und die Steuer für den Monat angehen. Außerdem will ich endlich mal wieder einen Clip für YouTube drehen. Aber für später könnte ich doch einen Massagetermin machen. Und dann vielleicht ins Kino? Ich schreibe meinem Lieblingsfreund Thomas. *Lust auf Kino nachher?* Zurück kommt: *Heute Abend ist die Store-Eröffnung von MilliVanilli.*

Ich: *Oh toll, nimm mich mit.*

Sorry, hab schon Lena gefragt. Du hast doch sonst nie Zeit?!

Na super. Was soll das denn bitte heißen? Ich hab nie Zeit? Ja, mag sein, dass ich öfter abgesagt habe, aber er kann mich doch trotzdem weiter fragen.

Man muss doch mit mir rechnen. Oder? Meine Freunde sollten doch regelmäßig Bescheid sagen, wenn sie lustige Abendvergnügungen planen und mich fragen, ob ich dazustoßen möchte.

Gut, ja, ich konnte in den letzten – Moment, sind es tatsächlich Jahre? – meistens nicht, weil ich nun mal zwei Kinder habe und einen Mann, mit dem ich ja auch Zeit verbringen wollte und musste. Und ich war einfach müde. Dazu Arbeit.

Aber jetzt. Jetzt habe ich eine ganze Woche für mich. Komplett.

Thomas reagiert misstrauisch. »Du willst ausgehen? Echt? Und so richtig lange? Weißt du, ich will dich auch gerne sehen, aber beim letzten Mal war der Abend um zehn gelaufen.«

»Das lag nur daran, dass du mich an deinem Joint hast ziehen lassen. Solche Riesentüten bin ich nicht gewöhnt. Ich hab das eh nie besonders vertragen, aber nach jahrelanger Abstinenz und auf leeren Magen war das einfach zu viel. Für mich war das noch viel doofer. Es war mein einziger freier Abend mit Ausschlafgarantie, und den hab ich dir gewidmet. Ich hätte mich so gerne mit dir unterhalten.«

Stattdessen lag ich, noch ehe die Kürbissuppe aufgewärmt war, mit den Beinen auf einen Stuhl gebettet auf dem Boden und konnte nicht mehr sprechen. Plötzlich kam Panik in mir auf. Mir war schwindelig und ich hatte Herzrasen. Was, wenn ich eine Überdosis hatte – geht das bei Cannabis? Das kann man ja nicht auskotzen wie Alkohol. Schließlich hatte ich es doch an den Tisch geschafft. Essen hilft, dachte ich.

Thomas sah mir belustigt dabei zu, wie ich stumm die Suppe in mich hineinlöffelte. »Geht's jetzt wieder?«

Ich nickte.

»Gut. Kannst du mir dann noch 'ne Tüte rollen? Ich kann das doch nicht so gut.«

Mit zitternden Fingern rollte ich die Tüte. »Aber rauchen kannste. Mann, war in der letzten auch so viel drin? Kein Wunder, dass ich umgekippt bin. Du bist vielleicht im Training.«

Ich bin keine Spaßbremse, ich habe nur eine leichte Cannabisunverträglichkeit. Und jetzt sagt mir Thomas, ich sei ein Risikofaktor in Sachen Abendspaß. Also echt. Ich rege mich so auf, dass ich fast anfange zu weinen.

»Meine Güte«, sagt Thomas. »Jetzt entspann dich doch mal 'n bisschen.«

Er hat ja recht. Ich hab schließlich Zeit. Und die werde ich nutzen. Am Freitag gehe ich mit den Mädels tanzen. In Kreuzberg. Walpurgisnacht. Das habe ich auch schon lange nicht mehr gemacht. Dafür bin ich in den nächsten Tagen fleißig. Und ich muss zugeben: Ich genieße es. Die fast leere Wohnung lässt viel Platz für Gedanken. Ganz andere Gedanken als: »Die Waschmaschine muss ausgeräumt werden« oder »Milch und Geschirrspültabs müssen noch auf die Einkaufsliste«. Ich bin wieder richtig kreativ. So eine Pause für den Kopf ist wirklich gut dafür. Die Ideen sprudeln. Aber ich vermisse die Kinder. Und mache mir Gedanken, wie sie damit klarkommen, dass immer nur ein Elternteil bei ihnen ist. Wir haben uns mit den beiden hingesetzt und ihnen erklärt, dass Mama und Papa auch jeder sein eigenes Zimmer haben wollten – so wie sie. Das fanden sie nachvollziehbar.

»Ja, weil wenn Andrea mich ärgert, dann gehe ich in mein Zimmer und mache die Tür zu«, sagte Robin-Legolas altklug. »Bis sie wieder lieb ist.«

»Du darfst aber immer in mein Zimmer«, antwortete Andrea,

die ihren großen Bruder meistens sehr vergöttert. Wenn sie gerade nicht streiten.

»Ja, und weil wir kein eigenes Zimmer hier in der eigenen Wohnung haben, haben wir die andere Wohnung.«

»Bis ihr euch wieder vertragt«, sagte Robin-Legolas zufrieden.

Bisher klappt es gut, die beiden wirken jedenfalls fröhlich und unbeschwert. Ich hoffe, das bleibt so.

Irgendwann fällt mir auf, dass ich Hunger habe. Ich öffne den Kühlschrank. Butter, Senf und ein abgedeckter Teller. Der muss noch von Michael sein, von letzter Woche. Bestimmt was Leckeres. Ich nehme ihn heraus und öffne die Mikrowelle. Mal sehen, was es ist. Ich nehme den oberen Teller ab und zucke zurück. Das sieht aus wie Curry. Mit roten Linsen. Leider ist es irgendwie verfärbt. Und riecht komisch. Na ja, es ist ja auch schon Donnerstag. Ich würge und trage den Teller mit angehaltenem Atem zum Klo. Was nun? Ich könnte kurz rausgehen und mir was holen. Aber ich habe sehr gemütliche Klamotten an, genauer gesagt, noch meinen Schlafanzug, mit dem ich nicht auf der Straße gesehen werden will, schon gar nicht als Single Mum, und meine Haare sind ungekämmt. Lieferdienst? Der gute, richtig scharfe Inder? Japanische Ramen-Nudelsuppe? Pizza? Während ich so durch die Lieferando-Angebote wische, gibt mein Magen ein sehr lautes Knurren von sich. Ich öffne den Küchenschrank und finde eine Packung Cornflakes. Ach toll, die hab ich ja auch seit Ewigkeiten nicht mehr gegessen. Und das Haltbarkeitsdatum liegt sogar noch in weiter Ferne. Herrlich. Ist Milch da? Die im Kühlschrank ist auch noch von Michael. Sie ist abgelaufen und weiß das auch. Aber ich habe doch Mandelmilch eingekauft, weil ich mir vorgenommen hatte, täglich einen Kurkuma-Smoothie oder Weizengras-Detox-Drink zu mir zu nehmen. Triumphierend ziehe ich sie aus dem Regal.

Mit meiner Cornflakes-Schüssel gehe ich zum Rechner zurück. Ich habe grade eine gute Idee gehabt, das muss der Zucker sein. Da kommt eine Nachricht von Marie. *Verspäte mich circa zehn Minuten.* Ich schaue auf die Uhr. Der Tag ist verflogen. In einer Viertelstunde bin ich vor dem Kino mit ihr verabredet. Spontane Idee. Ich muss mich umziehen. Ich jage ins Schlafzimmer und wühle in meiner Reisetasche herum. Mist. Ich habe nicht genug Unterhosen eingepackt. Obwohl ich weiß, dass ich auch keine im Schrank versteckt habe, reiße ich die Schubladen auf. Dann schleiche ich mich durchs Treppenhaus nach oben. Aus dem Badezimmer kommen Geräusche. Die sind gerade beim Zähneputzen. Leise schleiche ich weiter ins Schlafzimmer und hole mir ein paar Klamotten aus dem Schrank.

Als ich mich umdrehe, steht Robin-Legolas im Schlafanzug vor mir. »Mami.« Er umarmt mich heftig und mir kommen fast die Tränen. »Papi, Mami ist gekommen! Dann können wir doch noch eine Runde *Mensch ärgere dich* zusammen spielen«, ruft er in den Flur.

Andrea kommt angehopst. »Das heißt *Mensch, du sollst dich nicht so ärgern*«, erklärt sie altklug.

Hinter ihr erscheint Michael. »Was machst du denn hier?«, fragt er erstaunt.

»Ich hab keine Unterhosen mehr«, sage ich kleinlaut.

»Aha. Na, denn, bedien dich.«

»Mami, liest du uns noch was vor?«, fragt Andrea.

»Mensch ärgere dich«, ruft Robbie.

»Dazu ist es jetzt zu spät, es ist Schlafenszeit«, sagt Michael bestimmt.

»Aber kuscheln. Alle!«, ruft Andrea.

Ich nicke. »Klar, ich geh nur noch schnell aufs Klo. Sucht

schon mal ein Buch aus. Wenn es dir recht ist«, wende ich mich an Michael.

Der zuckt die Schultern. »Natürlich, wenn du Zeit hast. Die Kinder freuen sich.«

Auf dem Klo hole ich schnell mein Handy heraus und tippe eine Nachricht an Marie. *Schaffe es nicht. Sorry!*

Dann krieche ich zu den anderen ins große Bett. Wir lesen abwechselnd aus *Pu der Bär* und *Karlsson vom Dach* vor, bis wir merken, dass die beiden eingeschlafen sind. Michael und ich sehen uns an. Ich nicke und hebe vorsichtig Andrea hoch, während er Robin-Legolas hochwuchtet.

»Großer Junge«, murmelt er.

Wir legen die beiden in ihre Betten. Dann stehen wir etwas verlegen voreinander.

»Na dann«, sage ich. »Mach ich mich mal auf den Weg. Oder kann ich dir noch was helfen?«

Ich deute auf den Esstisch. »Was gab es denn bei euch?«

»Himmel und Ääd«, grinst er. »Andrea hat gesagt, sie will das ab jetzt jeden Tag essen. Möchtest du was? Es ist noch was übrig.«

»Oh, also … ja, eigentlich gern, danke.«

Ich setze mich an den Tisch und ziehe den Teller von Andreas Platz zu mir. »Setzt du dich dazu? Dann könnten wir uns mal in Ruhe erzählen, wie es so funktioniert – für dich und für mich und die Kinder. Und ich helfe beim Aufräumen.«

Michael zögert. »Das stimmt, das wäre schön. Gute Idee. Aber ich krieg gleich Besuch und wollte vorher noch die Küche aufräumen und die Waschmaschine anmachen.«

Er schaufelt einen Teller voll und hält ihn mir hin. Oh. Er kriegt Besuch. Von Meike? Ich trau mich nicht zu fragen. Ist mir ja auch egal. Oder?

»Na dann, viel Spaß«, sage ich lahm. »Und danke für das Essen. Aber die Waschmaschine nicht jetzt anmachen – es ist nach acht, dann meckert die unter uns wieder.«

»Stimmt«, lacht Michael und verdreht die Augen. »Schönen Abend. Tschüss.«

Ich gehe zurück in meine Singlewohnung. Ohne die Unterhosen. Und grüble mich in den Schlaf.

Diese jungen Leute

Ich werde wach, weil neben mir jemand keucht. Huch? Sind wir schon wieder am Rummachen? Ich taste neben mich und finde nur Bettdecken. Vorsichtig öffne ich ein Auge. Uh, es ist hell. Ich hab einen kleinen Kater, mein Kopf brummt leise. Wo ist denn dieser Junge, den ich gestern in der Kneipe aufgegabelt habe? Wir haben doch tatsächlich das ganze Erster-Mai-Steineschmeißen draußen an der Bar verknutscht. Sehr schön. Als wir im Morgengrauen zusammen auf die Straße sind, glitzerten die Glasscherben in der Dämmerung. Und jetzt lieg ich hier auf einem Futon in seinem WG-Zimmer. Neben mir keucht es wieder leise. Vorsichtig hebe ich meinen Kopf. Da. Vor dem Bett ist eine Matte ausgerollt und darauf macht ein durchtrainierter Rücken Liegestütze. Ist er das? Sieht doch gut aus, denke ich grinsend. Oh, und die Unterhose kenn ich. Ökomarke. Sehr gut. Ups. Ist das eine Tätowierung, die da unter dem Bund hervorlugt? Hab ich gestern nicht bemerkt. Ein schnörkeliger Schriftzug.

»Was steht denn da?«, murmle ich.

Der Junge schrickt zusammen und springt in die Hocke.

»Oh, guten Morgen«, sagt er etwas verlegen. »Gut geschlafen?«

»Hab ich geschlafen?«, frage ich kokett und zwinkere ihm zu. Er nickt. »Und geschnarcht.«

Ups, das ist aber nicht sehr charmant.

»Was machst du denn da?«

Er springt auf die Beine und wuschelt sich durch die Haare. Aha, die Achseln sind rasiert. War mir auch nicht aufgefallen.

»Sport. Normalerweise würd ich jetzt joggen gehen, aber ich wollt nicht einfach abhauen. Und du hast ja nicht die richtigen Schuhe dafür dabei.«

Ich starre ihn an. Verarscht der mich?

»Nee, und selbst wenn, würde ich jetzt auf keinen Fall joggen. Wir könnten anders aus der Puste kommen.« Verführerisch schiebe ich mein Bein unter der Decke hervor und streiche mit dem Zeh an seinem Oberschenkel entlang.

Er grinst angetan. »Gern. Willst du zuerst unter die Dusche oder sollen wir zusammen?«

»Hä?« Mein Zeh bleibt auf halbem Weg stehen. Dann richte ich mich entschlossen auf und ziehe ihn zu mir aufs Bett. »Ich steh nicht auf. Noch lange nicht«, gurre ich in sein Ohr, in das ich anschließend spielerisch hineinbeiße. Er reagiert, seine Hände wandern an meiner Hüfte entlang. Aber sein Kopf ist seltsam abgespreizt. Ich drehe ihn zu mir, um ihn zu küssen, aber er zuckt zusammen.

»Willst du nicht vorher Zähne putzen? Du hast krassen Mundgeruch, sorry.«

Noch so 'ne Charmekeule. Ich lächle sie weg. »Du bestimmt auch. Ist doch wurscht.«

Als meine Lippen sich seinem Mund nähern, weht mir ein deutlicher Pfefferminzhauch entgegen. Er hat tatsächlich schon die Zähne geputzt? Krass. Irgendwie törnt mich das ab. Er dagegen scheint sein Unbehagen überwunden zu haben, mit einer ungewaschenen Frau rumzumachen.

Ich schiebe ihn ein Stück beiseite. »Was hast du denn da eigentlich für 'ne Tätowierung am Po?«

»Das? An der Hüfte?« Er zieht mit einem Schwung die Unterhose aus. »Ist 'n Freundschaftstattoo.«

»Leslie«, lese ich. »Deine Freundin oder dein Hund?«

Er guckt mich verletzt an. Auweia, Leslie wird doch nicht seine Mutter sein?

»Eine liebe Freundin. Sie ist häufig mein Lieblingsmensch. Und ich ihrer. Das haben wir dann in dem Tattoo festgehalten.«

»Ah, dann trägt sie …« Ach du liebe Zeit, wie war denn noch mal sein Name? » … deinen Namen an der Hüfte?«

»Nee, am Zeigefinger.«

»Hast du Tattoos?«, fragt er und beginnt meinen Körper zu untersuchen.

Ich winde mich. »Nein. Um Himmels willen. In meiner Jugend waren ja diese Arschgeweihe in, da konnte ich mich sehr gut beherrschen.«

»Die waren da immer noch in? Ich dachte, das war in den 90ern.«

Ich bin etwas irritiert. Das habe ich doch grade gesagt, oder nicht?

»Findest du es eigentlich komisch, dass ich älter bin als du?«

Er grinst mich an. »Ach Quatsch, spinnst du? Ich bin doch kein Spießer. Drei Jahre sind doch gar nix.«

»Hä? Bist du über dreißig?«

Jetzt ist er irritiert. »Ich bin sechsundzwanzig, hab ich doch gesagt.«

»Na, eben, dann sind es ja keine drei, sondern dreizehn Jahre.« Ich kichere amüsiert, aber das Lachen erstirbt, als ich sein entsetztes Gesicht sehe. »Entschuldige«, sage ich vorsichtig, »aber ich hab dir doch gestern nicht ernsthaft erzählt, ich sei 29?«

»Na ja, eigentlich schon.«

Ich kann mich ehrlich gesagt nicht mehr so genau an unsere Unterhaltung erinnern, ich weiß nur noch, dass wir geknutscht haben und ich dann mit zu ihm gegangen bin. Ob ich das jetzt zugebe? Ach, vermutlich ist die Erotik sowieso tot, jetzt wo er mein wahres Alter kennt. Wie komm ich denn auf 29? Das interessiert mich jetzt doch.

»Es tut mir leid, ich kann mich nicht mehr erinnern«, sage ich deshalb. »Das Alter, weißt du.«

Jetzt muss er grinsen. »Ich hab gefragt, wie alt du bist, und du hast gesagt: ›Rat mal.‹«

»Und du hast 29 geraten?« Ich bin schlagartig total verliebt. Wie süß ist das denn bitte?

Er grinst schief. »Du siehst auch echt noch super aus für dein Alter. Du machst bestimmt viel Sport.«

»Na, nicht so viel wie du«, antworte ich mit einem Blick auf seine Yogamatte, neben der sich einige Hanteln stapeln.

Er grinst immer noch. »Das ist auch schwer. Trotzdem bist du gut in Form.« Er schnappt sich meinen Fuß. Offensichtlich hat er seinen anfänglichen Schock gut überwunden. Ich dagegen geniere mich jetzt plötzlich ein bisschen. Trotzdem lasse ich mich auf seine Anmache ein.

Da wird die Tür aufgerissen. »Lysander, sag mal ... Oh, hi!« Ein junger Typ mit halblangen Haaren und unregelmäßigem Bartwuchs steht in der Tür.

»Hi«, sage ich und ziehe die Decke wieder etwas hoch. Schließlich komme ich nicht aus der wilden Sechzigergeneration, sondern gehöre zu den Verklemmteren, die danach kamen.

»Ich bin Nemo«, stellt sich der Junge vor.

Ich muss an den Zeichentrickfisch denken und pruste los. »Entschuldige.«

»Nee, lach ruhig«, sagt er trocken. »Ich wollt euch sagen, dass wir in zehn Minuten losgehen. Kommt ihr mit?«

»Wohin?«, frage ich.

»Brandenburg.«

»Oh. An einen See?«

Nemo zieht eine Augenbraue hoch. »Nein, zu einem Geflügelmastbetrieb. Demo.« Er hebt ein Plakat hoch: *Federfreund statt Federvieh* steht darauf. »Kommt ihr? In der Küche gibt's noch ein paar Eier – von den Hühnern, die wir letzte Woche gerettet haben. Hat Linus-Ida mitgebracht.«

»Oh«, sage ich wieder. Und dann fällt mir erst mal nichts mehr ein.

Lysander – jetzt erinnere ich mich auch wieder an seinen Namen – dafür schon. »Sorry, Nemo, das geht echt nicht. Hab ich dir auch letzte Woche schon gesagt. Ich muss heute meinen Businessplan fertigschreiben, mein Team und ich wollen das Ganze am Donnerstag beim Firmentag präsentieren.«

Ich blicke ihn erstaunt an. Bis Donnerstag ist ja noch jede Menge Zeit. Aber wahrscheinlich will er lieber noch Zeit mit mir verbringen, denke ich geschmeichelt.

Als Nemo die Tür wieder schließt, grinse ich ihn an. »Businessplan, aha. Machst du jetzt? Am Ersten Mai?«

Er nickt ernsthaft. »Du weißt ja, wie das ist: Work hard, find the balance … and no time for play, it's business time. Ich habe das sehr genau geplant. Noch dieses Jahr will ich eine Zusage von Virtualmoneyclown, und dann geh ich für ein halbes Jahr als Werkstudent nach Bali und schreibe da meine Masterarbeit. Da sind die Lebenshaltungskosten so viel niedriger.«

Okay. Das ist mir jetzt echt zu unsexy. Ich ziehe mich an und gehe zur Tür.

Lysander ist kein bisschen irritiert. »Hey, kann ich deine Nummer haben?« Er lächelt mich treuherzig an.

Ich bin überrascht. »Willst du mich denn wiedersehen?«

»Na klar, warum denn nicht?«, fragt er. »Du nicht?«

Ich schüttle zögernd den Kopf. »Nee, tut mir leid. Eher nicht. Aber ich hab es sehr genossen.«

Er nickt ungerührt. »Cool. Dann connecten wir ja vielleicht auf Insta. Findest mich als Lystaaan.«

»Na klar«, antworte ich. »Mach's gut. Schönen Ersten Mai noch.«

Während ich durch die morgendlich leeren Straßen wandere, denke ich über diese Begegnung nach. Ernsthafte junge Leute, denke ich. Der eine befreit Hühner, der andere arbeitet an der Karriere. Ich schaue auf die Uhr. Halb neun. Na, immerhin haben die Bäcker schon auf, und ich hab bestimmt freie Auswahl. Ich biege um die Ecke und bleibe wie angewurzelt stehen. Auf dem Sportplatz gegenüber rennen sicher zwanzig Leute auf der Aschebahn im Kreis. Als ich näher komme, erkenne ich, dass alle höchstens Mitte zwanzig sind. Ich suche nach einem Trainer, einer Jury oder so. Aber nichts dergleichen. Die rennen wirklich zur Fitness hier. Morgens am Ersten Mai.

Da schüttle ich den Kopf. Ich hätte nie gedacht, dass ich einmal wortwörtlich den Kopf schütteln würde über die Jugend – wie eine alte Frau. Aber jetzt muss ich.

Was seid ihr denn für Spießer? Trimmt euch selbst ständig auf Effizienz, Leistung und formt den perfekten Body, damit eure Insta-Storys besser klicken. Geht aus! Haut euch die Nächte um die Ohren, verliebt euch Hals über Kopf und macht verrückte Sachen, für die ihr euch erst mal schämt, die aber später zu euren besten Erinnerungen werden. Nur eine Sache könnt ihr lassen:

am flachen Ende des Schwimmbeckens einen Köpper machen, weil ihr jemanden beeindrucken wollt. Das könnte ernsthaft ins Auge gehen. Aber das davor: Im Mondlicht über den Zaun klettern und nackt schwimmen. Herrlich! Und auch danach mit gefrorenen Erbsen auf dem Gesicht in den Himmel gucken, bis er langsam rosa wird wie euer Auge, das ist toll. Auf keinen Fall solltet ihr an einem freien Tag arbeiten oder früh aufstehen, um joggen zu gehen! Nein! Vernünftig wird man später, alles andere ist sehr unvernünftig!

Das muss ich Michael erzählen, denke ich, der lacht sich schief. Nee. Warte mal, das geht nicht. Ich kann ihm doch nicht erzählen, dass ich grade mit einem Mittzwanziger geschlafen habe. Obwohl das ja cooler ist, als wenn ich mit einem Mittfünfziger ins Bett gegangen wäre, aber trotzdem. Womöglich erzählt er mir dann, dass er auch mit einer anderen Frau im Bett war. Das will ich nicht hören. Obwohl es ja nur Sex war, das muss ich jetzt mal dazu sagen, es war ja von Anfang an nicht so, dass ich da die große Liebe gesehen hätte, das war einfach Lust. Und jetzt ist es auch gut. Vorbei. Nur körperlich.

Ich beende mein Kopfschütteln und brülle ein lautes »Spießer! Geht ficken!« in den Sportpark. Schwungvoll setze ich meinen Weg fort, beschwingt von meiner Wildheit, da tippt mir jemand auf die Schulter. Ich drehe mich immer noch grinsend um und beginne schlagartig zu husten. Vor mir steht Bengte, die Mutter von Andreas Kitakameradin Edeltrauth.

Dieses Kapitel habe ich mir komplett ausgedacht. Sagt mein Mann.

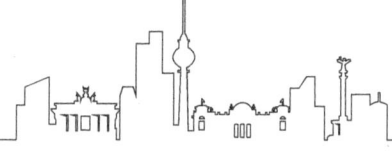
Bengte sieht mich verwirrt an und klopft mir schließlich zaghaft auf den Rücken.

»Du bist ja auch schon unterwegs, wo gehst du denn hin?«

»Hallo Bengte«, röchle ich. »Ich ... gehe zum Bäcker. Und du?«

»Ich hole unser Auto, das steht da hinten. Wir wollen in die Uckermark rausfahren mit den Kindern.« Sie kneift die Augen zusammen und schnuppert. »Bist du betrunken?«, fragt sie dann. »Du siehst irgendwie ein bisschen ... na ja ...« Ihr Blick ist jetzt regelrecht angeekelt.

»Verwahrlost?«, frage ich. »Kann sein, ich war letzte Nacht ein bisschen feiern.«

»Mit Michael? Habt ihr euch einen Babysitter gegönnt?«

»Nein, nur ich. Michael ist bei den Kindern.«

»Ach so, dann stimmt das«, murmelt Bengte mitleidig. »Ich hab gehört, ihr habt euch getrennt.«

Toll. Ich gehöre also schon zum allgemeinen Kitaklatsch. Und jetzt kann Bengte noch eine pikante Geschichte beisteuern. Ich seufze tief, und Bengte weicht einen Schritt zurück, wobei sie sich mit der Hand vor dem Gesicht herumwedelt. Ich muss noch ganz schön nach Alkohol stinken.

Bengte betrachtet mich wie ein seltsames Insekt. »Das tut mir ja leid«, sagt sie schließlich. »Na, das erklärt natürlich auch, warum Robin-Legolas so aggressiv geworden ist, der war doch immer so ein netter Junge.«

»Wie bitte? Robbie ist aggressiv?« Ich hör wohl nicht recht.

Bengte wiegt sorgenvoll den Kopf. »Ja, er hat neulich meine Edeltrauth von der Rutsche geschubst. Sie hatte einen richtig großen blauen Fleck davon und war ganz doll verstört. Aber jetzt verstehe ich das natürlich. Ich sag Edeltrauth, dass sie besonders lieb zu Robin-Legolas sein soll. Und zu Andrea.«

Boah, regt mich diese Selbstgefälligkeit auf. »Ja, das wäre bestimmt gut«, sage ich. »Soweit ich weiß, hat Robbie nämlich seine kleine Schwester verteidigt. Edeltrauth hat sich über sie lustig gemacht. Das hat mein Sohn mir erzählt.«

Ich glaube, die spinnt. Meine Kinder sind doch nicht verstört und aggressiv. Ich dagegen schon.

Bengte lächelt maliziös. »Ach so, weil Edeltrauth den Erziehern gesagt hat, dass Andrea wieder in die Hose gemacht hat? Du, aber das hat sie doch nicht böse gemeint, im Gegenteil. Ich hab ihr gesagt, dass es gar nicht gut ist für die Scheide, wenn man in einer nassen Hose herumläuft. Da wollte sie Andrea nur helfen. Sie pullert gerade ganz schön viel ein, oder?«

»Das ist eine Phase, hatte Robbie auch in dem Alter. Immerhin ist sie keine Petze«, schnappe ich. »Und jetzt muss ich los, ich will mit den Kindern frühstücken.«

»Na, dann will ich dich nicht aufhalten, die warten ja sicher schon auf dich«, sagt Bengte. »Oder stehen sie so spät auf?«

Darauf antworte ich nicht. Soll sie doch in ihrem geputzten Auto in ihr doofes Spießerhäuschen in der Uckermark fahren und da ihr verlogenes Heile-Welt-Spiel spielen. Mir ist schlecht. Zu viel Alkohol, zu wenig Schlaf, zu schlechtes Gewissen. Leiden meine Kinder? Werden sie jetzt verhaltensauffällig, wird ihr Grundvertrauen in die Welt erschüttert, sind sie traumatisiert?

Ich schleppe mich zum Bäcker und kaufe eine riesige Tüte mit Croissants, Brezeln, Mohnbrötchen und Schokowaffeln. Vor unserer Wohnungstür atme ich noch mal tief durch. Und klingle dann. Ich höre Kreischen von drinnen.

»Ich mach auf.«

»Nein, ich will.«

Ich muss lächeln. Das klingt doch sehr vertraut. Schwungvoll wird die Tür aufgerissen und meine beiden Kinder stehen in Unterwäsche vor mir.

»Das sind nicht Noemi und Jimmired«, ruft Andrea nach hinten.

»Wer ist es denn? Klaus?«, fragt Michael aus dem Hintergrund. Ich höre die Espressomaschine zischen.

»Nee, bloß Mama«, ruft Robin-Legolas. »Hallo, Mama.«

Er dreht sich um und stapft davon. Da stehe ich mit meinen Bäckertüten und fühle mich seltsam verloren. Klaus? Noemi und Jimmired? Das sind doch die zwei jüngsten Kinder von Meike. Was heißt denn hier »bloß Mama«? Aber verstört oder aggressiv wirkten die beiden immerhin nicht, eher ausgelassen und fröhlich.

Michael kommt zur Tür, er trägt das türkise Shirt, das seine Augen leuchten lässt, und seine Haare sind noch feucht. Er riecht frisch geduscht, was mich deutlich daran erinnert, dass ich es nicht bin.

»Ach, hallo«, sagt er freundlich. »Was machst du denn hier? Das ist doch mein Wochenende, oder?«

Ich nicke und halte ihm die Tüten entgegen. »Ich war … spazieren. Und dachte, wir könnten vielleicht zusammen frühstücken.«

»Ach so? Das ist nett von dir, aber …«

Nett? Oh Gott, das klingt so sachlich und unverbindlich.

Er mustert mich und zieht irritiert die Augenbrauen zusammen. »Kommst du direkt von einer Party?«, fragt er und zieht die Nase kraus. »Du siehst ein bisschen so aus, als hättest du gefeiert.«

»Ja, ich war … mit den Mädels … Erster Mai in Kreuzberg, weißt du?«

Er nickt. »Ja, nett.«

Da, schon wieder! Nett.

»Also, wir kriegen gleich Besuch zum Brunchen«, sagt er zögerlich. »Klaus bringt Brötchen mit und …«

»Huhu, da sind wir!«, ruft eine fröhliche Stimme hinter mir.

Das klingt aber nicht nach Klaus. Ich schließe kurz die Augen. Vielleicht ist das ja nur ein sehr doofer Traum?

»Kann ich mal durch?«

Ich öffne meine Augen wieder. Zwei Kinder drängeln sich an mir vorbei in die Küche. Ich drehe mich um und sehe Meike die Treppe heraufkommen. Hinter ihr ihr ältester Sohn, die Nase in ein Tablet gesteckt. Meike trägt ein getupftes Kleid und ihre Haare glänzen. Sie sieht ausgeschlafen und frisch aus. Ich würde am liebsten in der Fußmatte versinken. Meike küsst mich auf die Wangen und zuckt kaum merklich zusammen. Ich presse die Lippen aufeinander, damit meine Restfahne nicht rausschlüpft, aber ich fürchte, das macht meinen Eindruck wohl auch nicht besser.

»Hey, schön dich zu sehen«, sagt sie freundlich. »Frühstückst du auch mit? Ich dachte, du hast heute frei.«

Ich nicke matt. »Jaja, ich war nur zufällig … und war bei unserem Lieblingsbäcker …« Hilflos halte ich die Tüten hoch.

»Hallo, Meike«, ruft Michael vom Herd. »Rührei ist gleich fertig.«

»Himmlisch«, ruft sie und schwebt an mir vorbei auf Michael zu.

Ich stehe immer noch wie angewurzelt in der Tür.

»Na dann«, sage ich schließlich. »Ich wollte dir eigentlich nur sagen, dass heute Kinderzirkus im Görlitzer Park ist. Falls ihr hingehen wollt. Oder ich kann auch ...«

»Danke, das ist nett«, ruft Michael. Er wendet die Eier, wobei man die Muskeln an seinen Oberarmen sehen kann. »Wir gehen nachher in den Botanischen Garten.«

Er kommt zur Tür und sieht mich eindringlich an. »Ehrlich gesagt, du siehst ein bisschen müde aus. Geh doch nach Hause und schlaf dich schön aus, ja? Genieß deine freie Zeit.«

Ich nicke und schlucke. Dann drehe ich mich um und stolpere die Treppen hinunter. Die Brötchentüten halte ich immer noch an mich gepresst. Hinter mir höre ich fröhliches Lachen. Die Tür schließt sich, und das Treppenhaus wird plötzlich ganz still und dunkel. Die Treppe ist etwas verschwommen. Jetzt merke ich, dass ich weine.

»Jetzt reiß dich mal zusammen«, flüstere ich mir zu.

Ich schließe die Tür zu meiner Wohnung auf. Stille umfängt mich. Ich lege die Tüten auf den kleinen Tisch in der Küche und setze mich auf den Stuhl daneben. Soll ich jetzt duschen gehen oder lieber direkt ins Bett? Was die oben wohl machen? Wie gemütlich und hell und fröhlich das aussah. Ich beobachte eine Fliege, die vor mir über die Tischplatte krabbelt und sich auf einer Schokowaffel niederlässt, die aus der Tüte guckt.

»Na, was machen wir jetzt Schönes?«, frage ich sie.

Eine halbe Stunde später sitzen wir immer noch genauso da, die Fliege und ich.

Mein Handy piepst. Marie.

Kommst du mit zum Yoga im Park?

Tinder

Ich sitze neben Marie auf meiner Yogamatte. Durch meine geschlossenen Lider spüre ich Sonnenflecken tanzen. Neben mir ein leises Keuchen. Ich öffne die Augen. Anita zwinkert mir entschuldigend zu, während sie ihre Matte ausrollt.

»Ich bin nicht vom Chat weggekommen«, flüstert sie mir zu. »Heute Abend hab ich frei, und jetzt hab ich ein Date.«

Zufrieden schließt sie die Augen. Meine Entspannung ist dahin. Ich will auch ein Date! Dazu muss ich aber an mein Handy ran. Und das liegt zu Hause. Mach ich nachher. Oder? Dann will Marie womöglich noch was essen gehen. Und dann kann ich ja schlecht sagen, nee, ich kann nicht, ich muss nach Hause und mich bei Tinder anmelden. Um mich vibriert ein hingebungsvolles Ooooom. Leise stehe ich auf und rolle meine Yogamatte zusammen. Zum Glück haben alle die Augen geschlossen.

So. Ich hab's gemacht. Ich hab mir ein Tinder-Profil zugelegt. An meinem Profilbild habe ich wirklich lange gefeilt. Ich will ja attraktiv und interessant wirken, aber ich habe Angst, dass mich jemand erkennt, den ich kenne. Dilemma. Gut, dass es diese ganzen Filter gibt. Ich heiße Penelope. Das finde ich vielschichtig und schön. Was schreibt man dann drunter? *Suche Männer, die genauso viel können wie Frauen.* Nee, das klingt, als wäre ich lesbisch und würde jetzt gern mal einen Mann ausprobieren. Obwohl. Vielleicht macht mich das interessant. Besser: *Männer, die gut im Bett und im Haushalt sind.* Was noch? *Linksdenker, Rechtsträger?* Ist doch lustig – und wer es nicht kapiert, ist eh raus.

Jetzt gucke ich erst mal, was mir so angeboten wird. Ich wische und lese. Manche haben nur Emojis unter dem Bild. Heißt eine Aubergine, dass er Vegetarier ist oder auf Analsex steht? Gibt es da irgendwo eine Legende? Andere schreiben romantischen Kram, der nach verstaubten Kontaktanzeigen im ZEIT-Magazin klingt: *Dein Lächeln, ein Traum, der mich verzaubert. Das Leben zu zweit, ich bin bereit.* Hmm, spricht mich nicht an. *Offene Beziehung, Berlin-Lichtenberg.* Kurz und schlicht. Wie das Profilbild.

Es ist ganz lustig. Aber auch wie ein Spiel, seltsam, dass tatsächlich reale Menschen hinter den Profilen stecken. Und wie viele! Sind das jetzt lauter einsame Herzen, oder wollen die Leute nur vögeln? Oder ihren Marktwert testen? Diese Daumen-hoch-Zeichen bei Facebook-Postings sollen ja zu Dopamin-Ausschüttung führen, und das macht dann abhängig. Man will immer mehr und guckt ständig nach, ob wieder jemand reagiert hat. So kann man auch bei Tinder Herzchen sammeln, und das pusht dann. Was heißt denn NSA? Ist das eine Firma oder eine sexuelle Vorliebe? Ah, bei wikihow wird das erklärt: No strings attached, also nur lockere Beziehungen.

Irgendwann merke ich, dass ich einen ganz steifen Hals habe. Nach einem Blick auf die Uhr stecke ich das Handy weg. Ich wische seit zwei Stunden. Jetzt muss ich erst mal einkaufen gehen. Aber das Tindern lässt mich nicht los. Alle Leute, die mir begegnen, wische ich gedanklich nach links oder rechts. Meistens nach links. Pfui. Ich ertappe mich dabei, wie ich einen Kerl vor der Käsetheke wegwischen will. Der bleibt aber da stehen, und ich renne voll in ihn rein.

»Entschuldigung. Oh, Klaus! Du bist das? Wie geht's dir?«

Klaus, Michaels alter Schulfreund, der mich nicht zu seinem Geburtstag eingeladen hatte. Ich hab mich früher super mit ihm verstanden, wir waren öfter zusammen aus oder haben zusammen gekocht, Michael, er und ich. Er ist witzig, intelligent und kann eine Menge trinken. Aber plötzlich bekam ich ihn nicht mehr zu Gesicht. Um genau zu sein, ab unserer Hochzeit. Erst war der Kontakt komplett abgebrochen, später traf er sich dann wieder mit Michael. Aber nie mehr bei uns zu Hause. Sie verabredeten sich nur noch, wenn ich mit den Kindern bei meinen Eltern war und er »frei« hatte.

»Oh. Hi. Ja, gut. Und dir? Gut siehst du aus.«

»Danke, es geht mir auch gut. Michael und ich haben uns ja getrennt. Auf Probe.«

Er nickt verlegen. »Ja, hab ich gehört.«

Klaus mustert mich von oben bis unten. Ich freue mich, dass ich mich noch mal ein bisschen aufgehübscht habe, ehe ich zum Einkaufen losgegangen bin. Schließlich bin ich jetzt nicht mehr einfach nur eine verheiratete Mutter und kann unsichtbar in Schlabberklamotten und ungeschminkt Milch kaufen – jetzt bin ich wieder auf dem freien Markt unterwegs, und da kann dir ja jeden Augenblick ein möglicher Mann begegnen.

Plötzlich habe ich Lust, mich mit Klaus zu unterhalten. »Weißt du was? Die machen eh gleich zu und der Käse sieht doof aus. Lass uns was essen gehen.«

Klaus lacht überrascht. Dann zuckt er die Schultern. »Klar. Gute Idee.«

Wenig später sitzen wir vor Sake und Sushi und lachen über

Klaus' neueste Abfuhr. Eine Frau hat ihn eine halbe Stunde vor der Tür warten lassen und dann gesagt: »Das ist die härteste Tür Berlins. Und du kommst heute nicht rein.«

»Warum hast du denn überhaupt eine halbe Stunde gewartet?«, frage ich prustend.

Klaus grinst schief. »Na, beim letzten Mal hat sie dann aufgemacht.«

»Wie habt ihr euch denn kennengelernt?«, frage ich neugierig. Als Neusingle muss ich jede Inspiration aufsaugen.

»Über Tinder«, gibt Klaus zu. Er ist etwas verlegen.

Ich hingegen bin begeistert. Da kann ich ihn ja gleich mal ausfragen, was man am besten in sein Profil schreibt und so. Klaus ist überrascht. Aber dann erzählt er bereitwillig.

»Es gibt ja viele verschiedene Singlesupermärkte mittlerweile. Von Edelboutiquen, für die du Geld bezahlen musst, damit du ›Singles mit Niveau‹ triffst, bis zu Discountern.«

Er hat echt Humor. Ich hatte ganz vergessen, was für lustige Abende wir miteinander verbracht haben. Kurz überlege ich, Michael eine Nachricht zu schreiben, damit er dazukommt, aber dann fällt mir ein, dass er ja bei den Kindern zu Hause ist. Und wir getrennt sind. Und ich gerade Tinder lerne.

»Dein Profilbild ist nicht gut«, sagt Klaus. »Da sieht man ja fast nur dein Ohr.«

»Ich hab ein sehr schönes Ohr«, sage ich kokett.

Klaus grinst. »Stimmt. Aber der Rest ist auch nicht übel. Komm, ich mach ein paar Bilder von dir. Da sieht man dann auch gleich, dass du gern isst und trinkst, das ist super.«

Verlegen streiche ich mir die Haare zurecht. Aber ich bin schon ein bisschen beschwipst und übermütig. Klaus knipst ungefähr fünfzig Bilder mit Sushi, mit Wein und ohne.

»Danke. Wen spreche ich denn mit so was an?«, frage ich.

»Na, mich zum Beispiel«, schäkert Klaus. »Und jetzt schreib noch was zu dir. Was du suchst und wie du bist. Und bitte sag nicht als Erstes *Keine ONS*, das ist wirklich abtörnend.«

»Was sind ONS?«, kichere ich. »Irgendwie muss ich dabei an Strapse denken.«

»Guter Gedanke«, sagt Klaus. »ONS sind One-Night-Stands. Wer sofort die große Liebe und ernsthafte Gefühle sucht, kommt nur verkrampft rüber.«

»Aha, also ist es doch 'ne Sex-App. Hab es doch gleich gewusst.«

Klaus rollt die Augen nach oben. »Klar geht es dabei auch um Sex. Schließlich sieht man erst mal nur Fotos und guckt, ob die einem gefallen. Und Freunde suchst du ja wirklich nicht, oder?«

»Hmmm. Mal überlegen. Kann ich auch *Kein Sex, nur Steuer* ins Profil schreiben? Ich bräuchte mal einen Freund im Finanzamt. Ansonsten bin ich zufrieden.«

Klaus lacht schallend. »Den würde ich dann auch gern kennenlernen. Hey, vielleicht klau ich dir den Satz, ich wette, es gibt Frauen, die das spannend finden.«

»Bitte, bedien dich«, sage ich großmütig. »Dafür schenkst du mir jetzt auch eine Beschreibung.«

Klaus überlegt und mustert mich dabei mit zusammengekniffenen Augen.

Das ist mir unangenehm, und ich stehe auf. »Ich geh kurz aufs Klo.«

Als ich wiederkomme, grinst Klaus mich zufrieden an. »Jetzt weiß ich's: Toller Arsch. Das stimmt, und damit sprichst du so ziemlich jeden Mann an.«

Ich muss lachen. Dann fällt mir Meike ein, der ich genau

235

dieses Kompliment gemacht habe. Schnell wische ich den Gedanken an sie beiseite. Auf so was hab ich jetzt überhaupt keine Lust.

Ich zwinkere Klaus zu. »Gute Idee. Aber was ist, wenn der Typ das auf sich bezieht?«

»Dann wäre das Vorurteil ja bestätigt.« Klaus schmunzelt. »Alle Männer sind Ärsche. Dann doch am besten einen tollen. Aber sag mal ehrlich, was stellst du dir denn so vor? Was hättest du am liebsten?«

Ich puste mir eine Haarsträhne aus der Stirn und überlege. »Na, am liebsten einen Unkomplizierten. Keiner, der gerettet werden muss, keiner, der irgendwas religiös-verbissen betreibt, egal ob Sport oder Kochen oder Ausgehen. Und all die anstrengenden Über-ihre-Gefühle-Reder können auch gleich kehrtmachen.«

»Unkompliziert. Klingt gut. Ich glaube, du musst dir keine Sorgen machen. Die rennen dir die Bude ein.«

»Das wäre mir nicht recht. Wo ich es da jetzt so gemütlich habe. Höchstens, wenn sie was zu essen dabeihaben. Bei mir sieht es schon wieder aus wie zu Studentenzeiten. Kein Essen im Kühlschrank, nur Wodka und Kondome im Regal.«

»Klingt traumhaft. Warum sind die tollsten Frauen immer schon vergeben? Ich würde dir immer was zu essen bringen. Wenn du dafür diese ONS anhast.« Klaus streicht mir eine Haarsträhne hinters Ohr.

»Ich bin doch gar nicht mehr vergeben«, flüstere ich. Meine Stimme ist seltsam heiser geworden.

»Krieg ich dann noch einen Wodka bei dir? Der Wein ist schon wieder alle.«

Ich nicke.

Von den Rollen überrollt

Neben mir schnarcht es. Laut. Wo sind denn meine Ohropax? Ich taste mit geschlossenen Augen auf meinem Nachttisch herum. Hä? Das ist gar nicht mein Nachttisch, das ist der Boden.

Ich reiße die Augen auf. Ich bin in meiner Ferienwohnung im dritten Stock. Woher kommt das Schnarchen, wenn Michael zwei Stockwerke über mir schläft? Mein Kopf dröhnt. Als ich realisiere, wer neben mir liegt, wird mir kurz schlecht. Klaus. Oh nein. Wir sind gestern Abend aus der Sushibar getorkelt und haben meinen Wodka getrunken. Und Musik gehört und getanzt. Und geknutscht. Ich halte mir die Hände vor die Augen. Ich habe mit dem alten Schulfreund meines Nochehemannes geknutscht, wie scheußlich von mir. Vorsichtig hebe ich die Bettdecke und sehe erleichtert, dass ich noch alle Klamotten anhabe. Gut. Klaus schnarcht immer noch in der Lautstärke einer Schlagbohrmaschine. Den könnte man nicht mal mit Ohropax aussperren. Michael schnarcht ganz sanft und melodisch. Ich gehe in die Küche und mache zwei große Tassen Kaffee, die ich zum Bett trage. Dann stupse ich Klaus an.

Er schreckt hoch und grinst mich dann verlegen an. »Uh, guten Morgen.«

»Morgen. Das war nicht cool gestern.«

Er setzt sich auf und greift nach dem Kaffee. »Also, ich fand es sehr schön. Du nicht?«

»Doch. Aber das Knutschen hätte nicht sein müssen. Michael ist dein Freund. Das macht man nicht.«

»Du hast mitgemacht.«

»Ja, ich bin auch in einem emotionalen Ausnahmezustand. Schließlich bin ich frisch getrennt.«

Klaus schaut mich zerknirscht an. »Tut mir leid, dass du dich schlecht fühlst. Das wollte ich nicht. Ihh, der Kaffee bei euch war aber auch schon mal besser.« Er stellt die Tasse ab.

Ich muss lachen. »Ja, das ist Pulverkaffee. Tut mir leid, aber Michael ist derjenige von uns, der guten Kaffee macht. Für mich muss es nur genug Koffein sein.«

Klaus grinst schief. »Na, dann wär ich mal besser mit ihm abgestürzt.«

Ich setze mich neben ihm ins Bett und schlürfe meinen Kaffee. »Weißt du, was mich interessiert?«, frage ich. »Als Michael und ich geheiratet haben, hast du uns plötzlich gemieden. Vor allem mich. Ich hab dann nur zufällig erfahren, dass ihr bis in die Morgenstunden aus wart, wenn ich nicht in Berlin war.«

»Na ja, so bisschen alte Zeiten und so, weißte«, murmelt Klaus. »Das war ja dann schwierig mit euch beiden, wegen der Kinder. Und du warst oft müde, hat Michael gesagt.«

»Ach. Hat er? Ich sag dir mal was: Ich finde es absolut normal, dass Michael sich weiterhin mit seinen Freunden trifft, auch mit ihnen trinken geht, das gönn ich ihm von Herzen. Er mir ja auch. Du hast aber immer so getan, als müsstest du ihn aus dem Ehejoch retten, als wäre ich eine unerträgliche Beißzange geworden, nur weil ich Ehefrau und Mutter geworden bin, und das ist unfair.«

»Ja, tut mir leid. Aber ganz ehrlich, so läuft es halt auch. Ich hab grad wieder so 'ne Tante erlebt. Sobald sie dachte, sie hat mich im Sack, hat sie versucht, mich zu domestizieren.«

Ich steche Klaus meine Finger vor die Brust, und er zuckt zusammen. »Also erstens: Ein Mann, der Frauen immer nur als ›Tanten‹ oder ›Puppen‹ bezeichnet, hat ja wohl keinen Schimmer von einer Beziehung auf Augenhöhe. Tut mir leid, aber da kann ich dann eigentlich auch nicht von ›Mann‹ sprechen, sondern von ›Typ‹. Oder ›Kerl‹. Wenn du schon so anfängst, schiebst du doch die Frauen direkt in eine alberne Klischeeschublade, und dann wunderst du dich ernsthaft, wenn deine Selffulfilling Prophecys eintreten? Und zweitens: Was heißt hier domestizieren? Meinst du damit, dass ich von Michael erwarte, dass er in UNSEREM Haushalt und bei UNSEREN Kindern Verantwortung übernimmt? Oder denkst du, nachdem ich ihn siegreich in meine Höhle geschleppt habe, will ich ihn einfach dort anketten, damit er mir dimmbare Lampen anschraubt, *Grey's Anatomy* guckt und Yoga macht? Ich hab mich doch nicht verändert, nur weil ich Ja gesagt habe, genauso wenig wie Michael. Wir haben eine Tür zugemacht, indem wir uns füreinander entschieden haben, aber dadurch kann man auch Freiheit gewinnen.«

»Freiheit? Na ja«, meint Klaus. »Scheint so, als wäre das nicht grade die Überschrift über eure Ehe gewesen.«

»Weißt du was, Klaus? Ich wünsche dir innigst mal eine Verwandlung in eine verheiratete Frau mit Kindern. Es ist nämlich nicht die Ehe, sondern die Familie, die schuld ist an der Veränderung – in der Partnerschaft und im Rollenverhalten. Verstehst du, plötzlich muss man Verantwortung übernehmen für kleine Wesen, die eben nicht warten können, wenn sie Hunger haben und sich nicht selbst passende Kleider anziehen, geschweige denn in der richtigen Größe einkaufen können. Das müssen die Eltern übernehmen.«

»Ja, ist doch klar«, murmelt Klaus. »Aber …«

»Nix aber, zuhören jetzt! Schau mal genau hin. Da verschiebt sich das Ehejoch ganz klar. Hier, um meinen Hals hängt das nämlich, verstehst du?«

Klaus mustert mich verwirrt.

»Mann, metaphorisch«, rufe ich. »Ich steckte plötzlich in einem Gefängnis. Ja, genau, gefangen in einer Zeit, von der man dachte, dass sie eigentlich längst vorbei wäre. Eine Zeit, in der die Frau noch gar kein eigenes Konto haben durfte, sondern vom Gatten das Haushaltsgeld zugeteilt bekam und ihren Ehrgeiz dareinsetzte, ein möglichst blitzsauberes, gemütliches Heim zu verwalten.«

»Hä? Aber du hast doch ein eigenes Konto. Und du verdienst auch selbst Geld. Das stimmt doch nicht, was du da sagst«, wendet Klaus ein.

Ich schnaube und fuchtle mit meiner Kaffeetasse vor seiner Nase, dass er erschrocken zusammenzuckt. »Klar. Heute dürfen wir eigene Konten haben, schon, aber wenn man erst mal in Elternzeit ist, muss trotzdem der Gatte was überweisen, damit man die täglichen Einkäufe schafft. Und danach? Geht es irgendwie so weiter. Denn schwupps bin ich dafür verantwortlich, dass alle saubere Kleider und gesundes Essen haben, die Wohnung ohne Schneeschaufel betreten werden kann und alle Termine von Impfen bis Reisepassverlängerung rechtzeitig beantragt und eingehalten werden. Ich muss den Überblick über all das behalten. Aber da ich trotzdem emanzipiert bin, bin ich selbstverständlich auch berufstätig. Das muss ich nun aber eher nebenbei schaffen.«

»Ja, aber Michael doch auch«, stammelt Klaus verwirrt.

»Ja, natürlich. Theoretisch schon. Es ist einfach immer noch so: Sobald aus einem Paar eine Familie wird, muss diese für die Frau zur Hauptaufgabe werden, egal wie anspruchsvoll ihr Broterwerb ist. Männer haben weiter ihren Beruf und nebenbei eine Familie. Während es absolut klar ist, dass die Frau den Rechner zuklappt, wenn die Kita anruft, damit man das kotzende Kind einsammelt, sagt der Mann konsterniert: ›Wie soll das gehen? Ich kann jetzt nicht. Ich muss schließlich arbeiten.‹«

Klaus öffnet den Mund, holt Luft und schließt ihn dann schnell wieder. Soll ich ihm erklären, dass das nicht nur freiberuflich arbeitende Mütter betrifft, sondern auch die festangestellten? Tanja hat neulich beinahe heulend erzählt, dass sie eine wirklich wichtige Schulung verpasst hat, weil Klara-Kurkuma vom Klettergerüst gefallen war und ihr Mann einfach nicht ans Telefon ging. Abends sagte er: »Ich schalte das immer auf lautlos, damit ich ungestört arbeiten kann.«

Klaus mustert mich, als könnte er meine Gedanken lesen. »Hmmm. Ja, das klingt nach ʼner gewaltigen Schräglage.« Er hebt hilflos die Schultern.

»Genau«, pflichte ich ihm bei. »Und mindestens einer von beiden wird dabei unattraktiv für den anderen. Entweder die Frau, die von den vielen Aufgaben, zwischen denen sie sich täglich zerreibt, ausgelaugt, kaputt und reizbar ist – wenn die Kinder schlafen und die Küche sauber ist, will sie nur noch ins Bett, und zwar, um dort zu schlafen.«

Klaus schnaubt beinahe triumphierend. Na bitte, lese ich in seinem Gesicht. »Ja, sag ich doch. Und warum sollte Michael dann auch zu Hause sitzen, nur weil du müde bist? Wenn er es doch nicht ist. Das ist doch auch unfair.«

Ich blicke ihn aus zusammengekniffenen Augen an.

Schließlich senkt er den Blick. »Aber red mal weiter, also, du sagtest grade, entweder sie wird unattraktiv, oder …«

»Oder aber der Mann, der scheinbar weiterhin ein fröhliches, selbstbestimmtes Leben führen darf und als Bonus noch eine nette Familie zu Hause hat, wird unattraktiv, weil er der Frau mit seinen Ansprüchen und Bedürfnissen wie ein weiteres Kind vorkommt, um das sie sich kümmern muss.«

Jetzt kann Klaus sich nicht mehr beherrschen. »Also, das ist jetzt doch sehr übertrieben. Wie ein weiteres Kind. So kannst du deinen Mann doch nicht entmännlichen, da vergeht einem ja alles.«

»Ist aber so. Ich hab gearbeitet, eingekauft, gewaschen, aufgeräumt und dann die Kinder abgeholt, bespielt, Streit geschlichtet, Tränen und Rotznasen gewischt, Essen gemacht. Dann war er noch beleidigt, wenn ich ihm nicht meine volle Aufmerksamkeit während des Abendessens schenkte, weil er mir gerade ein Gespräch mit seinem Vorgesetzten erzählen musste, während Andrea ihr Saftglas ausschüttete. Anschließend musste er ›ein bisschen runterkommen‹ und setzte sich mit dem Smartphone aufs Sofa, während ich die Kinder bettfertig machte. Und dann kam ich von den endlich schlafenden Kindern zurück, die dreckigen Teller standen immer noch auf dem Tisch und Michael fragte: ›Was machen wir jetzt Schönes? Ach, du bist schon wieder müde. Schade. Ich dachte, wir machen auch mal wieder was zusammen.‹ Bäm, hab ich wieder ein schlechtes Gewissen.«

»Hast du mit Michael auch so geredet? Puh.«

»Wie meinst du das?«

»Na, das ist total anstrengend. Du motzt nur rum und bist null konstruktiv, fällt dir das auf?«

Jetzt möchte ich Klaus am liebsten ohrfeigen. Stattdessen zwinge ich mich, tief durchzuatmen, und nehme noch einen großen Schluck Kaffee. »Was wäre denn dein konstruktiver Vorschlag?«

»Wirklich was Schönes machen und die Teller einfach mal stehen lassen. Und dann eben am nächsten Tag mehr schlafen. Du kannst es dir doch einteilen.«

»Boah, danke, dass du mir mal erklärst, wie einfach in Wirklichkeit alles ist«, sage ich sarkastisch. »Wie ihr alles so mansplainen könnt!«

Klaus zuckt die Schultern. »Na, offensichtlich hast du ja eine Lösung gefunden. Das ist doch super. Kannst du jetzt aufhören, auf mir rumzuhacken, und mit mir duschen gehen?«

Ich schaue ihn entgeistert an. Der flirtet mich einfach knallhart wieder an! Da sehe ich seine Mundwinkel zucken. Meine zucken mit.

Beziehungs-
status: un-
kompliziert

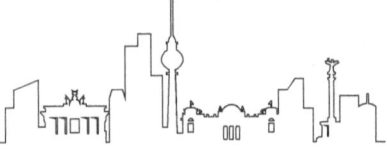

Als Klaus weg ist, suche ich mir eines der Bilder aus, die er gestern von mir gemacht hat. Darunter schreibe ich: *Toller Arsch – Beziehungsstatus: unkompliziert*. Ich finde, das fasst mich sehr gut zusammen.

Ich wische eine Weile herum und lande bei einem Gesicht, das ein bisschen wie Unterwäsche-Werbung aussieht. Falls ein Gesicht nach Unterwäsche aussehen kann. Aber ihr wisst, was ich meine, oder? So ein gepflegtes Dreitagebart-Gesicht, die Stirn fragend in Falten gezogen, Haare penibel verwuschelt. Aber es funktioniert. Mich erinnert es an *Beverly Hills 90210* und nach Waschmittel riechenden Unterhemden in Feinripp. Ich wische nach rechts, ohne mir die Profilangaben durchzulesen. Aber das ist doch sowieso ein bisschen wie bei Pinterest, oder? Erst wischt man sich eine Pinnwand zusammen, und dann stöbert man genauer darin herum. Ich mach das jetzt nach der Drei-Sekunden-Regel, die ich mir gerade ausgedacht habe. Jedes Bild kriegt drei Sekunden, in denen ich entscheide, ob ich nach rechts oder links wische. Schnell schnappe ich mir einen Hugo-Boss-Anzug mit ironischem Mundwinkel, einen Manbun in unglaublicher Yogapose und einen dreadgelockten Waschbrettbauch – obwohl ich Dreads eigentlich ein bisschen unappetitlich finde. Aber hey! Ich muss ihn ja am Ende nicht treffen. Ich muss schließlich gar nix mehr. Ich kann. Ich darf. Wisch, wisch, wisch. Huch! Das ist der Schlagzeuglehrer von Robin-Legolas. Da hätte ich beinahe nach rechts gewischt, weil er mir so vertraut vorkam. Aber der geht gar nicht. Von Weitem sieht er echt gut aus, aber ich glaube, der hat Polypen oder so. Er schnorchelt fürchterlich beim Reden, nach einem halben Satz bin ich schon so aggressiv, dass nur ein Stück Kuchen mich besänftigen kann. Der Typ ist nix für meine Figur. Plötzlich keuche ich auf. Ich hab ein Match! Mit ... Karsten. Das Unterwäsche-Gesicht. Mein erster Wischer. Toll. Da ploppt schon eine Nachricht auf.

Deine Beschreibung ist extrem ansprechend ;-) Und passt zum Foto.

Uaaah! Was mach ich jetzt? Erst mal lesen, was er überhaupt über sich geschrieben hat.

Been through the desert on a horse with no name.

Okay. Das Lied kenn ich. Mag ich sogar. Aber was soll das denn bedeuten? Ich zucke mit den Fingern über der Tastatur herum und schreibe schließlich: *Danke. Deine Beschreibung ist aus einem Song abgeschrieben. Stimmt es trotzdem?*

Oh nein. Schon beim Abschicken finde ich das dämlich. Er dafür nicht. Ich kriege ein Lach-Emoji. Und: *Hast du Lust auf ein Abendessen?*

Grundsätzlich immer – müssten wir nicht erst noch Smalltalk machen?

Können wir auch heute Abend, oder? Ich muss ehrlich gesagt gleich weiterarbeiten.

Wow, der ist ja sehr zielstrebig. Aber vielleicht ist das so bei Tinder. Like, Treff, Bums. Aber warum eigentlich nicht? Ich bin ja erwachsen. Wenn es doof ist, geh ich einfach nach Hause. Aber dann bestimme ich wenigstens, wohin wir gehen. Schließlich geht es jetzt ja endlich wieder um mich.

Gut, dann um acht bei Schorsch&Mei, ok?

Cool, da wollte ich ewig schon mal hin. Ich reservier uns 'nen Tisch.

Ich bin baff. Jetzt hab ich ein Tinderdate. Mit einem sehr gut aussehenden Mann, wenn das Bild einigermaßen stimmt.

Unschlüssig wische ich noch ein bisschen weiter. Moment mal, dieses Grübchen kenne ich doch. Das ist der Notarzt von neulich. Der war süß, oder? Maik heißt er also. Der kriegt jetzt ein Superlike von mir.

Den Rest des Tages schaffe ich leider nicht mehr so viel, was arbeiten betrifft, weil ich mich dusche, parfümiere, wieder abdusche, eincreme, föhne, pinsle und anderweitig an mir herumgestalte. Ich find es selbst albern, aber ich kann nicht aufhören. In meinen geliebten High Heels stöckle ich zum Restaurant. Ich hätte vielleicht doch das Rennrad nehmen sollen, das Kopfsteinpflaster ist ein bisschen mühsam. Von der Tür aus winkt mir ein Mann zu. Mein Mund wird ganz trocken. Der sieht aber wirklich gut aus. Unwillkürlich muss ich grinsen.

Auch er lächelt mich strahlend an. »Hi, du bist Penelope, oder?«

Gerade noch rechtzeitig fällt mir ein, dass das ja mein Tindername ist. Ich nicke.

»Schön, dass du gekommen bist. Wir sitzen draußen, ist dir das recht? Ist so ein schöner Abend.«

»Klar.«

Er legt locker seinen Arm um meine Hüfte und geleitet mich an einen Tisch an der Straße. Als er mir den Stuhl zurechtgeschoben hat und gerade zu seinem Platz gehen will, packt ihn die Frau vom Nebentisch am Ärmel.

»Dr. Schönchen, das ist ja toll, dass ich Sie treffe. Ich wollte Sie noch mal fragen, nach wie viel Tagen man die Wurmkur wiederholen sollte. Den Kilian-September juckt es schon wieder am Po.«

Ein Schauder überläuft mich. Wenn ich das Wort »Würmer« nur höre! Aber sieh an, ich sitze hier mit McDreamy beim Abendessen, dem schönsten Kinderarzt vom Prenzlauer Berg. McDreamy macht sich von der Frau los und sagt freundlich, aber bestimmt: »Das können Sie gern morgen in der Praxis klären. Schönen Abend.«

Er lässt sich mir gegenüber nieder und rollt die Augen nach oben. »Tut mir leid, ich hab meine Praxis drei Straßen weiter.«

»War das eine Patientin?«, frage ich arglos.

Er grinst. »Bestimmt. Aber nicht meine. Ich bin Kinderarzt. Da ist der Prenzlauer Berg schon ein gutes Pflaster, muss man sagen. Aber manchmal nervt es halt.«

»Die Kinder?«, frage ich weiter.

»Nee«, sagt er. »Die sind eigentlich besser als ihr Ruf, finde ich. Aber die Eltern. Was die alles wissen wollen. Die kommen wegen jedem Räuspern ihres kleinen Schatzes angerannt und sitzen das Wartezimmer voll. Als hätten die nichts anderes zu tun. Andererseits merken sie nicht, wenn das Kind Krätze oder Borkenflechte hat.«

»Uh, was ist das denn?« Ich bekomme Gänsehaut.

»Musst du nicht wissen, das kriegst du sicher nicht. Das kriegen eigentlich nur Kinder.«

Ich atme auf, mache mir aber im Geist eine Notiz, das später auf jeden Fall zu googeln.

»Hast du denn selbst auch Kinder?«, frage ich.

Er beugt sich zu mir rüber und kneift die Augen zusammen. Instinktiv beuge ich mich zu ihm, sodass sich unsere Nasen fast berühren.

»Nein. Und das gefällt mir sehr gut«, flüstert er mir verschwörerisch zu. »Mein Bruder hat drei Kinder, die mag ich gern. Das reicht mir.«

Ich schlucke. »Und wenn du mal eine Frau kennenlernst, die Kinder hat?«

Er lacht schallend und streckt sich. Mann, sieht der gut aus, denke ich unwillkürlich.

»Das passiert nicht, das schwöre ich dir. Alleinerziehende Mütter sind die Pest, da weiß ich leider ganz genau, wovon ich spreche.«

In mir wird es plötzlich ganz kalt, und für einen Moment habe ich den Impuls, schnell wegzulaufen. Aber ich bleibe sitzen und lächle McDreamy weiter an.

»Übergriffig, überanstrengt, nerven total«, sagt er. Er ahmt eine affektierte, leicht hysterische Sprechweise nach: »Sind Sie auch ganz sicher, dass er nur Blähungen hat? Ich weiß, dass das Roemheld-Syndrom selten ist, aber es ist nicht unmöglich, dann müssen Sie eben eine Kernspintomografie veranlassen. Ach, bitte überdenken Sie doch mal Ihre Belohnungsschublade. Da sollte kein Zucker drin sein, auch Traubenzucker ist ungesund, das wissen Sie aber doch! Und keine Plastikspielsachen … Und so weiter. Das ist in der Praxis schon hart genug auszuhalten, privat tue ich mir das auf keinen Fall an.«

Okay, das wäre die Gelegenheit, den Abend zu beenden. Ich sage ihm jetzt, dass ich zwei Kinder habe und er sich deshalb nicht länger mit mir unterhalten möchte. Allerdings habe ich auch Hunger. Und Lust auf ein Date mit einem hübschen Mann. Verschweigen ist ja nicht lügen, oder?

»Nimmst du auch einen Aperol?«, unterbricht er meine Gedanken.

Ich nicke. Schließlich kann ich mir auch einfach einen netten Abend machen, beschließe ich. Dabei sammle ich dann lauter Sachen, die ich sowieso doof an ihm finde, und am Ende bin ich froh, dass ich ihn nicht wiedersehen muss. Und er bezahlt. Zufrieden mit meinem Plan muss ich kichern.

»Du hast ein schönes Lächeln«, sagt er da. Seine Stimme ist ganz weich geworden.

Ich schaue ihn an. Die Kerzenflamme spiegelt sich in seinen Augen, die wie flüssiger Honig aussehen.

Was soll ich sagen? Der Abend ist wirklich schön. Ich lache viel. Ich flirte, und ich esse gut. Ich fühle mich sehr wie eine Frau. Und ich bin erstaunt, wie viel ich zu sagen habe, wenn das Thema Kinder ganz ausgeklammert ist. Das hätte ich gar nicht gedacht. Es fühlt sich gut an. Nur als er über seine Lieblingsserien spricht, von denen ich keine gesehen habe, weil bei mir auf Netflix immer nur *Peppa Wutz* und *Mouk* läuft, verrate ich mich beinahe.

»Ich komm nicht so viel zum Bingewatchen. Ich … lese lieber.«

Als der Kellner mit der Rechnung kommt, greift er ganz selbstverständlich danach. Ich auch.

»Darf ich?«, fragt er. »Du kannst ja beim nächsten Mal.«

Ich nicke etwas beklommen. Nächstes Mal, hmm.

Ein wenig unschlüssig stehen wir schließlich voreinander auf der Straße.

»Hast du noch Lust auf ein letztes Glas?«, fragt er. »Oder …«

Er kommt immer näher, und ich schaue wie hypnotisiert auf seinen Mund. Gerade als ich mich an ihn lehnen will, zuckt er zusammen und bückt sich. Hektisch nestelt er an seinem Schnürsenkel herum. Eine Frau in einem hellblauen Seidenkleid läuft an uns vorbei. Sie spricht aufgeregt in ihr Handy.

»Ja, Mama, ich bin doch gleich da. Jetzt reg dich nicht auf.

Ich hol dir einen neuen CD-Player, das hat die Augustine doch nicht mit Absicht gemacht. Die hat grade eine schwierige Phase. Schläft denn Pavlova-Meringue noch? Na immerhin ...«

Ich schaue ihr nach. Die Arme musste vermutlich ihr Date früher verlassen und flitzt jetzt nach Hause zu ihren Kindern. Ich blicke zu Karsten McDreamy, dessen Blick auch der Frau folgt. In seinen Augen steht allerdings blanker Abscheu. Ich zucke zusammen.

»Alles okay?«, frage ich.

Er schaut mich an und nickt.

»Uff, entschuldige, aber sie wollte ich jetzt nicht treffen«, sagt er schließlich. »Meine Ex. Das war das einzige Mal, dass ich mich mit einer Frau eingelassen habe, die Kinder hat. Seitdem bin ich geheilt.«

Ich bin es auch. Vom Zauber der Nacht. Vielleicht bin ich zu sensibel, aber dieses Herumgehacke auf alleinerziehenden Müttern geht mir auf die Nerven.

»Gute Nacht«, sage ich freundlich. Und gehe.

Tindergarten

Ja, Tinder macht Spaß, das ist nicht zu leugnen. Allerdings kommen mir langsam Zweifel, ob man darüber wirklich jemanden kennenlernen kann, mit dem man längerfristig was zu tun haben möchte. Wäre mein Leben eine Romantic Comedy, dann käme jetzt eine Montagesequenz. Die Heldin verlässt ihre Komfortzone und zieht in den Kampf. Sie geht auf mehrere Dates, eines schrecklicher als das andere. Höflich lächelnd sitzt sie da und kneift sich nur ganz unmerklich selbst in den Oberschenkel, damit sie nicht schreit, während ihr Gegenüber ihr von seinem tollen Job im Atomkraftwerk erzählt. Aber man sammelt auch eine Menge lustiger Anekdoten. Soll ich welche mit euch teilen? Ihr dürft sie auch als eure eigenen ausgeben, wenn ihr beim nächsten Date eine unangenehme Gesprächslücke habt.

Da wäre beispielsweise Frank, der Mann mit den Dreadlocks, der so einen unfassbaren Waschbrettbauch hat. Das ist allerdings auch schon das Spannendste an ihm. Frank ist buchstäblich der langweiligste Mensch, dem ich je begegnet bin. Dazu komplett humorfrei. Er schlägt vor, sich in dem veganen Rohkostcafé zu treffen. Der fermentierte Pilz-Burger, den ich bestellen will, ist alle. Ich scherze: »Na, doch gut, dass ich vorher schnell 'ne Currywurst gegessen habe, ich hab mir fast gedacht, dass ich hier verhungere.«

Er: »Das solltest du wirklich nicht. Schon gar nicht da am

Eck. Das ist nicht mal Neulandfleisch. Und deine Haut würde auch besser werden, wenn du das tierische Eiweiß wegließest.«

Ich kichere probehalber. Aber das war kein Scherz. In diesem Duktus geht es weiter. Er erklärt mir lang und breit alles, was ich sowieso schon über die Vorteile des Veganismus wusste, weil Veganer kaum eine Gelegenheit auslassen, einem davon zu erzählen. Es ist schlimm. Er bestärkt mich in sämtlichen Vorurteilen, die ich jemals über Veganer hatte, dabei habe ich doch eigentlich gar nichts gegen die. Im Gegenteil, ich finde das sehr richtig und nachahmenswert, und ich versuche auch, viel weniger Fleisch zu essen, und wenn, dann nur absolut faires ... Ach, egal. Er ist jedenfalls so spannend wie ungewürzter Tofu.

Und dann seine scheußlichen Dreads.

»Die müssen nur alle zwei Wochen gewaschen werden, und das dann nur mit ein klein wenig Gallseife. Das schont die Umwelt.«

Aha. Als Teenager macht man sich Dreads als Ausdruck von Rebellion, als Erwachsener offenbar als Ausdruck von Ökospießertum. Wenn er mit seiner Kopfhygiene wirklich die Umwelt schonen will, sollte er vielleicht einfach Glatze tragen. In meinem Bett will ich die Dinger jedenfalls nicht, das steht fest.

Er quält mich weiterhin mit seinem Bekehrungsvortrag. »Die Inder«, sagt er jetzt. Jaja, in Indien essen Millionen Menschen kein Fleisch, und die sind auch gesund, muss man mal drüber nachdenken, unbedingt. Ich habe keine Lust mehr auf seine moralische Selbstbeweihräucherung. Ich dreh den Spieß jetzt um. Ich habe nämlich eine Moralkeule gefunden, mit der ich ihn sofort k. o. schlagen kann.

»Sag mal, hast du schon davon gehört, dass es rassistisch ist, wenn weiße Menschen Dreadlocks tragen?«

»Öh ... was?«

»Ja klar. Cultural Appropriation. Google das mal. Keine schöne Sache. Im Grunde genauso schlimm wie Blackfacing. Wie? Davon hast du auch noch nie gehört? Oje. Ich sag das ungern, aber du hast ein Rassismusproblem. Dass dir das nicht bewusst ist, macht es nicht besser.«

Ich lege einen Geldschein auf den Tisch und verabschiede mich, noch bevor ihm eine Antwort einfällt. Eigentlich nicht meine Art, Leuten so was reinzudrücken. So fühlt man sich also als Moralapostel. Auf dem Heimweg halte ich an der Currywurstbude. Aber ich nehme dann doch nichts.

Als Nächstes verabrede ich mich mit Olaf. In diesem neuen Smoothie-Laden. Ich habe sogar extra meinen eigenen Becher dabei, um einen nachhaltigen Eindruck (Achtung: Wortspiel!) zu hinterlassen. Zielstrebig steuert ein kleines, dünnes Männchen auf mich zu. Ich erkenne ihn nur an seinem Anzug, den er auch auf dem Tinderbild trägt.

»Bist du Penelope?«, schnarrt er und mustert mich von oben bis unten.

Ich verschlucke mich an meinem grünen Detox-Smoothie und nicke hustend.

»Du siehst anders aus als auf dem Foto«, stellt er fest und mustert mich weiter durchdringend.

»Ähm, tja, du auch«, keuche ich schließlich.

Er zieht irritiert die Augenbrauen zusammen. Dann seufzt er und holt einen Block aus der Tasche. Ich sehe, dass dort Punkte aufgelistet sind. Bis 14 kann ich lesen.

»Stimmt das Alter, das du bei Tinder angegeben hast?«, beginnt er mit Blick auf seinen Block.

Ich bin so baff, dass ich ihm antworte. Auch die Fragen zwei bis sieben, die sich auf meinen allgemeinen Gesundheitszustand, meine Zähne, meine Altersvorsorge und die Anzahl meiner leiblichen Kinder beziehen.

Dann komme ich wieder zu mir. »Arbeitest du immer diesen Fragenkatalog ab?«

Er nickt.

»Und wenn du überall ein Häkchen gemacht hast, dann hast du die Richtige gefunden und verliebst dich?«

Er nickt wieder. Dann überlegt er kurz und zuckt die Schultern. Verlegen lächelt er mich an und sieht dabei fast sympathisch aus.

»Na ja, das ist dann zumindest eine gute Ausgangssituation.« Er strahlt mich an. »Bei dir stimmt bisher echt alles.«

Hilfe! Wie schrecklich. Ich möchte nicht von diesem Knilch gewollt werden. Und gleichzeitig tut er mir ganz furchtbar leid, weil ich mir nicht vorstellen kann, dass ihn jemals irgendjemand in den Arm nehmen möchte. Der wird immer allein bleiben. Irgendwann riecht es dann komisch aus seiner Wohnung. Und die Familie daneben ruft zuerst bei der Hausverwaltung an und sagt, dass sie sehr interessiert sind, falls im Haus eine Wohnung frei wird. Erst dann rufen sie die Feuerwehr, die dann die Tür aufbricht und ihn … baaaahhh. Ich schüttle mich.

»Geht es dir nicht gut?«, fragt er und legt mir eine Hand auf den Arm. Die ist kalt und glitschig. Auch das noch. Kann dieser erbarmungswürdige Mensch nicht wenigstens angenehme, trockene, warme Hände haben?

Ich muss mich jetzt sofort disqualifizieren. Ich sag ihm, dass ich leidenschaftliche Mülltaucherin bin, und frage, ob er mir hilft, in den Container vom Supermarkt einzusteigen.

Er sieht mich freundlich an und seufzt dann leise. »Du musst nicht traurig sein, wenn das jetzt nichts wird«, sagt er sanft. »Das lässt sich nicht erzwingen. Weißt du, solange ich dir nur zuhöre, finde ich dich echt toll, aber wenn ich dich ansehe, irritiert es mich doch, dass deine Nase so anders aussieht als auf deinem Foto.« Er holt sein Handy raus und zeigt mir das Tinderbild.

»Das ist ein Schatten«, sage ich. »Und?«

»Ja, jetzt sehe ich das auch. Aber da muss man sich schon sehr konzentrieren. Ich dachte, du hättest eine römische Nase.«

Und ich dachte, du bist größer als eine Parkuhr, denke ich beleidigt. Und sage: »Kann man nichts machen. Viel Glück noch.«

Leute, ich sag euch, es lohnt sich, vor einem Treffen noch mal genau das Kleingedruckte zu lesen. Damit meine ich das Tinderprofil. Vielleicht spart ihr euch dann die eine oder andere Episode. Wie bei Maik. Ihr erinnert euch? Mein schnodderiger Notarzt mit den Grübchen. Der meldet sich tatsächlich auch. Und will mich treffen. Erst mal schlägt er eine Kneipe vor, die vermutlich die uncoolste im ganzen Prenzlauer Berg ist. Das ist schon fast wieder cool. Reverse Psychology. Aber klar, er ist ja auch Urberliner. Wohnt zwei Häuser von seinem Geburtshaus entfernt. Ich versuche krampfhaft, seinen Dialekt süß zu finden. Hey, im Fernsehen oder in der Comedy mag ich dieses Berlinern doch auch. Sonst allerdings nicht. Es gibt Radiosender, die ich aus diesem Grund nicht mehr hören kann. Ich nuckle an der Berliner Weiße (kein Witz!) mit Himbeere und konzentriere mich auf sein Grübchen. Das ist wirklich süß. Und er hat mir das Leben gerettet. Also fast. Hätte. Warte. Warte mal!

»Was hast du gesagt?«

Ich habe Maik einfach nicht mehr zugehört, während ich auf sein Grübchen geschaut habe und dabei offenbar etwas sehr Wichtiges verpasst.

»Na, wie jesacht, ich fände det schön, wenn du und Saskia

auch so 'ne Ebene miteinander finden könntet, so 'ne Nähe, das muss ja nicht körperlich sein …«

»Hä? Kannst du mir das noch mal von vorne erklären, bitte, ich bin grade abgeschweift – hab dein Grübchen angeschaut«, sage ich entschuldigend.

Er zieht irritiert die Augenbrauen zusammen und greift sich dann geschmeichelt an die Wange. Das mit dem Grübchen hat funktioniert. »Macht ja nüscht. Aber det ick poly bin, haste mitgekriegt? Also, in einer polyamourösen Beziehung? Steht ja och in meinem Profil drinne.«

Oh. Nein. Habe ich nicht gelesen. Aber das klingt ganz interessant. Er hat eine Freundin, also besteht keine Gefahr, dass er klammert oder mich einengt. Könnte doch spaßig sein, ab und zu so 'ne Berliner Stunde.

»Ja klar. Ist für mich kein Problem.«

»Jut. Wat mir aber echt wichtig is, is ebent die emotionale Verbindung. Polyamourös ist ja nicht polygam, es geht nicht nur um Sex, sondern um Liebe. Also, dass man nicht nur Spaß miteinander hat, sondern sich wirklich, so WIRKLICH – nahekommt. Und am besten auch alle untereinander. Deswegen möchte ick, det du dich mit Saskia verstehst, vastehste?«

O Gott, wahrscheinlich will er fünf Stunden lang Tantrasex haben und dabei ständig intensiven Blickkontakt halten. Und hinterher soll ich dann mit Saskia auf dem Sofa sitzen und »so 'ne Ebene« haben. Und mit ihren zwei Kindern spielen. »Det is janz wichtig, dass wir da unverkrampft sind vor den Kindern. Die sollen schließlich lernen, dass Liebe wat Schönes is und nicht irgendwas, das man verstecken muss, wa.«

Okay. Finde ich zwar im Ansatz durchaus richtig, aber trotzdem wird mir das jetzt zu viel. Kinder? Dafür bin ich nicht bereit.

Für einen kurzen Moment verstehe ich Dr. Schönchen. Überhaupt, wenn Saskia Teil des Pakets ist, warum ist die dann nicht gleich mit zum Date gekommen?

»Weil sie uff die Kinder aufpasst. Dienstag und Donnerstag sind ihre Abende, Montag-Mittwoch-Freitag mach ick. Diesen Monat.«

»Das war eine rhetorische Frage an die Leser. Aber krass, so habt ihr das aufgeteilt? Du machst freiwillig drei Abende in der Woche?« Ich werde richtig neidisch auf diese Saskia.

»Ja, ick mach in der Regel drei. Je nachdem wie mein Dienstplan is, wa. Dafür bin ick dann am Wochenende öfter mal weg mit, na ja, also, der anderen Partnerin halt. Wenn es eine gibt. Im Moment gibt es keine, aber … wenn du willst, könntest du sie sein?«

Aus reiner Neugier würde ich fast Ja sagen. Aber Neugier ist in diesem Fall keine gute Grundlage. Dafür meint er es zu ernst.

Jens ist der Yoga-Manbun. Auf seinem Profil ist nichts Perverses zu entdecken. Jens ist Hamburger. Sagt er. In Wirklichkeit kommt er aus einem Dorf bei Hamburg. Aber das verrät er erst, als ich ihm meine Herkunft beichte. Dieses leicht distanzierte Norddeutsche gefällt mir, und der trockene Humor auch. Jens ist Physiotherapeut und macht jede Menge Sport. Auch Yoga. Trotzdem springt der Funke irgendwie nicht über. Jedenfalls bei mir. Irgendwann sage ich ihm das einfach.

Jens sieht mich betroffen an und meint dann tonlos: »Na, dann sollten wir jetzt wohl gehen.«

Als ich meine Jacke von der Garderobe nehme, spüre ich plötzlich eine Hand im Nacken. Ich drehe mich um. Jens steht vor mir und umklammert mich wie ein Schraubstock. Vor lauter Schreck kann ich mich nicht bewegen.

Ich muss das Knie hochreißen, denke ich und konzentriere mich auf meine Beine, die sich wie Pudding anfühlen.

Da ruckt Jens an meinem Kopf und drückt gleichzeitig meine Hüfte zur Seite. Es knackt.

Jens lässt mich los und grinst mich an. »Besser? Du warst so verspannt im Schultergürtel. Das kommt von der Hüfte. Musst du mal drauf achten. Vielleicht sind deine Beine unterschiedlich lang. Leg dich jetzt zu Hause am besten in die heiße Badewanne. Tschüss.«

Andreas hat viele Tätowierungen. Die sieht man auf dem Tinderprofil nicht. Beim Date dann aber schon. Ich verstehe dieses Getätowiere nicht, ganz ehrlich. Und wenn du das schon gut findest, kannst du dann nicht ein bisschen sorgfältiger mit dir umgehen? In deine Wohnung stellst du ja auch nicht alle Möbel einfach so rein, kreuz und quer, mitten rein, Bilder schief, Schrank vor die Tür, Bett in die Küche … Dann sieh doch deinen Körper auch mal als Gesamtwerk und hau da nicht so unordentlich irgendwelches Gekrakel drauf. Bei Andreas zum Beispiel guckte ein Stück Koi-Karpfen aus der linken Socke, auf der Wade war ein Popeye, dessen Kopf in den Bermudas verschwand, und rechts sah man den buschigen Schwanz eines Schneewolfs mit einem blassen Mond dahinter. Am Oberarm hatte er Maori-Tattoos, so erklärte ich mir jedenfalls die Sprengsel, die aus dem Hemd herausschauten. Insgesamt einfach sehr unordentlich, wie ein unaufgeräumtes Kinderzimmer, anstrengend. Ich fühlte mich wie Ursus Wehrli, der Künstler, der mit *Kunst aufräumen* bekannt wurde. Andreas kann meine Abneigung nicht verstehen.

»Hast du gar keine Tattoos?«, fragt er ungläubig. Und dann fast mitleidig: »Magst du dich vielleicht nicht festlegen? Gibt es denn nichts, was dir wichtig ist? Oder bist du so introvertiert?«

Was soll man da sagen? Ja. Nein. Ja. Tschüss.

Mit Karl gehe ich tatsächlich mit. Karl war schon immer einer meiner Lieblingsnamen, vielleicht liegt es daran. Oder mein Hormonspiegel verlangt nach körperlicher Nähe. Und er riecht sehr gut. Die Bar, in der wir uns treffen wollen, ist überraschend geschlossen. Wir kommen gleichzeitig an und sehen uns in die Augen. Wir sind uns sympathisch. Sehr.

»Ich habe was zu trinken zu Hause, und es ist aufgeräumt, weil heute die Putzfrau da war«, sagt er. »Lust auf einen sehr exklusiven Club? Harte Tür. Kommen meistens nur zwei rein.«

Ich überlege nur kurz. »Warum nicht.«

Karl hat eine schöne kleine Dachgeschosswohnung mit einer ziemlich spektakulären Dachterrasse. Auf der sitzen wir und trinken Campari Soda. Dazu hören wir Musik.

»Manche Stimmen machen Gänsehaut, oder?«, meint er.

Gerade läuft Leonard Cohen, und ich muss ihm zustimmen. »Als hätte man in sich eine Saite oder Membran, die bei dieser bestimmten Frequenz zu vibrieren beginnt.«

»Das ist das Irre bei Konzerten, finde ich. Tausende Menschen schwingen zu einer bestimmten Stimme. Magisch.«

Ich nicke. Das ist ein schöner Abend, denke ich.

Als ich zur Toilette gehe, lege ich ein bisschen Lipgloss auf. Der soll die Lippen etwas aufplustern. Eva hat ihn mir geschenkt.

Karl winkt mich neben sich auf das große Kissen. »Jetzt kommt noch ein Klassiker«, sagt er. »Eins meiner absoluten Lieblingslieder.«

Ich setze mich. Karl legt wie selbstverständlich seinen Kopf in meinen Schoß. Aus den Boxen kommt Herbert Grönemeyer. Den mag ich auch, da war ich sogar mal auf einem Konzert. Vor fast zwanzig Jahren. *Halt mich*. Hach. Ja, das mochte ich damals auch gern.

»Der Text ist so toll«, flüstert Karl und rollt sich in meinem Schoß zusammen.

Ich höre noch mal genauer hin. Und kriege Gänsehaut. Aber nicht aus Romantik. Sondern vor Grauen. Das hört sich plötzlich gar nicht mehr gut an. Frauen, hört die Signale! Was singt der da? »Gut anlehnen, ich find bei dir Trost, betanke mich …« Und dann dieses »plauder auf mich ein«, meine Güte, der hört ihr noch nicht mal zu. Dem Typ geht es nur um sich – kümmer dich um mich, plapper bisschen was, nimm mich in den Arm. Kommt da irgendwo »ich will dich glücklich machen, es ist so schön, wenn ich dich zum Lachen bringen kann, du inspirierst mich mit deiner Klugheit« oder Ähnliches? Nö. Früher ist mir das so nicht aufgefallen, jetzt dafür umso deutlicher.

Als ich Karl meine Gedanken mitteile, lacht er. »*I'm Your Man* von Leonard Cohen magst du aber«, neckt er mich.

»Ja, aber da singt der Typ, was er freiwillig für die Frau geben und tun möchte, und stellt keinen Forderungskatalog auf.«

»Du bist süß«, sagt Karl und zieht mich zu sich.

Moment mal. Das ist keine Antwort auf meinen klugen Einwand. Kurz überlege ich, die Diskussion weiterzuführen, einfach aus Prinzip. Andererseits ist Karl auch süß. Ziemlich. Ich wische meine Einwände beiseite und überlasse ihm meine Lippen. Er keucht auf. Das finde ich schmeichelhaft und schmiege mich weiter an ihn. Aber er zappelt und windet sich und stößt mich schließlich weg.

»Was ist denn?«, frage ich empört.

»Hast du Chili gegessen?«, keucht er und niest dreimal hintereinander.

Ich schüttle den Kopf und bringe mich außer Reichweite seines Niesregens. Dann fällt mir mein Lipgloss ein. Scheiße. Das Prickeln auf den Lippen.

»Ich habe … Mist, doch, habe ich«, stammle ich.

»Capsaicin«, stößt er hervor. »Allergisch.«

Dann taumelt er die Treppe hinunter. Völlig schockiert greife ich nach dem Handy und wähle den Notruf.

»Schnell, hier hat jemand einen allergischen Schock und kriegt keine Luft mehr.«

Dann renne ich Karl hinterher und finde ihn mit einem Glas Milch in der Hand in der Küche am Kühlschrank stehen.

»Ich habe den Rettungsdienst gerufen«, sage ich. »Kriegst du noch Luft?«

Er winkt ab. »Ja, ich habe Antihistamine hier. Wird sicher gleich besser.«

In dem Moment klingelt es an der Tür. Mist, die waren aber schnell.

»Ich klär das«, sage ich und öffne die Tür. Und fange hysterisch an zu kichern. Vor mir steht Maik.

»Tach, ick … huch, du bist dette?«, sagt er.

Ich zucke die Schultern.

Karl tritt von hinten heran. »Alles gut, Entschuldigung. Meine Freundin wusste nichts von meiner Capsaicin-Allergie und hat sich Sorgen gemacht.«

Maik schaut mich missbilligend an. Ich schaue trotzig zurück.

»Na, inner Partnerschaft sollte man sone Sachen aba klären«, sagt er schließlich säuerlich. »Is sowieso am besten, wenn man immer ehrlich mittnander is. Find ick.«

»Klar«, sagt Karl irritiert. »Machen wir. Danke.« Er schließt die Tür und schaut mich an.

»Geht's?«, frage ich schuldbewusst.

Er hustet ein bisschen und nickt dann. »Wird schon wieder. Jetzt kratzt es noch 'ne Weile im Hals und juckt an den Fingern, aber morgen ist es wahrscheinlich vorbei. War ja zum Glück nicht so 'ne Riesenladung.«

»Kann ich noch was tun?«, frage ich. Ich habe wirklich ein schlechtes Gewissen.

Karl grinst. »Klar. Halt mich, bis ich schlafen kann.«

Ich lache und mache einen Schritt auf ihn zu, aber Karl winkt ab. »Nein, ist schon gut«, sagt er. »Ich glaube, das ist eher doch nichts mit uns.«

Schade, oder? Ja, finde ich auch. Na gut, ein paar Dates probiere ich trotzdem noch aus. Hier noch ein paar Tipps aus meinen Erfahrungen:

Fragt unbedingt seinen kulturellen Geschmack ab. Wenn er sagt, er will dringend in die *Ultimative Freakshow*, sagt sofort Tschüss.

Wenn euch einer total nervt und ihr vor lauter Mansplaining nicht dazu kommt, ihm das zu sagen, geht einfach aufs Klo – und verschwindet durch den Hintereingang.

Manchmal bringt Höflichkeit einen nicht weiter, sondern stiehlt einem nur die Zeit. Wenn ihr schon von Weitem seht, dass der Typ euch doch überhaupt nicht gefällt, dann nickt ihm kurz zu und sagt: »Hallo, bist du Hans/Fritz/Rumpelstilzchen? Sei nicht sauer, aber ich gehe direkt weiter, ja?«

Und dann gibt es ja noch das Thema Dick Pics: Natürlich bekomme ich auch welche. Die Unterhaltung läuft eigentlich ganz nett, er hat einen trockenen Humor, scheint ganz locker zu sein, da plingt es plötzlich, und sein erigiertes Glied erscheint auf meinem Handy. Ohne dass er vorher gefragt hat, ob ich das sehen will. Panisch schirme ich meinen Bildschirm vor den Blicken der anderen Leute in der Tram ab. WTF? Ich meine, ich finde es ja grundsätzlich gut, dass er einen Penis hat. Das ist genau die Anzahl an Penissen, die ich bei Männern mag. Aber mehr Details muss ich eigentlich erst mal nicht wissen, und Beweisfotos brauche ich schon gar nicht, ich bin ja davon ausgegangen.

Vor allem weiß ich jetzt nicht, wie ich reagieren soll. Was sagt man denn da? *Oh, schön? Was ist das? Gratuliere?* Bestimmt will er hören, wie toll sein Penis ist. Das ist Männern ja schrecklich wichtig. Deshalb verschicken sie auch diese Bilder, weil sie Bestätigung brauchen. Man stelle sich vor, Frauen würden das auch machen mit den Körperteilen, die ihnen die größte Unsicherheit bereiten. Ich finde zum Beispiel meine Knie problematisch. Soll ich ihm deshalb ein Knie Pic schicken?

Ich antworte erst mal gar nicht. Dazu bin ich ja wohl auch nicht verpflichtet.

Kurz darauf schreibt er: *Hat's dir die Sprache verschlagen? ;)*

Okay, jetzt verstehe ich. Er ist nicht verunsichert, sondern einfach ein Arsch, der denkt, er hätte Anspruch auf Applaus, wenn er einer fremden Frau unaufgefordert seine Genitalien zeigt.

Ich antworte: *Hast du deinen Kühlschrank ausgemistet? Ich glaube, die Karotte musst du wegschmeißen, die ist nicht mehr gut.*

Darauf kommt keine Antwort mehr. War ich zu gemein? Vielleicht ein bisschen, aber er hat es ja wohl auch herausgefordert.

Cornflakes oder Pizza

Mit der Arbeit komme ich gut voran. Immer besser. Aber ein gewisser Schlendrian hält bei mir Einzug. Wenn ich wieder nach oben ziehe, schiebe ich meine Sachen unten einfach auf einen Haufen, stopfe sie in eine Tasche und drücke die in den Schrank. Ich lasse meine fast leere Milchpackung im Kühlschrank und ärgere mich dann, wenn Michael sie genauso darin stehen lässt. Ich ignoriere sie einfach weiter – bis es zu krass stinkt. Ich nehme mir immer wieder vor, sauber zu machen, und vergesse es dann. Dafür bin ich im »Nest« total ordentlich. Ich sortiere die Kinderspielsachen, beziehe die Betten neu und räume meinen Teil des Kleiderschranks auf. Eine Zeitlang achte ich auch penibel darauf, dass die Wurst, die die Kinder besonders auf ihrem Vesperbrot mögen, noch genau für einen Tag reicht, wenn ich ausziehe. Sodass Michael die sofort nachkaufen muss oder am nächsten Tag in enttäuschte Kinderaugen schaut. Das finde ich dann aber doch zu kindisch. Ich lege alles, was mir von Michael begegnet, in einen Wäschekorb, den ich ihm beim Tausch auf den Esstisch stelle. Eine Zeitlang. Dann holt der Schlendrian mich auch im Nest ein. Ich vergesse häufig, mittags was zu essen, geschweige denn etwas fürs Abendessen vorzubereiten, und wenn ich die Kinder abhole, fällt mir ein, dass wir noch zusammen einkaufen gehen müssen. Einmal haben die Kinder überhaupt keine Lust darauf, sodass wir einfach nach Hause gehen und zusammen Cornflakes zum Abendessen machen. Die Kinder finden es cool. Ich beziehe die Betten nicht mehr frisch und lege Michael einen Zettel hin, dass er das übernehmen soll.

Und dann passiert es. Ich vergesse doch tatsächlich, dass ich dran bin mit Kinderabholen. Ich habe bis spät in die Nacht geschrieben, das ist mir schon lang nicht mehr passiert. Mein Handy vibriert. Es ist Bengte. Ach nein, da gehe ich nicht dran. Die will bestimmt über das Kuchenbüfett für das Kitafest reden, da soll sie Michael anrufen, ich bin schließlich … Oh mein Gott! Ich bin schließlich mit Abholen dran! Ich schaue auf die Uhr. Fast fünf. Hektisch halte ich das Handy ans Ohr.

»Bengte? Bist du in der Kita? Ich wollte dich auch schon anrufen, ich bin hier nicht weggekommen, weil … die Handwerker, also, das war totales Chaos …«

»Hallo«, kommt ihre kühle Stimme aus dem Hörer. »Ich wollte nur fragen, ob du kommst. Weil die Kita ja schließt. Ich hatte heute Elterngespräch, deswegen bin ich noch hier, aber deine Kinder sind jetzt die letzten. Sie haben gefragt, ob ich sie mitnehme. Das kann ich natürlich machen, aber ich glaube, Andrea ist sehr müde, die weint ganz dolle.«

»Ja. Nein. Ich bin schon auf dem Weg. Es war nur – das Fahrrad hatte einen Platten, und da musste ich jetzt noch den Reifen wechseln, das hat so lange gedauert, aber ich bin gleich da.«

Ich werfe mir eine Jacke über. Wo ist denn mein zweiter Turnschuh, verdammt? Egal, dann nehme ich eben den Laufschuh. Im Eiltempo rase ich zur Kita.

Bengte steht mit Edeltrauth vor der Tür. Andrea und Robin-Legolas jagen kreischend um sie herum.

»Mama, ich hab eingepullert«, ruft Andrea fröhlich, als sie mich sieht.

»O weh, na dann ziehen wir dich mal schnell um.«

»Das habe ich schon gemacht«, sagt Bengte säuerlich. »Allerdings hatte Andrea keinen frischen Schlüppi mehr im Fach, ich habe ihr einen von Edeltrauth gegeben.« Sie hält mir eine Plastiktüte hin, in der Andreas Hosen stecken.

»Danke. Das ist wirklich lieb von dir«, würge ich hervor. »Tut mir leid, Kinder. Heute war einfach Chaos.«

»Ja, das scheint so«, sagt Bengte mit einem Blick auf meine Füße.

Da stehe ich, ungekämmt, hungrig und mit zwei unterschiedlichen Schuhen. Was bin ich für eine unmögliche Mutter.

»Ich wollte eigentlich noch auf die Liste für das Kuchenbüfett schauen«, sage ich schließlich. »Was fehlt denn da noch?«

Bengte schaut mich aus zusammengekniffenen Augen an. »Also, eigentlich haben wir schon fast alles. Eine Donauwelle wäre noch schön. Aber du musst auch nicht unbedingt etwas backen, wenn dir das zu viel ist. Du kannst auch Getränke mitbringen. Hast du einen Getränkespender? Dann könntest du einen schönen Früchtetee machen, das geht wirklich schnell.«

»Äh, ach du, das mache ich doch total gerne. Stimmt's, Kinder, wir backen total gern zusammen? Aber Getränke, das mache ich auch gern. Weißt du was? Ich bringe die Donauwelle und einen Tee mit, okay?«

»Wenn du meinst«, sagt Bengte mit unbewegter Miene. »Na gut. Edeltrauth, dann gehen wir mal schnell nach Hause, ich habe den Timer so gestellt, dass unser Auflauf gleich fertig ist.«

»Mami, essen wir heute wieder Cornflakes?«, ruft Robin-Legolas.

Bengte sieht mich entsetzt an, und ich versuche, belustigt zu schauen. »Du hast ja Ideen«, sage ich.

»Ja bitte, das war so lecker«, sagt Andrea.

Bengte sieht meine Kinder mit einer Mischung aus Mitleid und Verachtung an, dann nimmt sie ihre Tochter an die Hand und geht los.

Ich lasse mich auf die Knie fallen und drücke meine Kinder an mich.

»Aua, Mami, du zerquetschst mich«, mault Andrea.

»Tut mir leid. Das war eine große Liebeswelle, die musste jetzt ganz schnell raus.«

»Ich hab Hunger«, sagt Robin-Legolas. »Was gibt es denn heute?«

Blitzschnell gehe ich im Geiste die Lebensmittel durch. Nudeln mit Pesto hatten wir gestern schon. Das haben die Kinder sich gewünscht und dafür habe ich nichts einkaufen müssen.

»Wollen wir was essen gehen?«, frage ich. »Burger?«

»Nein, ich will nach Hause«, sagt Andrea. »Die Hose von Edeltrauth kratzt.«

Ich drücke sie noch mal fest an mich, obwohl sie zappelt. »Dann bestellen wir Pizza, okay?«

»Ja!«, rufen die Kinder. »Mit Kapern und Oliven.«

Zu Hause rufe ich den Pizzadienst an und schneide ein paar Äpfel klein – für den ersten Hunger und für die Vitamine.

»Wollen wir was spielen?«, frage ich.

»Ja, Mensch ärgere dich«, sagt Robin-Legolas. Er saust los, um das Spiel zu holen.

»Wir müssen aber vier sein«, erklärt er, während er die Spielfiguren aufstellt. »Hol mal den Papa.«

»Ja, der Papa soll mitspielen«, ruft Andrea.

Ich überlege. Warum nicht? *Lust auf Mensch ärgere dich und Pizza?*, schreibe ich ihm. Kurze Zeit später klingelt es an der Tür.

»Du hast doch einen Schlüssel«, sage ich, als ich ihm öffne.

»Ja, aber gerade ist es ja deine Wohnung«, sagt er mit einem schiefen Grinsen. Dann knuddelt er die Kinder.

Wir setzen uns auf den Boden um das Spielbrett herum. Ich lasse mich gerne rauswerfen und beobachte gerührt unsere beiden Kinder.

»Möchtest du ein Glas Wein?«, frage ich Michael, als wir etwas später die Pizza auf den Tellern verteilen.

»Gerne.«

»Papa, einmal haben wir Cornflakes als Abendessen gemacht. Das war voll cool«, erzählt Robin-Legolas. »Besser als Himmel und Ääd.«

Michael sieht mich belustigt an. Ich seufze. Und erzähle ihm von meiner schlechten Organisation in dieser Woche.

»Das kommt nicht wieder vor«, verspreche ich.

»Ach komm, ist doch nicht so schlimm. Das kann jedem mal passieren. Und die Kinder haben es ja auch überlebt. Sie fanden es sogar cool.« Er wuschelt Robbie durchs Haar.

»Lest ihr uns zusammen was vor?«, fragt der.

Andrea nickt eifrig. »Du, Papa, du kannst auch mein Zimmer haben, dann können wir wieder zusammen hier wohnen.«

Ich muss schlucken. Michael weiß auch nicht so richtig, was er sagen soll.

»Du bist ja lieb«, sage ich schließlich. »Aber am besten ist es, jeder geht in sein eigenes Bett, oder?«

»Okay«, sagt Andrea. »Der große Bär muss sowieso bei mir im Bett schlafen.«

Wir lesen den beiden vor und bringen sie in ihre Betten. Dann geht Michael wieder in seine Wohnung.

Frauenschnupfen

Jede Frau braucht ein paar wirklich gute Freundinnen. Solche, die dir die Wahrheit sagen, wenn es nötig ist – zum Beispiel, wenn du glaubst, einen Ballonrock in Blasslila kaufen zu müssen oder die gleiche Frisur zu wollen wie Miley Cyrus. Und die dir einfach zustimmen und dich bestärken – beispielsweise, wenn du verlassen worden bist und dir so übel mitgespielt wurde wie noch niemandem jemals zuvor.

Ich habe solche Freundinnen. Hurra. Danke. Wir sind ein gutes Stück zusammen gegangen, haben die Clubs in Berlin unsicher gemacht, uns den Rücken gestärkt, beim Flirten, Verlieben, Entlieben. Wir sind zusammen erwachsen geworden – oder zumindest älter – und vielleicht auch weiser. Obwohl. Na ja, darauf muss man jetzt nicht rumreiten. Neulich habe ich gehört, dass man zwar mit achtzehn volljährig wird, erwachsen aber viel später. Frauen ungefähr mit Mitte dreißig und Männer so ab 42. Das machen die Psychologen daran fest, wie konfliktfähig man mittlerweile ist, emotionale Reife sozusagen. Wobei ich 42 dann ja schon wieder albern finde, das hat sich doch ein Mann ausgedacht, oder? »Die Antwort ist 42, haha!« Na ja, wenn ihr so besser durch die Midlife-Crisis kommt, meinetwegen.

Wir haben die meisten Trends mitgemacht, die im Prenzlauer Berg ihre seltsamen Blüten treiben, und schauen uns durchaus selbstironisch dabei zu. Und wenn wir uns zu sehr verheddern, hat mindestens eine von uns noch einen klaren Blick und holt uns wieder in die Normalität zurück. Glaube ich. Wobei, was ist denn die Normalität? Das frage ich mich immer wieder, wenn ich an meiner Wirklichkeit zu scheitern glaube.

Die sieht gerade so aus: Ich wohne oben im Nest und habe die Kinder um mich. Leider habe ich eine Woche erwischt, in der die Kita drei Tage zumacht, weil die Erzieher*innen eine Teamfortbildung machen, und am Tag darauf noch Routineuntersuchungen beim Kinderarzt anstehen. Eins muss ich klarstellen: Ich verbringe immer gerne Zeit mit meinen Kindern! Und ich meckere jetzt nicht, weil ich sie nicht irgendwohin abschieben kann. Nein. Aber eine dicke fette Erkältung hat mich am Wickel, und ich habe das Gefühl, ein mit Schleim gefülltes Aquarium statt eines Kopfes herumzutragen. Wahrscheinlich bin ich verweichlicht. Ich habe mich dran gewöhnt, dass ich mich ins Bett legen und ausschlafen kann. Diesen Part genieße ich nach wie vor extrem. Heute geht das nicht. Ich habe den Kindern versprochen, mit ihnen zum Wasserspielplatz zu radeln und dort Eis zu essen.

Ich tue mir sehr leid. Die Kinder sind zwar sehr lieb, aber wenig emphatisch. Wenn ich dröhnend niese und mir dann den Kopf festhalte, der mir gerade abgeflogen ist, lachen sie. So schlimm war Michael nie. Er war zwar auch keine Florence Nightingale, aber wenn es mir wirklich schlecht ging, hat er mich ins Bett gesteckt. Am nächsten Tag legte er mir dann liebevoll die Hand auf die Stirn und sagte fröhlich: »Na, ich denke, Fieber hast du aber keins mehr und siehst auch sonst ganz munter aus.« Und ich bin seufzend dem Krankenlager wieder entstiegen.

Anmerkung: Es ist sehr unnötig, ihn so unempathisch zu zeichnen. Er kann sehr wohl gut pflegen und macht das auch. Oder habe ich

etwa seine Hühnersuppe vergessen? Nein! Wie könnte ich? Es ist die
beste.

Jetzt habe ich jedenfalls weniger als keine Pflege, sondern zwei fröhliche, lebhafte Kinder, die nach Spiegeleiern verlangen. Während ich die Pfanne auf den Herd stelle, habe ich eine Idee.

Ich rufe Estelle an: »Hey, sag mal, könnten Andrea und Robbie heute vielleicht was mit deinen Kindern unternehmen?«

»Au ja«, ruft Estelle, und ich atme auf. »Das passt mir großartig. Heute kommen die Handwerker, die den Einbauschrank rausreißen, und die muss ich beaufsichtigen. Kann ich sie gleich rüberbringen?«

»Äh. Ich dachte eigentlich, sie könnten zu euch«, sage ich zaghaft.

Estelle ist still. Eine ganze Weile. Ich höre sie atmen.

»Hallo?«

»Weißt du, ich hab deine Kinder wirklich gern da, aber heute geht es nicht. Und letzte Woche hab ich sie ja dreimal nach der Kita mitgenommen, auch als ich noch mit Lala-Kerima Schuhe kaufen musste, und sie haben bei uns gegessen ... das ist jetzt echt ein bisschen blöd.«

Ich schlucke. »Du bist einfach zu nett zum Neinsagen«, hat Michael damals gesagt, als ich Tina mit Heinrich-Herodes ausgeholfen habe. Tja, das hab ich mir gemerkt, und daran habe ich gearbeitet. Ich kann mittlerweile Nein sagen. Und hab es getan. Zu ihm. Und was macht er? Lädt die Kinder dauernd bei Estelle ab, ich glaub es ja wohl nicht! Kann der sich nicht mal eine Woche lang zusammenreißen?

»Bist du noch dran?«, fragt Estelle. »Wenn es dir zu viel ist, dann bleiben die Kids bei mir. Aber vier sind mir auch zu viel.«

»Nee, das ist okay. Bring mir die beiden rüber.«

Als die drei wenig später vor der Tür stehen, streicht Estelle mir über die Wange. »Oh, du bist ganz erkältet, das hab ich am Telefon gar nicht gehört. Du Arme. Willst du nicht Michael fragen, ob ihr tauschen könnt?«

Ich winde mich ein bisschen. »Ich habe daran gedacht. Aber mein Stolz verbietet es mir irgendwie, ihn um Hilfe zu bitten.«

»Also, er hat kein Problem damit. Und du solltest dir das auch angewöhnen. Da fällt dir doch kein Zacken aus der Krone. Im Gegenteil, das ist sogar vernünftig.«

Estelle hat recht. Erste Lektion: Nein sagen. Zweite Lektion: um Hilfe bitten. Kann ja wohl nicht so schwer sein. Ist es trotzdem irgendwie. Ich schaue Estelle verzweifelt an.

Sie schüttelt den Kopf. »Komm, ich ruf ihn an. Hallo Michael, ich bin's. Sag mal, könntest du heute mit meinen und deinen Kindern zusammen was unternehmen? Was? Ja, ich weiß, dass du kinderlose Woche hast, aber Bärbel ist total erkältet, und wir würden beide gern die Kinder verkaufen. Oh. Okay. Na dann, genieß es. Tschüss.« Sie sieht mich bedauernd an. »Er ist in London bei einem Meeting.«

»Mist. Na ja. Dann noch 'ne Aspirin und rein ins Vergnügen.«

»Bist du sicher? Morgen kann ich die beiden gerne wieder mitnehmen, dann kannst du dich ein bisschen erholen.«

»Danke. Morgen müssen wir zum Kinderarzt. Aber vielleicht rufe ich am Nachmittag um Hilfe.«

Estelle umarmt mich vorsichtig und geht los. Ich seufze, schmeiße mir eine Kopfschmerztablette rein und packe eine Tasche mit Proviant, Straßenkreide und Wechselklamotten. Gerade als ich die Kinder einsammeln will, klingelt mein Telefon. Es ist Thomas.

»Hey, du, weißt du was? Johanna probt doch fast um die Ecke von dir in der Tanzfabrik, und ich will da nachher vorbeigehen, weil ich nächste Woche Fotos von den Proben mache. Und da dachte ich: Wär doch toll, wenn du auch kommst! Hast du Zeit?«

»Sehr gerne. Ich habe aber vier Kinder im Schlepptau.«

»Ach, das macht nichts. Die haben doch das Kinderatelier nebenan. Und Ralf kommt auch mit, der geht bestimmt liebend gern mit ihnen auf den Spielplatz im Hof.«

»Super Idee. Bis gleich.«

Ich stopfe alle Kinder ins Lastenrad und schaukle los. Zum Glück ist es wirklich nicht weit zu der umgebauten Waschpulverfabrik, die jetzt Studios, Ateliers und hippe Cafés beherbergt. Der Wasserspielplatz wäre weiter gewesen. Die meisten der großen Flügeltüren zum Hof sind weit geöffnet, um die Sonne einzulassen, und man hört Hämmern, Flötenmusik und Gelächter. Vor dem Kinderatelier, einer Kreativwerkstatt für Kinder, steht sogar ein großes Planschbecken. Ich erkundige mich drinnen, ob ich die Kinder dort spielen lassen kann, und sehe mich dann nach Johanna um, die mit federnden Schritten auf mich zukommt. Sie sieht toll aus, super stylishe Klamotten, ein abgefahrener Haarschnitt, der total unkompliziert verwuschelt wirkt und bestimmt Stunden dauert, dezent geschminkt. Sie strahlt.

»Ach, ist das schön, dass es geklappt hat! Die Tänzer sollen die Änderungen jetzt erst mal alleine proben.« Sie umarmt mich enthusiastisch und drückt mir einen Kaffeebecher in die Hand. »Und was gibt es bei dir Neues?«, fragt sie fröhlich.

»Michael ist blind, faul und blöd! Wie sonst kann es sein, dass er einfach nichts macht? Mann, der Typ nervt mich! Ich drehe durch. Der macht sich das Leben immer noch möglichst leicht.«

»Stört dich, dass er es nicht schwerer hat oder dass du es dir nicht genauso leicht machst?«, fragt Johanna schelmisch.

Ertappt. Natürlich bin ich neidisch, dass er es schafft, dreimal Estelle für sich einzuspannen, damit er nicht in Stress gerät, während ich das kaum mit dem Kopf unterm Arm fertigbringe.

Klitzekleine Anmerkung, er will wirklich nicht den Lesefluss unterbrechen, aber er hat Estelle nur in Notfällen um Hilfe gebeten. Weil er halt nicht früher wegkonnte. Jahaaa, ist ja gut. Außerdem sehe ich dich ja da gerade als Vorbild. Für mich.

In dem Moment klingelt Johannas Handy. Sie wirft einen Blick drauf. »Oh, Jürgen. Da muss ich mal kurz rangehen. Hey, was gibt es? Ach so, das war heute. Hab ich vergessen. Und? Hat sie Einlagen gekriegt? Gut, das hätte mich auch gewundert. Du, ich wollte dich noch bitten, mir einen Termin bei Olga zu machen, die geht doch nie ans Telefon. Könntest du nachher mal bei ihr vorbeigehen? Na, nach 19 Uhr halt, der Tag ist egal. Danke. Ich küsse dich.« Sie steckt das Handy ein. »Paprika hatte einen Termin beim Orthopäden, weil sie so viel auf den Zehenspitzen geht. Aber hey – ihre Mutter ist Choreografin, da probiert sie so was eben aus. Das verwächst sich schon, hab ich Jürgen gesagt. Aber er wollte das abklären. Ich hoffe, er denkt daran, mir einen Termin bei Olga zu machen. Meine Osteopathin. Ist super, geht nur nicht ans Telefon. Aber wenn er einkaufen geht, liegt sie eigentlich auf dem Weg.«

Ein junger Mann kommt auf sie zugestürmt und hält ihr eine Art Storyboard unter die Nase. Johanna zeigt auf einige Bilder und deutet Tanzbewegungen an, dabei spricht sie schnell und eindringlich auf ihn ein. Er nickt so eifrig, dass seine dunklen Locken kaum mit Wippen nachkommen.

»Wahnsinn«, stammle ich. »Johanna, ich bin grade so beeindruckt. Mann! Du hast auch zwei Kinder, Paprika ist ja sogar noch jünger als Andrea, aber was du da beruflich durchziehst … Wie machst du das bloß?«

Johanna lacht. »Danke. Mir geht es auch grade ziemlich gut. Auch wenn ich gestern einen doofen Streit mit Jürgen hatte, weil ich zu spät zu Hause war und er mit dem Abendessen gewartet hatte.« Sie seufzt.

Ich lächle ihr mitfühlend zu. »Ja, das muss ja eine wahnsinnige Organisation sein, die ihr da betreibt. Habt ihr ein Au-pair? Oder ist deine Mutter da?«

Johanna schüttelt den Kopf. »Nee. Jürgen arbeitet nicht, bis mein Projekt abgeschlossen ist. Das hab ich letztes Jahr für ihn auch gemacht. Also, wenn einer von uns beiden ein supertolles oder extrem gut bezahltes Projekt vorhat, dann übernimmt der andere dafür das Mikromanagement. Und zwar das ganze. Haushalt mit Wäschewaschen, zusammenlegen, in die Schränke sortieren, einkaufen, Kühlschrank sauber machen, kochen, Spülmaschine befüllen, einschalten, ausräumen, passendes Schuhwerk für die Kinderfüße finden, Arzttermine machen, zu Elternabenden gehen, zum Sport und zur Musik bringen, die Katze füttern, die Blumen gießen …«

»Toll, dass ihr das macht. Ich bin schwer begeistert und auch neidisch.«

Johanna grinst. »Und soll ich dir mal was sagen?«

»Ja.«

»Nach drei Wochen hatte ich mich schon so daran gewöhnt, dass es mir mittlerweile schwerfällt, überhaupt noch was zu machen. Ich ertappe mich plötzlich dabei, wie ich zu faul bin, meine Kaffeetasse in die Spülmaschine zu legen – weil es ja trotzdem irgendwie passiert.«

Ich starre sie mit offenem Mund an. »Wow, das ist ja unglaublich. Und nicht weil du zu müde bist?«

Sie schüttelt energisch den Kopf. »Nein. Ich hab mich einfach total schnell daran gewöhnt, dass er das macht. Und unsere Gespräche sind exakt die gleichen wie ein halbes Jahr vorher. Nur dass er jetzt meinen Text hat und ich seinen.«

»Das heißt …«, sage ich langsam.

»Du bist nicht sauer, weil Michael so faul ist. Sondern neidisch, dass er das besser in sein Leben einbauen kann als du. Du wärst nämlich auch lieber faul. Wir alle. Und wir werden das ruckzuck, wenn ein anderer ein paarmal etwas übernommen hat.«

»Krass.« Ich bin wirklich baff. Dann habe ich eine Erkenntnis, die mich lächeln lässt. »Aber weißt du, was die gute Nachricht daran ist, Johanna? Männer und Frauen sind wirklich total gleich! Wir müssen nur die Chance dazu bekommen.«

»Genau«, pflichtet Johanna mir bei. »Und man darf nicht darauf warten, dass der andere von selbst darauf kommt, jetzt plötzlich nachzuschauen, ob den Kindern die Unterhosen noch passen oder ob das Duschgel alle ist, nachdem es die letzten Monate dauernd geregelt und vorhanden war. Keiner will aus seiner Komfortzone. Dazu müssen wir gezwungen werden. Und dann geht es.« Sie grinst mich breit an. »Und weißt du was? Es ist so toll, wenn sich diese Diskussion umdreht. Wenn dir dein Mann plötzlich vorwirft, dass du die Tasse nicht weggeräumt hast und keine Milch mitgebracht hast, und es stimmt! Das erste Mal, als mir das klar wurde, musste ich so lachen! Aber ich hab natürlich auch brav meinen Text gesagt.«

»Nämlich?«, frage ich gespannt. Obwohl ich es mir ja eigentlich denken könnte.

»Ich hab so viel um die Ohren grade, jetzt hab ich das eben EINMAL vergessen, ist doch nicht so schlimm, dann gehen wir morgen eben frühstücken.«

»Lasst mich auch mitlachen«, ruft eine fröhliche Stimme hinter uns. Thomas und Ralf kommen über den Hof. Die Kinder stürzen sich sofort mit lauten Gejohle auf die beiden. Schließlich pflückt Thomas Andrea von seiner Schulter und setzt sie Ralf auf den Rücken, der bereits mit den drei anderen Kindern Fangen spielt.

»Hier, Schatz«, sagt er und hält Johanna eine Tasche hin. »Deine Panikdecke.«

»Danke, das ist toll!«, ruft Johanna und umarmt ihn. Auf meinen fragenden Blick hin erklärt sie: »Ich hab so tierische Panikattacken in den letzten Wochen. Thomas hat mir von diesen Decken erzählt, die sollen Wunder wirken.«

»Ralf hat sie von 'ner Kollegin geschenkt bekommen. Aber er braucht sie nicht – er hat ja mich.« Thomas grinst.

»Warum hast du denn Panikattacken?«, frage ich Johanna.

Sie beißt sich verlegen auf die Lippen und wird rot.

»Oh, Johanna, das muss dir nicht peinlich sein. Ich hatte selbst auch schon eine. Und ich habe danach sogar meinen Notarzt getindert, vor mir brauchst du dich also echt nicht genieren«, rufe ich.

»Die Geschichte kenn ich noch gar nicht«, sagt Thomas neugierig.

Aber ich winke ab. »Erzähl ich später. Was ist denn los, Johanna?«

Johanna zupft an dem Paket in ihrem Schoß herum. »Ach, es ist einfach ... Angst, glaube ich. Und die wird immer größer, je näher die Premiere rückt. Ich habe totale Angst zu versagen. Ich fühle mich wie eine Hochstaplerin. Ich muss das hier hinkriegen, denn ich wollte das ja, und Jürgen hält mir den Rücken frei. Für meine Karriere. Und jetzt habe ich das Gefühl, ich kann das doch in Wirklichkeit gar nicht, ich kann eigentlich gar nichts, und früher oder später merken das alle.«

Ich nicke. Das Gefühl kenne ich. Es meldet sich regelmäßig, zum Beispiel in der Garderobe, bevor ich auf eine Bühne gehe, in Drehpausen am Filmset oder während einer Schreibblockade – diese Angst, dass irgendwann rauskommt, dass ich eigentlich gar nix kann.

»Ach Johanna. Mach dir keinen Kopf. So geht es allen, die Kunst machen. Selbst Meryl Streep fühlt sich manchmal so.«

»Quatsch. Meryl Streep kriegt doch den Oscar im Abo nach Hause geschickt.«

»Ja, grade deshalb fühlt sie sich wahrscheinlich noch mehr als Hochstaplerin. Da kann ja was nicht stimmen, so brillant ist doch kein Mensch. Es tut irgendwie gut zu hören, dass du das auch kennst.«

Thomas schaltet sich ein: »Aber das kennen viele. Nicht nur die, die Kunst machen. Das ist das Hochstapler-Syndrom. Wenn man an sich zweifelt, sobald man Erfolg hat, und glaubt, dass man das nicht verdient hat.«

»Na toll«, schnaubt Johanna. »Nicht mal in meiner Erbärmlichkeit kann ich einzigartig sein.«

»Du wärst lieber allein mit deinem Problem? Echt?«

»Na ja. Ich wäre halt gern was Besonderes. Da spricht mein Künstler-Ego.«

»Genau«, sage ich. »Und das hast du nur, weil du eine echte Künstlerin bist. Wer soll das bezweifeln? Denkst du, irgendwann kommt jemand von der Kunstpolizei und führt dich in Handschellen ab? Die Leute, vor deren Kritik du dich fürchtest, sind selbst genauso Hochstapler. Die tun alle nur so, als wüssten sie, wovon sie reden. Dabei plappern sie sich gegenseitig alles nach, um nicht aufzufliegen. Aber solange alle das Spiel mitspielen, funktioniert es. Spiel einfach mit.«

Erstaunlich, wie leicht mir dieser Rat von den Lippen geht. Von außen sehen Probleme immer so schön einfach aus. Johanna kennt mich und weiß, dass ich selbst oft genug an diesen Fragen verzweifelt bin.

»Das glaubst du doch selbst nicht«, sagt sie prompt.

»Doch. Weil ich es weiß. Oder hältst du mich für eine Hochstaplerin?«

»Ach Kinder«, grinst Thomas. »Ich finde das tröstlich, dass man nie allein ist mit einem Problem. Irgendjemand hat genau dieses fucking Thema auch schon gehabt, und es gibt einen Artikel drüber oder hundert. Aber dafür auch Lösungen. Wie zum Beispiel diese wunderbare Panikdecke.« Er wendet sich an mich. »Und? Was ist dein allgemeines ganz spezielles Problem?«

»Pffft. Ich habe Schnupfen. Und zwar richtig. Und meine Hose passt mir irgendwie nicht mehr, merke ich grade. Ansonsten passt mir eigentlich auch nichts so richtig. Ich finde so ziemlich alles scheiße.«

»Oh«, sagt Thomas betroffen. »Okay. Soll ich dich heute Abend mal ein bisschen pflegen? Wenn ich hier fertig bin?«

»Ja bitte«, schnaube ich. »Und mich liebhaben, obwohl ich eklig bin und scheiße aussehe.«

»Das wird schwer«, grinst Thomas. »War bei den letzten Dates kein geeigneter Lover dabei, der das hinkriegen könnte?«

»Nein. Und ich glaube, ich lass das jetzt komplett mit der Liebe. Das ist doch nur anstrengend und macht Probleme.«

Johanna kneift mich in die Wange. »Probleme bringt jeder Partner mit, du musst dir halt aussuchen, welche du am besten aushältst.«

»Na ja«, wirft Thomas ein. »Du musst eben erst mal bei dir anfangen. Sonst bringt jeder neue Partner immer die gleichen Probleme mit. Nämlich deine eigenen.«

»Klugscheißer«, schimpfe ich.

Schubladen

»Wer will ein Eis?«, ruft Ralf über den Hof. »Also, wir sind uns schon mal einig. Sollen wir euch eins mitbringen?«

»Ja gern. Aber ich komme mit, ich will selbst aussuchen«, sagt Thomas. »Und du kriegst Zitrone, du brauchst Vitamine.«

Ich schüttle den Kopf. Da kommen Rike und Kai um die Ecke, ihre Kinder Maira-Undine und Horst Maria Karlsson zwischen sich. Lustig, seit die beiden getrennt sind, sind sie viel öfter zusammen unterwegs. Kommt mir zumindest so vor. Und haben immer Spaß zusammen. Maira-Undine und Horst Maria haben beide Blumenkränze im Haar und rosa Sandalen an. Ich finde das gut. Gleichzeitig ärgere ich mich ein bisschen, dass ich es bemerke und bewerte, denn eigentlich möchte ich, dass das für mich selbstverständlich ist und gar nicht auffällt, dass der Junge rosa und Blümchen trägt. Tut es aber. Wohltuend. Die Kinder in der Kita scheinen immer konservativer zu werden, und meine eigenen lassen sich davon anstecken.

»Das ist für Mädchen.«

»Die hat Jungssachen.«

»Jungen spielen so was nicht.«

Es macht mich wahnsinnig, wenn meine eigenen Kinder so einen patriarchalen 50er-Jahre-Käse von sich geben. Wie soll sich so je was ändern? Wie soll so je irgendwas besser werden?

Die ganze Kinderindustrie wird aber auch immer schlimmer.

Mittlerweile gibt es ja schon stilles Wasser in Rosa und Hellblau, Schokoladenhasen für Mädchen oder Jungs und selbst bei Lego, womit jedes Kind gerne baut, sind die Verpackungen entweder pastellgeblümt oder flecktarnmartialisch. Was soll das? Haben die Marketingfuzzis Prilblumen auf den Augen? Wer arbeitet denn da? Lauter Männer, die die Verhältnisse zementieren wollen? Oder Frauen, denen das einfach wurst ist? Und wie kann ich als Konsumentin das ändern? Ich muss den Kindern ja was anziehen. Klar kann ich meiner Tochter ein Flecktarn-Shirt mit Transformer drauf überstülpen und meinem Sohn ein rosafarbenes mit Glitzereinhorn. Beide sind affenhässlich. Und es hilft null. Der Kapitalismus mischt sich in unsere Familien ein. Er übernimmt die Erziehungsrolle und versucht, die Identitäten unserer Kinder zu formen, damit sie später besser in die für sie vorgesehenen Marketingzielgruppen passen. Das ist natürlich nur gut gemeint, denn gezielte Werbung und Produktvorschläge verbessern unser aller Surf-Erlebnis.

Meinen Kindern ist das egal beziehungsweise nicht bewusst. Sie begrüßen ihre Kitakameraden freudig. »Wir gehen jetzt Eis essen. Mit den Piratenonkeln.«

Piratenonkel und Piratentante nennen wir die Paten der Kinder. Sie sind nicht getauft, sollen aber trotzdem Menschen haben, die außerhalb der biologischen Familie zu ihnen gehören und für sie da sind. Aus Paten wurden schnell Piraten, darunter können Kinder sich leichter etwas vorstellen.

Andreas Piratenonkel Thomas ist einer meiner besten Freunde. Ich freue mich, dass ich Menschen, die mir wichtig sind, auf diese Weise noch deutlicher in meine Familie holen kann. Thomas ist lustig und großzügig, und die Kinder lieben ihn. Er hat großes Verständnis, als Robin-Legolas ihm erklärt, dass man sich an manchen Tagen nicht für nur eine oder zwei Sorten Eis entscheiden könne. Fassungslos sehe ich die vier mit riesigen Eisbechern in die Sonne treten.

»Hast du schon die große Neuigkeit erzählt?«, fragt Ralf.

Thomas schüttelt den Kopf.

Ralf zeigt sein unwiderstehliches Grübchenlächeln. »Ich werde mich outen. Öffentlich. Ich hab keine Lust mehr auf Versteckspiele.«

Ich blicke ihn an. Thomas' Lebensgefährte Ralf ist Schauspieler, und zwar ein ziemlich erfolgreicher. Er ist ein sehr hübscher Mann, ein richtiger Schwiegermutterschwarm und als solcher abonniert auf Rollen in Liebesschmonzetten, an denen er am Ende an einem Strand in Cornwall die Reitlehrerin heiratet.

»Wow. Das ist mutig. Und toll«, ruft Johanna und drückt ihm einen Kuss auf die Wange.

»Danke. Ich habe auch lange mit mir gerungen. Und ich bin schon ganz schön aufgeregt«, sagt Ralf. »Es ist immer noch nicht selbstverständlich. Auch heute noch nicht. Man muss immer noch überlegen, was das für die Karriere bedeuten kann. Aber gerade deshalb ist es so wichtig, damit ein Zeichen zu setzen.«

»Finde ich großartig«, sage ich. »Ich glaube, der Letzte, der sich öffentlich geoutet hat, war dieser Nationalspieler – aber auch erst nach seiner letzten Saison.«

»Ja, ich bin echt nervös. Wer weiß, was das mit meiner Karriere macht. Aber ich will daran mitarbeiten, dass wir in einer offenen und toleranten Gesellschaft leben können.«

Ich nehme ihn fest in den Arm. »Danke. Auch im Namen meiner Kinder. Ich bin froh, dass die in einer Zeit aufwachsen, in der sie lieben dürfen, wen sie mögen. Zumindest theoretisch.«

»Ihh«, quiekt Thomas da und greift in seine Tasche. »Ich hab die Überraschungseier vergessen, die schmelzen mir sonst. Darf ich?« Er sieht mich entschuldigend und gleichzeitig begeistert an.

Ich seufze. Drei Kilo Eis und jetzt noch Schokolade. Na, meinetwegen, den Zucker können die Kinder ja gleich auf dem Spielplatz raustoben.

»Schaut mal«, sagt Thomas und hält den Kindern die Überraschungseier hin.

Andrea grabscht sich gleich eins. »Danke.«

»Warte mal«, sagt Thomas. »Willst du nicht vielleicht das hier?«

Da sehe ich, dass er ein rosarotes und ein blaues Ei mitgebracht hat. Ich schüttle den Kopf und deute darauf. »Passend zum Thema. Es ist lieb, dass du den Kindern was mitbringst, aber mach doch diesen Gender-Marketing-Mist nicht mit. Grade du.«

Erschrocken hält er inne. »Oh Gott, das ist mir noch nicht mal aufgefallen. Du hast recht. Aber ich dachte, Andrea mag vielleicht lieber Feen als Dinos.«

»Die mag beides. Robin-Legolas übrigens auch.«

Schnell haben die Kinder ihr Eis und die Überraschungseier aufgegessen und die Figuren herausgeholt.

»Du alter Dino, jetzt hau ich dich«, schreit Andrea. »Weißt du, Mama, die hier ist eine Böse, und der Dino ist ein Lieber, und jetzt haut die den, und dann wird sie eingesperrt.«

Lieb und böse, das spielen die Kinder gern. Böse sind immer Diebe, die alles kaputthauen. Jeder will erst mal ein Böser sein. Dann kommen die Lieben und sperren die Bösen ein. Es beruhigt mich, dass die rosa Fee nicht automatisch eine Liebe ist und der Dino ein Böser. Andererseits, vielleicht ist es ja eine Dinosaurierin? Und vielleicht ist die Fee ja gar nicht böse, sondern einfach nur gestresst, weil ihr Job mit so extremen Erwartungen an sie verbunden ist, und dabei wollte sie eigentlich lieber Zwerg werden, aber die Zwergenbranche ist ja schon immer total von Männern dominiert ... Herrje. Ich will da jetzt lieber nicht zu viel hineininterpretieren.

»Harrharr. Und ich beiße dir den Kopf ab«, schreit Robin-Legolas.

»Na, na«, sage ich sanft. »Können die zwei sich nicht vielleicht vertragen?«

»Nein, Mami, sei still«, ruft Andrea.

»Genau, das verstehst du nicht«, ergänzt Robin-Legolas.

Robbie, mein Sohn, ist Teil einer neuen Generation Mann, die gerade heranwächst. Wie wird die wohl aussehen, wenn sie fertig ist? Welches Selbstverständnis wird Robbie haben, wie wird er Frauen und Männer wahrnehmen? Und Andrea? Wie wird sie Männer sehen? Wie Frauen?

Kinder werden ja von ihrem Umfeld geprägt.

Was leben wir ihnen vor? In unserer Familie gibt es Mutter, Vater, Kinder. Wer ist der Ansprechpartner für die meisten Fragen? Wer macht mehr im Haushalt? Wer weiß, wo die Hosen, Spielzeuge, Buntstifte sind? Ich. Wer erinnert an Arzttermine, Sockenkauf, Zähneputzen? Und wer wird immer grantiger und fährt dauernd aus der Haut? Ich. Lernen meine Kinder, dass Frauen den ganzen Tag verfügbar sind, räumen, kochen, spielen und abends grantig werden – und dass Männer zwar auch Wäsche waschen und kochen können, das aber fast nie machen? Und wenn doch, dass es dann immer irgendwie ein Event ist, etwas Besonderes, das auch besonderes Lob verdient? Dass Frauen einfach immer mehr machen und immer zuständig sind? Und Männer sich mit »Ich muss halt arbeiten« rausreden?

Andererseits – tue ich Michael vielleicht unrecht? Die Männer sind ja genauso Opfer des Patriarchats. Die Männer, die wir lieben, ob erotisch oder platonisch, mit denen wir lachen, tanzen, diskutieren, die haben ja nicht bei irgendwelchen Geheimtreffen beschlossen, dass bestimmte Arbeiten Frauensache sind und bleiben müssen, dass sie als Mann mehr verdienen sollten und dass Männer hart und Frauen Heulsusen sind. Das ist ihnen vorgelebt worden und der Generation davor auch. Das Patriarchat steckt so tief in uns allen drin.

Wir müssen uns damit auseinandersetzen, mit den Schäden, die es hinterlassen hat – bei uns und den Männern, in unserer Gesellschaft und in unseren Familien.

Am nächsten Morgen gehen mir diese Gedanken durch den Kopf, während ich gerade Knoblauch und Zwiebeln für die Tomatensoße schneide, die es heute Abend geben soll. Es ist 9:25 Uhr, und wenn das Ding köchelt, will ich sofort an den Schreibtisch. Aber ich muss eine Idee doch sofort aufschreiben, ehe sie weg ist. Also schmeiße ich Knoblauch und Zwiebeln in den Topf mit Olivenöl und klappe den Laptop auf. Während ich tippe, fängt es hinter mir an zu zischen und zu stinken. Ich habe zu lange gebraucht, und die Platte war zu heiß. Ich kratze die verkohlten Reste weg und schnippel neu. Diesmal mache ich das erst fertig, beschließe ich. Da verklemmt sich der Staubsaugerroboter unter dem Sofa, der noch in der Wohnküche herumgeirrt ist. Den befreie ich schnell – und schubse ihn mal in Richtung Katzenklo, da sind ein paar Krümel, um die er sich kümmern sollte. Na, jetzt geh schon. Uaaaahhh! Gerade noch rechtzeitig erreiche ich den Topf und rühre um. Ich schütte die Mutti-Tomaten dazu und überlege, ob das nicht der blanke Hohn ist, dass jetzt sogar die Dosentomaten so heißen. Und ob ich jetzt wieder so einen Stress habe, *weil* ich eine Frau bin oder *obwohl*. Oder ob das eigentlich egal ist.

Je mehr ich darüber nachdenke, desto mehr verzweifle ich an der Wirklichkeit. Und gleichzeitig erscheint es mir so lächerlich. Gibt es nichts Wichtigeres als Kleiderregeln, Überraschungseier und Legomännchen oder -weibchen?

Andererseits ist es gut, dass es wichtig ist. Nur dadurch kann uns auch diese Absurdität auffallen und wir können beginnen, solche Fragen abzuschaffen.

Eine bekannte US-Schauspielerin geht mit ihren Söhnen raus, die beide Röcke tragen. Das ergibt eine große Diskussion in den sozialen Netzwerken. Ist das in Ordnung? Ist es richtig oder ist es falsch? Mir stoßen dabei am meisten solche Kommentare auf: *Das ist absolut okay. Die Kinder sollen das anziehen. Meine Söhne haben sich mit vier auch gern mit Röcken verkleidet, jetzt sind sie zehn und zwölf und ganz normale Jungs.*

Das klingt auf den ersten Blick so liberal und aufgeklärt und offenbart doch das grundlegende Problem. Denn »normale Jungs« wären sie in den Augen dieser Mutter nicht, wenn sie weiterhin Röcke hätten tragen wollen. Warum? Das regt mich so auf.

Auch mein Sohn wollte in der Kita eine Zeitlang am liebsten das Prinzessinnenkleid tragen. Was ich total nachvollziehen kann, denn es raschelt so schön und schwingt, wenn man sich dreht. Nun will er plötzlich nicht mehr. »Das ist für Mädchen«, sagt er mir. Und ich kann noch so oft sagen: »Das ist für alle.« Das zählt nicht mehr.

Am meisten ärgert mich, dass ich ja selbst nicht so frei bin, wie ich gern wäre. Ich habe ihm die Haare kurz geschnitten, während ich seiner kleinen Schwester rosa Spangen in die Ponyfransen klipse. Als mir das auffällt, frage ich ihn, ob er nicht auch ein Haarspängchen möchte. »Nein, das ist für Mädchen.« Wäre es mir lieber, wenn er Ja gesagt hätte? Gerade was Kinder angeht, scheint die Gesellschaft immer rückschrittlicher zu werden, befeuert von der Werbung und Produkten, die sich explizit an die Geschlechter wenden. Man kämpft gegen Windmühlen, wenn man versucht, seine Kinder davon nicht beeinflussen zu lassen. Meine Tochter steht auf Rosa, sie will rosa Kleidung, rosa Bücher lesen, rosa Puzzle puzzeln. Mein Sohn hat immerhin für seinen Steckperlenschmetterling die Farben Rosa, Rot, Lila und Weiß gewählt. Warum lassen wir es zu, dass um uns herum immer mehr die Geschlechterunterschiede bei Kindern betont werden? Und wie könnten wir es verhindern? Ich kann ja nicht alle Kinderüberraschungseier ringsherum aufkaufen oder den beiden extra immer die andere Farbe aufzwingen. In der Kita und im Freundeskreis geht das ja immer weiter.

Wenn ich ein Blümchenkleid anziehe, ist das dann ein extra feministisches Statement, weil ich nicht mit einem Hosenanzug betonen muss, dass ich Männern ebenbürtig bin und mich so fühle? Oder der Zwang, »obwohl ich emanzipiert bin, auch total weiblich zu sein«?

Eigentlich müssen wir doch zusammenhalten, um eine neue Gesellschaft aufzubauen, in der einfach alle Menschen gleich viel wert sind und gleiche Rechte und Pflichten haben: Männer und Frauen und Trans und Inter und einfach alle. In erster Linie Menschen und fertig. Dazu müssen wir alle Feministen werden. In der Definition von: wirkliche Gleichberechtigung für alle wollen.

Und wir Frauen müssen auch auf die Männer zugehen. Erst mal ist es immer leichter in der Opposition. Aufbegehren, dagegen sein! Das war und ist wichtig und richtig. Aber jetzt müssen wir gemeinsam weitermachen. Wir müssen alle Feministen werden, Männer und Frauen.

Es gibt noch keine neuen Rollenvorbilder. Wir müssen die selbst erschaffen. Für unsere Kinder. Wir haben keine Liste, an die wir uns verbindlich halten können, keinen Gesetzgeber, keine Kirche, die uns sagt, wie das zu funktionieren hat. Gleichberechtigung bedeutet viel mehr Verantwortung. Für uns alle. So ist das mit der Freiheit. Mit der Freiheit kommt die Verantwortung.

Dazu gehört auch, dass wir unsere Kinder nicht mehr in gegnerische Lager aufspalten, sobald die Nabelschnur durchtrennt ist. Denn damit fängt ja alles an.

Vielleicht könnte man die Schubladen insgesamt mal abschaffen. Bisher gab es halt den weißen heterosexuellen Mann – der war die Norm und der Anführer, der legte die Spielregeln fest, an die sich alle zu halten haben. Alle anderen Menschen sind Untergruppen: Frauen, Schwule, Lesben, Emanzen, Penner ... Und das spaltet sich jetzt immer weiter auf. Können wir uns nicht auf einen neuen Oberbegriff einigen: Mensch. Damit ist dann NICHT der heterosexuelle weiße Mann gemeint, sondern jeder MENSCH. Der hat die gleichen Rechte und Pflichten, der hat die gleichen Empfindungen. Das menschliche Spektrum ist gar nicht so abartig riesig, da ist man schon relativ schnell durch: Liebe, Hass, Wut, Angst, Neugier, Schwäche, Bosheit, Hilfsbereitschaft, Grausamkeit, Toleranz – gibt es bei jedem. Und bei jedem ist die Ausprägung auch abhängig von den Lebensumständen, der Umgebung und den Mitmenschen. Frauen sind genauso faul wie Männer – wenn man sie lässt. Transgender sind genauso machtgeil wie Heteros – wenn man sie lässt. Lesben sind genauso humorvoll wie Schwule – wenn man sie lässt ...

Und wenn man nicht vorher schon mit dem Riesenstempel

daherkommt, der alles andere übertüncht. Lasst doch einfach mal Mensch Mensch sein, und dann gucken wir mal. Lasst doch die Babys erst mal anziehen, was der Jahreszeit entspricht und nicht dem gängigen Penis-Scheiden-Prinzip. Kleinkinder dürfen alle Glitzerpullis und Bagger haben, im Sommer alle Kleidchen tragen – weil es bequem und praktisch und niedlich ist – und im Herbst tarnfarbene Matschhosen und Hosen mit Knieflicken – weil es bequem und praktisch und niedlich ist! Und dann können sie ihre Vorlieben entwickeln, unabhängig davon, ob sie einen Penis oder eine Scheide haben, und rausfinden, zu welchem Geschlecht sie sich hingezogen fühlen.

Während ich in Gedanken die Gesellschaft neu ordne, brodeln sich die Tomaten zu einer wunderbaren Soße zusammen.

Was heißt hier Liebe?

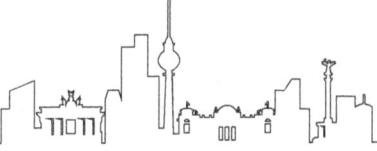

»Ich gestehe, dass ich bei Tinder die Männer mit Kindern wegwische. Ich möchte nicht in eine Familie reingrätschen, auch nicht wenn sie kaputt ist.«

Acht Augenpaare sehen mich an.

Wir sitzen zusammen auf dem Teppich in meinem kleinen Singlewohnzimmer. Um uns herum stehen Kerzen und Weinflaschen. Es fühlt sich ein bisschen an wie zu Studienzeiten, ein Zimmer voller Frauen. Ich hab einfach eine gemeinsame Signalgruppe gegründet: *Freundinnen.* Und habe Valerie, Anita, Manuela und sogar Meike eingeladen. Eva, Karla, Estelle und Marie ja sowieso. Und alle sind gekommen. Nur Meike hat geschrieben: *Oh, tolle Idee! Ich würde so gerne, aber an dem Abend habe ich ein Date!* Und ein verzücktes Emoji. Ich versuche, nicht darüber nachzudenken, ob Michael das Date ist. Ich werde die Kinder fragen, ob der Babysitter da war.

Anita hangelt nach der Chipstüte. »Versteh ich. Außerdem zeigt er damit ja auch, dass er es schon mal verbockt hat. Ich will keinen Gescheiterten, auch wenn er sich mit seinem Scheitern beschäftigt hat.«

Marie runzelt die Stirn. »Das ist aber unfair. Ihr seid ja schließlich auch gescheitert, oder? Und haltet euch trotzdem für eine gute Wahl. Ich übrigens auch. Warum traut ihr den Männern keine Entwicklung zu?«

Anita und ich sehen uns an.

Manuela schaltet sich ein. »Na ja, ihr seid da vielleicht noch net so weit. An den Punkt kommet ihr schon auch noch, dass ihr Väter datet. Und dann kann ich euch einen Tipp geben: Im Bio-Bibo isch dienstagnachmittags immer Spielenachmittag. Und da kommen ganz viele getrennte Väter. Isch net schlecht, sag ich euch.«

»Ick weeß nicht.« Anita sieht sie zweifelnd an. »Wenn ich an einen Teilzeitvater denke, dann denke ick nur: noch mehr Stress, keinerlei Hilfe. Wie soll der Typ sich denn überhaupt um irgendwas kümmern? Männer sind doch schon mit der simpelsten Variante überfordert. Zwei Familien organisieren – nee, so groß kann die Liebe gar nicht sein.«

»Du bisch aber unromantisch«, schimpft Manuela.

Das finde ich ziemlich lustig. Romantik und Manuela passen so gut zusammen wie Schlumpfeis und Sauerkraut.

»Also, meine Idealvorstellung ist des auch net«, fährt Manuela fort. »Mit fremden Kindern zusammenwohnen ist auch nicht lustig, glaub ich. Aber wenn die Liebe zuschlägt, kriegt man alles hin.«

Karla lacht schallend. »Na, du bist gut. Ich dachte, Liebe reicht eben nicht, damit alles schön ist, alles gerecht verteilt und jeder sich ernst genommen und wertgeschätzt fühlt.«

»Ach, Liebe!« schnaubt Marie. »Das ist doch albern. Liebe ist eine Entscheidung, das ist wie bei Shakespeare. Die Welt muss bevölkert werden!«

»Du spinnst, Marie«, sagt Karla liebevoll. »Das weißt du schon, oder?«

»Wieso? Such dir doch einfach einen Mann aus, der wirklich zu dir passt. Dann entscheide dich, ihn zu lieben. Fertig. Einer, der so ist wie du.«

»Nee«, schaltet sich Anita ein. »Det funktioniert nicht. Also, eine Beziehung mit mir selbst würde ich nicht führen wollen. Obwohl ick mir dann immer einig wäre. Ick hab es versucht, mit Ulf.«

»Ach, von dem warst du doch so begeistert. Weil er den gleichen Rhythmus hat wie du und auch morgens früh aufsteht und so«, sage ich erstaunt. Ich habe nämlich durchaus neidisch ihren Schwärmereien gelauscht.

»Ja, ick dachte ja auch, det ick det will. Aber dann habe ich jemerkt: Dit nervt total. Ich mag nämlich eigentlich diese Stunde für mich am Morgen, wo ick in Ruhe wursteln kann. Dafür geh ick denn früher ins Bett und er hat Zeit für sich. Aber mit Ulf jeht dit nicht. Der ist manchmal schon vor mir im Bett. Und wurstelt dafür morgens. Neben mir her. Und will sich dabei unterhalten. Jeht jar nicht. Also, ick musste mich von dem wieder trennen. Außerdem bin ick sowieso nicht so sexuell drauf im Moment. Ich habe meinen Körper lieber für mich. Deswegen habe ich mich jetzt bei familyship angemeldet.«

»Was ist das denn?«, fragt Karla neugierig.

»Da findest du Leute, die auf freundschaftlicher Ebene eine Familie gründen wollen. Es jibt da alle möglichen Konzepte: Co-Parenting, Regenbogen, Mehrelternschaft ... Ich suche nach einem schwulen Paar, das mit mir zusammen eine Familie sein will.«

»Und Lars? Und seine Väter-WG?«, frage ich verblüfft.

»Lars hat 'n Jobangebot in Leipzig, det er gerne annehmen würde. Denn is er nicht mehr so viel hier. Deswegen.« Anita schaut in die Runde.

»Klingt eigentlich super«, sagt Valerie.

»Ich hab ja überlegt, ob wir die Männer aus unserer Generation net sowieso vergesse könnet«, sagt Manuela und schenkt schwungvoll Wein nach. Zu schwungvoll, ein guter Teil landet auf dem Boden. Manuela wischt ohne Zögern mit ihrem Fuß darüber, sodass der Wein von ihrer Socke aufgesaugt wird.

Ich schaue ihr fasziniert zu. Manuela! Die Schwäbin. Dass sie ihren Gästen nicht noch die Socken mit Sagrotan einsprüht, gelingt ihr, glaube ich, nur mit äußerster Willenskraft. Wenn so etwas möglich ist, denke ich heimlich, dann doch eigentlich alles.

»Wisset ihr«, fährt sie fort und dreht das Weinglas in der Hand. »So ein sensibler Millenial, der froh ist, wenn er eine gestandene Frau erwischt, die ihm klare Ansagen macht. Oder so ein rüstiger Rentner, der sich gar nichts mehr beweisen muss und ganz Gentleman sein kann.«

»Klingt beides schrecklich«, sage ich. »Suchst du ernsthaft danach?«

Manuela schüttelt den Kopf. »Noi. Ehrlich gesagt, der Matthias und ich, wir treffen uns grad öfter. So ganz unverbindlich.«

»Hört, hört«, sagt Estelle amüsiert. »Sind alle anderen noch schlimmer?«

Manuela grinst. »Scho. Bissle. Also, ehrlich gesagt isches so, dass ich gar keine Beziehung mehr eingehen will. Ich find des super allein mit meinen Kindern. Aber der Sex mit Matthias war immer mega. Des hab ich ihm gesagt. Jetzt machen wir das wieder. Und bleiben trotzdem getrennt.«

»Hört sich ganz gut an«, sage ich vorsichtig. »Und was ist, wenn er sich anderweitig verliebt?«

Manuela nimmt einen großen Schluck Wein. »Herrschaft, passieren kann andauernd was. Jetzt bin ich grad maximal entspannt und glücklich, des genieß ich bis zur nächsten Katastrophe. Und außerdem gibt's da ja auch alle möglichen neuen Modelle – Co-Loving zum Beispiel.«

»Wie bitte?«

Manuela nickt eifrig. »Ja, des isches Neueschte. Unsere Conscious-Uncoupling-Therapeutin hat uns drauf gebracht.«

»Ach«, schaltet sich Estelle ein. »Conscious Uncoupling interessiert mich ja. Wo macht man so was denn?«

»Ach, des isch großartig. Wir waren zusammen beim Workshop, weißt du, auf diesem Bauernhof in Brandenburg, wo die Mutter von Xaver-Gandalf immer Yogaretreats anbietet. Matthias war so toll. Dabei haben wir eine ganz neue Ebene gefunden.«

»Klingt super«, sagt Estelle.

Ich muss mir ein Lachen verkneifen. Verarscht sie mich jetzt? Aber sie sieht wirklich interessiert aus. Das kann doch nicht ihr Ernst sein. Da muss ich jetzt mal bohren.

»Aha. Uncoupling-Workshop. Das, was Gwyneth Paltrow gemacht hat? Darüber haben wir uns vor ein paar Jahren total lustig gemacht, weißt du noch? Ich meine, wenn man sich trennt, ist das doch immer eine bewusste Entscheidung, dieser Begriff ist so dermaßen albern – bewusste Entpaarung.«

Manuela sieht mich verletzt an, Estelle überrascht. »Mann, du bist ja gemein. Klar haben wir darüber gelacht, aber man entwickelt sich doch weiter, oder? Also, ich zumindest. Über Yoga haben wir schließlich auch mal gelacht. Und über Stillberatung, zuckerfreie Ernährung, musikalische Früherziehung ...«

Peng. Mindestens der letzte Punkt zielt eindeutig auf mich. Ich habe immer getönt, dass ich meine Kinder – wenn ich mal welche haben wollen sollte – niemals mit diesen frühkindlichen Förderprogrammen quälen würde. Aber dann kamen die

Kinder, und es stimmt, man entwickelt sich, die Interessen verschieben sich. Einige Dinge, die man vorher belächelt hat, werden plötzlich wichtig. Gesundes Bioessen, Luftverschmutzung, Spielplatzfreunde. Das ganze Kinderuniversum, das vorher in einer Parallelwelt stattgefunden hat, ist plötzlich deine persönliche Baustelle.

»Du hast ja recht«, gebe ich zerknirscht zu. »Erzähl doch, Manuela, was macht man denn dann da?«

»Es ist der Hammer. Weißt du, es isch nicht einfach a Scheidung. Hätten wir keine Kinder, könnten wir ja einfach Tschüss sagen, uns alles Gute oder Schlechte wünschen und uns dann nie wiedersehen. Aber wenn eine Familie betroffen ist, muss man das anders machen. Und da ist Conscious Uncoupling das Beste! Man lernt, die Beziehung behutsam aufzulösen, gemeinsam die besten Entscheidungen zum Wohl der Kinder zu treffen, sich als Mensch weiter zu respektieren …«

»Weiter oder wieder?«, werfe ich ein.

Manuela grinst. »Stimmt. Jedenfalls muss man lernen, net mit dem Finger aufeinander zu zeigen, net in Schuldzuweisungen zu verfallen, Verletzungen sachlich auszusprechen und dann abzuschließen. So, dass man dann vor den Kindern als Team auftreten kann, das sich net gegenseitig in die Pfanne haut. Die Kinder sollet ja beide weiter liebhaben dürfen und net glaube, dass sie sich für einen entscheide müssen. Und da gibt es dann eben so a Punkteprogramm, an dem man sich entlangarbeitet.«

»Wie bei den Anonymen Alkoholikern?«

»Jetzt lass sie doch mal ausreden«, ruft Estelle ungeduldig. »Mich interessiert das.«

»Oh«, sage ich betroffen. Erst jetzt wird mir klar, was Estelle da sagt. »Dich interessiert das? Aber … was ist denn los bei euch?

Bitte, sag nicht, dass ihr euch trennen wollt? Ihr seid doch das einzige Paar, das meinen Glauben an die ewige Liebe noch am Leben hält.«

»Mach mir nicht so einen Druck«, sagt Estelle mit schiefem Grinsen. »Wir wollen ja auch zusammenbleiben. Aber dieses Conscious-Prinzip kann ja auch dabei helfen, oder? So 'ne normale Paartherapie finde ich öde.«

Ich atme erleichtert auf, aber Valerie wiegt bedenklich den Kopf. »Das klingt für mich nach dem Anfang vom Ende.«

»Ach du«, ruft Karla und wirft eine Handvoll Chips auf sie. Ich bemerke das, zucke aber nicht mal zusammen. Sind ja nur Krümel. »Du gehst ja sowieso davon aus, dass man es nicht länger als zwölf Monate mit dem gleichen Menschen aushalten kann.«

»Pah, ich hab mit Georg immerhin schon zwei Kinder gekriegt. Aber ja, ich glaube nicht an Monogamie. Und Polyamourie« – sie wendet sich an Marie, die schon tief Luft holt – »ist auch nichts für mich. Zu anstrengend. Eine Beziehung zwischen zwei Menschen ist doch schon kompliziert genug.«

»Ihr müsst euch insgesamt lockermachen«, sagt Marie. »Soll ich euch mal eine Einladung schicken zu Schwing-Ring? Da gibt es alle möglichen Veranstaltungen, auch welche, wo man als Paar hingehen kann.«

»Ach nee, danke.«

Beim Gedanken daran, mit meinen Freundinnen und ihren aktuellen Männern auf eine Sexparty zu gehen, schüttelt es mich ein bisschen. Ich möchte nicht, dass mir jemand beim Sex zuguckt, und ich möchte meinen Freunden auch nicht dabei zugucken. Bin ich verklemmt?

»Demisexuell«, murmelt Estelle.

»Wie bitte?«, fragt Eva. »Was ist das denn?«

»Wenn man eine emotionale Bindung zum Sexpartner braucht. Ich glaube, das bin ich. Deswegen kann ich nicht auf so 'ne Veranstaltung gehen.«

»Aber klar«, sagt Marie, »das ist grade für Paare toll. Sehr inspirierend. Die meisten vögeln gar nicht mit irgendwelchen maskierten Fremden, sondern mit dem Typen, mit dem sie hingegangen sind.«

»Interessant«, sage ich.

»Überleg mal, Estelle«, sagt Marie. »Wie kriegt ihr denn Liebe und Begehren unter einen Hut? Also, das schließt sich doch eigentlich aus. Ich begehre fast zwanghaft jemand anderen, wenn Werner zu lange am Stück zu Hause ist.«

Das leuchtet mir ein. Wie viel Nähe ist zu viel für guten Sex? Die Ansprüche von Liebe und Begehren kommen sich ja deutlich ins Gehege. In der Liebe suchen wir nach einem Zuhause, nach Vertrauen, Verbindlichkeit, Geborgenheit. Beim Begehren geht es um Abenteuer, Geheimnis und Überraschung.

»Wie soll ich, wie soll ich mich nach dir sehnen, wenn du stets, wenn du stets bei mir bist«, singen Tocotronic.

Estelle überlegt. »Deswegen mache ich bestimmte Dinge allein. Ich schließe die Klotür, ich fahre mit Freundinnen weg, ich verabrede mich zum Sport. Dann freue ich mich auf meinen Mann, falle ihm um den Hals, und wir haben Sex.«

»Und aus Sex entstehen dann Kinder«, sagt Valerie mit Grabesstimme. »Und die sind schuld daran, dass wir praktisch keinen Sex mehr haben.«

So simpel ist es vielleicht. Ich denke an früher. Wenn Kinder dazukommen, wird es schwieriger, ein Liebespaar zu sein. Es wird auch schwieriger, eine Geliebte und eine Liebhaberin zu sein. Da ist die Müdigkeit, das Verfügbar-sein-Müssen für ein kleines

Wesen, ich bin zauselig, unrasiert und vollgekotzt. Ich muss mich um Kita, Arzt, Spielplatzdates, Musik- und Sportkurse kümmern, ständig neue Schuhe und Unterhosen kaufen und immer damit rechnen, dass ich abends statt ins Konzert mit dem Kind in die Notaufnahme fahre. Daneben eine Wohnung, die die Kinder im Handumdrehen ins komplette Chaos stürzen, und einen Beruf, den ich nicht aufgeben will. So. Und jetzt kommst du, Geliebter. Ja, leider meistens ganz am Schluss, wenn ich keine Kraft mehr übrig habe, sondern selbst nur noch auf den Arm will. Wo ist denn jetzt schon wieder das Begehren hingeraten? Zwischen den Wäschekorb und die Steuererklärung gefallen? Keinen Speicherplatz auf der Fernbedienung bekommen? Und mein Mann ist ständig da, aber nicht genug. Nicht so, dass es sexy ist. Kann man wollen, was man schon hat? Oder soll ich mich aufmachen und wieder in die weite Welt ziehen – oder halt in den nächsten Club, der mich in dem Alter noch reinlässt –, um da ein Abenteuer zu erleben? Mit oder ohne meinen Mann? Muss ich Teile, zum Beispiel, die Sexualität, von der Partnerschaft trennen, damit sie funktioniert? Überfordere ich mich sonst? Manchen hilft das Gefühl, frei zu sein, um diese Freiheit nicht nutzen zu müssen oder wollen. Manche fühlen sich frei, weil sie gebunden sind.

Karlas laute Stimme holt mich wieder ins Hier und Jetzt. »Ich verstehe es immer noch nicht. Warum hat man Affären, wenn man sich ja auch trennen und mit jemand anderem zusammen sein könnte?«

»Du hattest noch keine Beziehung, die lange genug gedauert hat, um so eine Durststrecke zu erleben«, sagt Eva heftig. »Weißt du, auch und gerade glückliche Menschen betrügen. Das ist einfach eine Sehnsucht nach ... ich weiß nicht, verlorenen Teilen in sich selbst.«

Karla öffnet den Mund, aber ich halte sie fest. »Warte. Ich liebe das, wenn Eva so poetisch wird.«

Eva grinst schief und macht weiter. »Man wendet sich ja nicht vom Partner ab, sondern von sich selbst und sucht dann in Affären Teile seiner eigenen Persönlichkeit. Affären sind wie ein Gegenmittel zum Tod, zum Stillstand, ich fühle mich wichtig und gewollt – und man kann den Geliebten nicht komplett haben. Diese Unsicherheit, jemanden verlieren zu können, schafft neues Verlangen.«

»Das klingt plausibel«, sage ich.

»Das ist es auch«, sagt Marie entschieden. »Aber Unehrlichkeit vergiftet die Beziehung. Ihr könnt dieses Prickeln, dieses Abenteuer gemeinsam erleben und es zu einer Bereicherung für eure Beziehung machen. Glaubt mir.«

»Kriegsch du Provision für jeden, den du zu der Party mitschleppst?«, fragt Manuela.

Marie schnappt beleidigt nach Luft. »Ihr müsst ja nicht. Aber ich könnte euch tatsächlich auf die Gästeliste kriegen.«

»Weisch was? Ich bin dabei. Aber ihr müsset auch mitmachen«, ruft Manuela.

Ich glaube, wir haben mehr Wein getrunken, als wir dachten. Denn jetzt legen wir feierlich die Hände übereinander, und auch ich sage: »Ich bin dabei.«

Dämmerung

Kichernd drängeln wir uns in einer Ecke des U-Bahn-Wagens. Hoffentlich erkennt mich jetzt niemand. Ich habe zwar einen langen Mantel an, aber ich bin ziemlich stark geschminkt und stehe auf unfassbar hohen Absätzen. Außerdem sieht man zumindest Manuela und Anita genau an, wo wir hinfahren. Obwohl – vielleicht gehen wir ja auf eine Mottoparty. *Koks und Nutten* oder so. Ich taste in meiner Manteltasche nach der Augenmaske, die ich mir gestern zusammen mit den halterlosen Strümpfen gekauft habe. Ich fühle mich ein bisschen verkleidet und verrucht. Karla hält mir die Sektflasche unter die Nase und schmiegt sich wieder an ihren Pianisten. Der ist sehr sympathisch. Ich habe nur seinen Namen schon wieder vergessen, und ein drittes Mal möchte ich nicht nachfragen.

Ich lasse mich jetzt mal ganz auf dieses Abenteuer ein, denke ich und nehme einen Schluck von dem inzwischen lauwarmen Sekt. Valerie redet derweil auf Estelle und Daniel ein, denen man die Aufregung förmlich ansieht.

»Schön, dass die zwei mitgekommen sind, gell«, flüstert Manuela mir zu. Ihr Outfit ist beängstigend. Lackstiefel bis zum Po, Hotpants aus Leder und sehr viele Lederriemen um den Hals. Ich bin gespannt, was sich unter ihrer Jacke noch verbirgt – oder was nicht. Aber sie sieht sehr glücklich aus. »Weisch was, der

Matthias kommt auch noch nach. Der hat die Kinder zu seinen Eltern gebracht.«

Lustig, das wird ja ein richtiger Pärchenausflug. Ich muss gestehen, dass ich auch kurz überlegt habe, Michael Bescheid zu sagen, aber dann habe ich mich doch nicht getraut.

Anita nimmt mir die Sektflasche aus der Hand und zwinkert mir zu. »Und was hast du Uwe erzählt?«, fragt sie Eva, die lasziv an der Tür lehnt.

Die grinst. »Die Wahrheit. Dass ich mit euch einen draufmache. Ich habe ihm angeboten, dass wir die Kinder verkaufen, aber er will morgen früh mit ihnen zum See rausfahren.«

»So, da wären wir«, sagt Marie. Wir stehen vor einem stinknormalen Mietshaus. Sie drückt einen Klingelknopf, auf dem *Schröder* steht.

»Hallo?«, meldet sich eine neutrale weibliche Stimme.

»Narcoleptika«, raunt Marie geheimnisvoll in die Sprechanlage.

»Vierter Stock rechts.«

Der Summer ertönt, und wir gehen ins Haus. Ein gepflegtes Treppenhaus mit spießigen Blumenkränzen an ein paar Türen und Herzlich-willkommen-Fußabstreifern. Ich komme mir vor, als wären wir eine Gruppe verkleideter Kinder an Halloween.

In der Wohnung sieht es auch ein bisschen so aus, als hätte jemand für eine Halloweenparty dekoriert – gedämpftes Licht, Kerzen, schwarze und rote Tücher an den Wänden. Nur die Skelette und Kürbisse fehlen. Statt Süßigkeiten stehen Schüsseln mit Kondomen und Gleitgeltuben herum. Uff. Sexy fühlt sich das jetzt noch nicht an.

Die Gastgeberin, barbusig und mit Elfenflügeln auf dem Rücken, kassiert an der Tür zwanzig Euro von jedem. Dann stellt sie sich als Kitty vor und zeigt uns ein kleines Zimmer, wo wir alle Klamotten, die wir ablegen wollen, in nummerierte Mülltüten packen sollen.

»Die Nummer bitte gut merken, sonst gibt es Chaos«, sagt Kitty.

»Wieso denn die Plastiktüten?«, frage ich Anita.

»Hygiene, glaub ich. Ist in den Clubs auch oft so, sonst schleppt man Filzläuse und so Zeugs in der Kleidung mit nach Hause.«

»Uäh, echt? Meinst du, die Leute hier haben so was?«, frage ich entsetzt.

»Ach Quatsch, mach dir keine Gedanken. Ist nur so 'ne Maßnahme. Ich hab mir noch wie was geholt, ich schwör's dir.«

Ich nicke so cool wie möglich und packe meinen Mantel in eine der Tüten. Es juckt mich bereits am ganzen Körper. War ja klar. Selbst wenn hier keine echten Sackratten rumrennen, die imaginären werde ich jetzt erst mal nicht mehr los.

»Und diese Kitty, der gehört die Wohnung?«, frage ich. Kitty Schröder. Wahrscheinlich heißt sie in Wirklichkeit Kerstin.

»Nee, das ist eine Airbnb-Wohnung. Deshalb auch die Heimlichtuerei an der Tür. Eigentlich ist es natürlich nicht erlaubt, eine Ferienwohnung für eine kommerzielle Party zu nutzen. Die mietet immer wieder andere Locations an, die dann einen Tag vorher in der WhatsApp-Gruppe bekanntgegeben werden«, erklärt Marie. Macht Sinn. In der eigenen Wohnung würde ich das auch nicht haben wollen.

Jetzt trinken wir aber erst mal ein Glas Sekt und schauen uns an, was das hier für Leute sind. Die sehen tatsächlich alle ganz normal und entspannt aus. Die Atmosphäre ist nicht sonderlich verrucht, trotz der Schummerbeleuchtung. Das Publikum könnte so auch in einer beliebigen Bar in der Kastanienallee sitzen, nur mit mehr Klamotten an. Das Männer-Frauen-Verhältnis scheint ausgewogen.

»Da achten die drauf, dass die Mischung stimmt. Nicht zu männerlastig, keine Drogis, und Nein heißt Nein, sonst gibt es Hausverbot. Hier sollen alle ihren Spaß haben, respektvoll und ungezwungen«, erklärt mir Marie. Klingt doch gut.

»Und habt ihr dann auch richtig Spaß hier?«, frage ich. Ich weiß, ich klinge wahrscheinlich wie meine eigene Oma. Aber hey, wer nicht fragt, bleibt dumm. Und meine Oma wäre schon an der Tür in Ohnmacht gefallen, da bin ich doch schon weiter.

»Na ja, der Sex an sich ist meistens nicht so besonders, find ich jedenfalls«, sagt Marie. »Aber schon spaßig, ja. Und dafür weiß man dann wieder, was man an seinem Partner hat.«

»Da hasch recht«, pflichtet Manuela ihr bei. »Es geht eher so um die Luscht am Ausprobieren. Je weniger Erwartungen, desto besser.«

»Luscht«. Schwäbisch ist echt nicht der erotischste Akzent, den es gibt. Dafür enttäuscht Manuelas Outfit die Erwartungen nicht: ein sehr unbequem aussehendes schwarzes Korsett, das die Brüste freilässt, die Brustwarzen abgeklebt mit rot glitzernden Herzchen, von denen kleine Quasten baumeln. Wo sie die wohl herhat? Gibt es Öko-Erotikshops, die nachhaltige Nippelquasten aus geupcyceltem Christbaumschmuck verkaufen? Nee, wahrscheinlich bestellt sie das Zeug im Internet, und dass es nicht öko ist, erhöht den Reiz für sie erst recht.

»Oh«, flötet Marie, »ich hab da grade wen entdeckt, der ist mir letztes Mal entwischt. Entschuldigt mich!« Und weg ist sie. Manuela stolziert ebenfalls recht zielstrebig davon. Sie fühlt sich, als wäre sie im Moulin Rouge, das seh ich ihr an. Das ist schon irgendwie niedlich.

Ich beschließe, mich erst mal auf ein Sofa zu setzen und das Geschehen zu beobachten. Noch ist alles völlig harmlos. Bis auf die Musik, die ist grauenhaft. Bumstechno trifft es wohl am besten. 90er-Jahre-Synthie-Quietschen und monotone Beats, vielleicht hilft das ja, den richtigen Takt zu finden, wenn man zu mehreren zugange ist. Ich nippe an meinem Sekt und versuche, die Gespräche um mich herum zu belauschen. Der Mann und die Frau neben mir reden darüber, wo man auf La Gomera das beste Olivenöl findet. Fast schon zu langweilig. Da kommt plötzlich Klaus durch mein Gesichtsfeld geschlurft. Och nee, der ist für mich wirklich abgefrühstückt, den kann ich heute gar nicht gebrauchen. Ich betrachte konzentriert die Bläschen in meinem Sektglas, als ob ich noch nie so was Spannendes gesehen hätte. Klaus geht vorbei und verschwindet in einem Zimmer, keine Ahnung, ob er mich gesehen hat. Hm. So wird das natürlich nichts mit dem Lockersein, wenn ich mir die ganze Zeit denke, huh, wie peinlich, wer sieht mich hier alles? Sind ja alle aus demselben Grund hier, oder? Also entspann dich.

Die ersten Leute sind schon total locker. Das Sofa unter mir beginnt zu wippen. Die beiden neben mir fanden das Thema Olivenöl offenbar auch schnell langweilig. Ich schaue so diskret wie möglich rüber. Ich will ja nicht unhöflich sein. Die Frau, die rittlings auf dem Mann sitzt, grinst mich fröhlich an. Ich lächle freundlich und nicke ermutigend, als würde ich sie nicht gerade beim Geschlechtsverkehr betrachten, sondern beim Cha-Cha-Cha im Tanzkurs. Die Frau fängt an, mein Knie zu streicheln.

So stellt sich bei mir keine Entspannung ein. Ich fühle mich eher wie Baby in Dirty Dancing, die belämmert sagt: »Ich habe eine Wassermelone getragen.« Wo sind denn plötzlich alle hin? Ich entdecke niemanden, mit dem ich hergekommen bin. Na ja, geh ich halt aufs Klo, da ist man wenigstens mal alleine.

»Danke. Viel Spaß noch«, sage ich freundlich, während ich die Hand der Dame beiseiteschiebe. Die hören mich gar nicht. Auch gut.

Das Klo ist besetzt. Ich stehe auf dem Flur und warte. Das dauert aber lange. Ob da wirklich nur eine Person drin ist? Ich will gerade an die Tür klopfen, da steht plötzlich Michael neben mir.

»Na? Was machst du denn hier?«, fragt er grinsend. Es scheint ihm gar nicht peinlich zu sein, mich auf einer Sexparty zu treffen.

»Hi. Ähm, gute Frage. Also, im Moment warte ich auf die Toilette. Und du so?«, frage ich zurück.

»Tja, weiß ich auch nicht so genau. Aber ist doch ganz witzig irgendwie.«

Ich kichere zustimmend. »Ja, irgendwie strange. Bist du … alleine da?«, frage ich. Und bekomme die Antwort prompt, als die Klotür aufgeht. Meike. In einem sehr edlen Outfit aus teurer Spitze, natürlich. Fuck. Sie ist knallrot im Gesicht, offenbar hat sie nicht mit mir gerechnet. Ich zwinge meine entgleisten Gesichtszüge in ein Lächeln, murmle so was wie »Ah. Auch da?« und sehe zu, dass ich so schnell wie möglich an ihr vorbeischlüpfe und die Klotür hinter mir schließe. Na toll. Michael und Meike. Was soll das denn jetzt? Okay, locker bleiben. Ich darf mich jetzt nicht ärgern. Ich wollte das ja selbst so. Aber dass die so puterrot angelaufen ist, beweist doch, dass sie ein schlechtes Gewissen hat. Oder hat sie vielleicht gerade gekackt? Hatte sie gar Durchfall? Ich schnüffle. Plötzlich kommt mir alles hier richtig eklig vor. Sorgfältig lege ich Toilettenpapier auf die Klobrille, ich will von Meike weder Durchfall noch Filzläuse oder sonst was. Mein ganzes Bemühen, das alles hier voll lässig zu finden, ist dahin. Okay, was mache ich? Such ich mir jetzt irgendeinen Typen, den ich dann vor Michaels Augen demonstrativ vernasche? Dafür müsste ich mich aber so was von betrinken. Und auf das Niveau will ich mich auch nicht herablassen. Nein, ich gehe einfach. Wie war noch mal die Nummer meines Kleidersacks? Ich hab sie mir schlauerweise in meinem Handy notiert. Und das, fällt mir ein, habe ich auf dem Sofa liegen lassen.

Während ich so überlege, bewegt sich der Duschvorhang über der Badewanne. Hilfe! Da sind irgendwelche Freaks am Vögeln! Wer macht denn so was, anderen beim Kacken zuhören und sich dabei aufgeilen?

»Ahh!« Kreischend schlage ich mit dem Nächstbesten, was mir in die Finger kommt – der Klobürste – auf den Duschvorhang ein. Es ist aber niemand dahinter. Es war nur die Lüftung, die angesprungen ist und den Duschvorhang bewegt hat. Und meine Paranoia. Ich verlasse die Toilette und plane einen möglichst unauffälligen Abgang. Erst mal zum Sofa, hoffentlich ist mein Handy noch da. Das Pärchen von vorhin ist immer noch zugange, mittlerweile haben sich Zuschauer um sie geschart.

»'tschuldigung, ähem, dürft ich mal …«

Ich wühle unbeholfen in der Sofaritze. Hände waschen nicht vergessen, schießt es mir durch den Kopf. Gott sei Dank, das Handy ist da.

»Sehr schön«, mache ich den beiden ein völlig deplatziertes Abschiedskompliment. Da fällt mein Blick auf das Sofa daneben. Das ist eindeutig Meikes Rücken. Die Abdrücke von ihrem Spitzentop zeichnen sich noch deutlich auf der Haut ab. Sie sitzt auf einem Mann und … Mehr will ich nicht sehen. Das reicht jetzt wirklich. Ich werde nicht nachschauen, was die blöde Meike mit meinen Ex auf der Couch treibt, das ist wirklich der Gipfel der Geschmacklosigkeit. Ich stürme Richtung Kleiderkammer und renne in einen Mann hinein.

Michael. Hä?

»Was machst du denn hier?«

»Das hast du mich doch vorhin schon gefragt.«

»Nein, ich meine, du sitzt doch da unter Meike auf dem Sofa …«, stammle ich. Ich glaube, ich werde verrückt.

»Unter Meike? Ach! Hat das geklappt?« Er linst neugierig über meine Schulter.

»Was hat geklappt?«

»Ich bin mit Meike und Klaus hier«, erklärt er. »Ich wollte die beiden zusammenbringen. War gar nicht so einfach, da einen Funken zu entfachen. Aber jetzt scheint es ja zu laufen. Guck mal.«

Ich drehe mich nicht um. »Nee danke, ich glaub's dir auch so. Ähm, das ist ja … du wolltest also Meike …?«

» … mit Klaus verkuppeln, ja. Ich fand von Anfang an, dass die beiden gut zusammenpassen würden. Aber die waren wie zwei Teenies. Und dauernd musste ich wiederholen, dass ich das wirklich schön fände und überhaupt nicht eifersüchtig sei.«

»Wieso solltest du auch?«, frage ich.

»Na ja, wir haben einmal geknutscht. Da waren wir aber beide betrunken und traurig und allein.«

»Und habt ihr auch …? Entschuldige, geht mich nichts an«, murmle ich.

Michael schüttelt den Kopf. Dann zwinkert er mir zu. »Ich habe mich ein bisschen gegruselt. Meike benutzt Vaginaleier, die man im Internet bestellen kann. Die trainieren irgendwas, den

Geburtskanal oder die Scheidenwände oder so. Das spürt man angeblich total. Ich war nicht so neugierig darauf, aber ich frage Klaus morgen, ob er was davon gemerkt hat.«

Auf das Bild im Kopf hätte ich wirklich verzichten können, aber ich kann mich plötzlich nicht mehr halten vor Lachen. »Das ist ja wie damals, als du das Vier-Wochen-Sixpack-Programm von Men's Health gemacht hast und ich jeden Tag sagen musste, ob ich deine Muskeln sehe«, sage ich.

Jetzt muss Michael auch lachen. Wir schütteln uns richtig, bis das Zwerchfell wehtut.

»Möchtest du was trinken?«, fragt Michael, als wir uns fertig ausgeschüttet haben.

Ich nicke. Wir gehen zu der kleinen Bar im Wohnzimmer und holen uns zwei Drinks. Zwei nackte Menschen mit Augenmasken jagen sich kichernd um uns herum.

Schließlich nimmt Michael meinen Arm. »Schau mal, da drüben ist Platz.«

Wir setzen uns auf eine Ecke des großen Bettes, das in der Mitte des Zimmers steht. Neben uns vögelt ein Pärchen in einem selbstvergessenen Rhythmus vor sich hin, drei ineinander verschlungene Körper rollen vor unseren Füßen herum. Die Stimmung ist freundlich-prickelnd, alle sind wohlwollend und nett zueinander.

»Robin-Legolas hat heute Morgen ein tolles Bild gemalt«, sagt Michael. »Ein Feld, in dem Eishörnchen wachsen und einen Lollibaum daneben.«

»Ach, schön«, antworte ich. »Er ist so kreativ.«

Angeregt unterhalten wir uns über die Kinder und schieben ab und zu einen nackten Körper beiseite. Michaels Augen schimmern hell. Ich bin ganz gefangen. Auch er sieht mich an und verstummt. Die Musik wird irgendwie leiser und sanfter, das Bett vibriert in einem hypnotischen Rhythmus. Plötzlich schlingen sich zwei Arme von hinten um uns.

Maries erhitztes Gesicht erscheint zwischen uns. »Liebe!«, ruft sie. »Liebe ist das Größte.« Sie küsst erst mich, dann Michael schallend auf die Wange und tanzt weiter.

Ich schaue ihr nach und bin plötzlich total aufgewühlt. Michael legt mir die Hand auf den Oberschenkel, und ich zucke zusammen. »Ich glaub, ich muss gehen«, verkünde ich.

»Gute Idee. Ich komm mit«, sagt er. Ob er damit »nach draußen« oder »nach Hause« meint?

Schweigend ziehen wir unsere Jacken aus den Beuteln und schauen uns dabei aus den Augenwinkeln an. Dann nimmt Michael meine Hand und zieht mich auf die Straße. Ich stolpere ihm nach. Es hat etwas Unwirkliches, vielleicht fangen wir gleich an zu singen und zu tanzen wie in *La La Land*. Summend mache ich ein paar Tanzschritte.

»Tschulljung, wo kommense grade her?«

Ich bin gegen einen Polizisten getanzt. Sein Kollege steigt gerade aus dem Streifenwagen. Haben die Nachbarn die gerufen? Oder die Besitzer der Airbnb-Wohnung?

»Wir? Von einer Geburtstagsfeier«, lüge ich spontan. »Schönen Abend.«

Wir biegen um die Ecke, und ich zücke das Handy.

Marie! Schnell, zieht euch was an und singt Happy Birthday, die Bullen sind da!

Ich stecke das Telefon ein, drehe mich um und pralle gegen Michael. »Entsch …«

Und da ist sein Mund auf meinem.

Happy End?
Beziehung
2.0

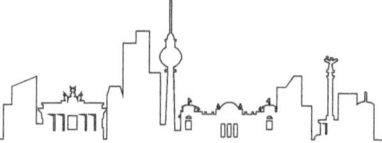

»Und jetzt?«

»Also, ich hab erst mal Hunger.«

Nackt geht Michael in die Küche. Ich höre, wie er Kaffeebohnen mahlt und rieche wenig später den Duft von gebratenem Speck.

Als ich gerade aufstehen will, kommt er mit einem Tablett ins Schlafzimmer. Ich wusste nicht mal, dass wir so eins haben, geschweige denn, wo es sich die letzten Jahre versteckt hat. Lächelnd stellt er es vor mich. Spiegeleier, Speck, getoastetes Brot, Obst und Kaffee.

»Wow«, sage ich beeindruckt. »Du weißt aber schon, dass ich dir damit jetzt dein Bett vollkrümle?«

»Das macht nichts. Ich ziehe nachher ja sowieso nach unten«, grinst er.

Platsch. Das Ei rutscht mir von der Gabel und landet im Bett. Ich räuspere mich und versuche, cool zu bleiben. »Vorher beziehst du aber bitte noch die Betten frisch und machst die Waschmaschine an. Ich räume sie dann dafür in den Trockner.«

»Deal.«

Wir lächeln uns an.

»So könnte es eigentlich auch gehen, oder?«, meint Michael.

»Wie?«, frage ich arglos und nehme schnell einen großen Schluck Kaffee.

»Wenn wir uns die Arbeit besser einteilen. Dann müssten wir deswegen nicht mehr streiten. Und könnten vielleicht wieder … na ja, oder auch nicht. Ich weiß nicht.« Er macht eine kurze Pause.

Besser einteilen. Kurz fällt mir mein Gespräch mit Estelle ein. Und Johanna.

»Ich vermisse dich«, sage ich. »Ich denke oft an dich, wenn ich etwas Schönes oder Interessantes erlebe, weil du der Erste bist, mit dem ich etwas teilen möchte. Ich finde dich auch sexyer als die anderen Männer.«

»Hab ich eigentlich einen Dad Bod?«, fragt er.

»Klar. Du bist ja auch ein Dad.«

»Dad Bod heißt fett«, sagt Michael gekränkt.

»Okay, dann hast du keinen.«

Michael lächelt mich an und streicht mir über die Wange. »Ich vermisse dich auch.«

»Aber es gibt auch so viel, was ich gut finde an unserer Trennung. Ich bin selbstbewusster, ich kann meine Bedürfnisse besser artikulieren, ich traue mich, um Hilfe zu bitten und unperfekt zu sein. Geht es dir nicht auch so?«

Michael zieht die Nase kraus. »Hmm. Nö. Ich finde nur besser, dass ich jede zweite Woche schlafen kann, solange ich will.« Er sieht mich an. »Nein, im Ernst, mir ist schon sehr viel klar geworden in den letzten Wochen. Du hast tatsächlich viel geschultert. Als ich gemerkt habe, dass Robin-Legolas aus seinen Pullovern rauswächst, war ich erst total verzweifelt. Dann habe ich neue gekauft. In der richtigen Größe. Ich habe mich wie Superman gefühlt. Und dann wusste ich nicht, wo du die zu klein gewordenen Sachen immer einräumst.«

»Ja, vielleicht müssen wir es wirklich besser einteilen. Ich habe von einem Paar gelesen, das sämtliche Aufgaben in einer Excel-Tabelle festgehalten hat und die so gerecht verteilt. Vielleicht können wir uns die kopieren?«

Michael lacht. Aber ich habe das schon ein bisschen ernst gemeint. Na gut, vielleicht könnten wir zunächst auch einfach überall kleine Täfelchen anbringen: *Dieses Klo putzte für Sie am soundsovielten ..., diesen Kleiderschrank räumte für Sie auf ...* und so weiter.

»Weißt du, was Daniel erzählt hat?«, fragt Michael. »Estelle und er fotografieren gerade zwei Wochen lang einfach alles, was sie stört und was der andere nicht gemacht hat, statt etwas dazu zu sagen. Und am Ende präsentieren sie einander die gesammelten Versäumnisse des anderen.«

»Und was gibt es zu gewinnen?«, frage ich. Ich liebe die beiden ja für ihre spleenigen Ideen.

»Na, dabei fällt einem dann auf, das jeder eben andere Dinge sieht.«

Das stimmt natürlich. Ich überlege.

»Weißt du, was ich neulich auf Facebook gesehen habe?«, fragt Michael. »Da sagte ein Mann zum anderen, wie toll er es findet, dass der seiner Frau im Haushalt hilft. Und der sagte: ›Ich helfe meiner Frau nicht. Das ist auch zur Hälfte mein Haushalt, und da mache ich ganz selbstverständlich die Hälfte.‹«

Er schaut mich triumphierend an, und ich seufze leise. Aber ich muss gleichzeitig grinsen. Als hätte ich so etwas nicht auch oft genug gesagt. Aber wenn es auf Facebook war und ein Mann das gesagt hat ... dann muss ja wirklich was dran sein.

»Also: Beziehung 2.0?«, frage ich.

Michael zuckt die Schultern und grinst schief. »Könnten wir doch versuchen, oder? Oder wir gehen wirklich zu einem Coach.«

Hört, hört. Ein Coach. Okay, wenn das besser klingt als Therapeut. Vielleicht gibt es nicht nur Trennungsexperten, sondern auch welche für »Conscious Recoupling«.

»Wir müssten auf jeden Fall dafür sorgen, dass wir beide auf uns als Paar achten, dass wir uns nicht in Schubladen reinschubsen, dass wir schöne Dinge zu zweit unternehmen.«

»Ja«, ruft Michael. »Also, da habe ich fantastische Neuigkeiten. Der Klaus macht sich jetzt selbstständig. Er hat die Möglichkeit, dieses kleine Hotel am Park zu übernehmen, und weißt du, was er daraus machen will? Ein Stundenhotel für Eltern! Mit Kinderbetreuung.«

»Das ist ja mal eine gute Idee«, sage ich.

Und es stimmt. Wenn man sonst einen Babysitter engagiert, um etwas als Paar unternehmen zu können, steht man am Ende auf der Straße. Man kann dann essen gehen, ins Kino oder auch in die Sauna, aber einfach ein bisschen Zweisamkeit, das ist schwierig.

Michael erzählt mir begeistert von seinen Ideen zu Klaus' Konzept. Dabei geht er vor dem Bett auf und ab und fährt sich beim Gestikulieren immer wieder durchs Haar, das bald in alle Richtungen absteht.

Ich schaue ihn an, und ein warmes Gefühl steigt in mir auf. Er ist mir so vertraut, und gleichzeitig sehe ich ihn wie zum ersten Mal, seine Leidenschaft beim Argumentieren, sein Selbstbewusstsein beim Entwerfen einzelner Räume. Er funkelt regelrecht. Oh. Ich merke, ich bin dabei, mich in meinen Exmann zu verlieben.

Proust hat recht, denke ich, wenn er sagt, dass ein Geheimnis nicht heißt, nach anderen Orten zu suchen, sondern etwas mit neuen Augen, von einem anderen Blickwinkel aus zu betrachten.

Und dazu braucht man eben ein wenig Abstand von Zeit zu Zeit. Ich glaube, dann kann ich mich immer wieder neu in meinen Mann verlieben.

Ein gewisser Dr. Feeney beschreibt das sogenannte Abhängigkeitsparadox. Das besagt, dass wir einen Menschen finden müssen, von dem wir abhängig sein wollen, um voller Urvertrauen unseren Weg zur Unabhängigkeit und Selbstverwirklichung gehen zu können.

Was werden wir tun? Was ist die Lösung?

Uns zusammenreißen – und lockermachen gleichzeitig?

Ehrlich sein, zu uns selbst und zueinander. Miteinander reden. Immer wieder. Uns in Ruhe lassen. Immer wieder. Und dafür einfach jedes halbe Jahr die Ferienwohnung für vier Wochen für uns reservieren.

Danke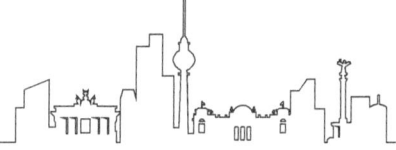

Vielen Dank!

Ich danke dem Team bei Random House, die weiter an mich als Autorin glauben und Lust haben, mit mir neue Bücher zu machen – und da besonders Monika König und Johannes Engelke.

Danke allen bei meiner Literaturagentur Graf&Graf, besonders Julia Eichhorn, Meike Herrmann und Heinke Hager!

Ich danke allen bei Pacific Entertainment und Life Legend.

Ich danke meiner Familie, meinen Eltern Christa und Martin Schleker, meinen Geschwistern Kathrin, Martin und Eva und deren Familien und meinen Kindern Karl und Luise. Ihr inspiriert mich so!

Danke allen Menschen, Freunden und fast Fremden, die mir bereitwillig aus ihrem Leben erzählt haben, von ihren Erfahrungen als getrennte und gemeinsame Eltern, vom Daten, Verlieben, dem Sex, dem Haushalt und dem Job und allem anderen.

DANKE, FREUNDE, besonders euch: Nina, Jochen, Geraldine, Miso, Dafne, Astrid, Silke, Georg, Wendy, Wencke, Antonia, Kim, Carina, Oliver, Henny.

Ich danke dir, Anna K., für deine unbequemen Fragen und die richtigen Tritte. Danke an Benjamin Diedering für die Fotos. Und Henning auch.

Und tausend Dank an Martin und Sebastian, die mich dauernd ermutigt, kritisiert, gelobt und mit lustigen Ideen gefüttert haben.

Und noch mal DANKE, Sebastian, danke, weil du so cool bist und ein Feminist!

Und außerdem natürlich: Danke dir, liebe*r Leser*in. Ich hoffe, du hattest Spaß an diesem Buch!

BÄRBEL STOLZ

Ich bin dann mal Ex!

Storys einer Heldin von heute

Alle Termine für Lesungen und Tournee sind auf
www.baerbelstolz.de und auf Facebook unter
www.facebook.com/baerbelstolz.prenzlschwaebin zu finden

Unsere Leseempfehlung

272 Seiten
Auch als E-Book
erhältlich

Willkommen in Schwabylon! Spießig, sparsam, kleinkariert –
typisch schwäbisch, typisch deutsch? Egal, wo man hinhört,
den Schwaben eilt kein guter Ruf voraus. Bärbel Stolz setzt
dem Schwabenhass mit ihrer Kultfigur der „Prenzlschwäbin"
die Krone auf und hält allen den Spiegel vor: den empörten
Berlinern, den besserwisserischen Schwaben und allen, die
sich frei von spießigen Klischees fühlen. Wer diese Geschichten liest und sich beim Lachen und Nachdenken ertappt, wird
Bärbel Stolz lieben.